有度文化

整个世界都在下雪

曾剑 著

图书在版编目(CIP)数据

整个世界都在下雪 / 曾剑著. —太原：北岳文艺出版社，2021.5
 ISBN 978-7-5378-6388-9

Ⅰ.①整… Ⅱ.①曾… Ⅲ.①中篇小说—小说集—中国—当代 Ⅳ.①I247.5

中国版本图书馆 CIP 数据核字（2021）第 059571 号

整个世界都在下雪

曾剑 / 著

出品人
郭文礼

选题策划
刘文飞

责任编辑
范戈

书籍设计
张永文

印装监制
郭勇

出版发行：山西出版传媒集团·北岳文艺出版社
地址：山西省太原市并州南路 57 号　邮编：030012
电话：0351-5628696（发行部）　0351-5628688（总编室）
传真：0351-5628680
经销商：新华书店
印刷装订：山西人民印刷有限责任公司

开本：787mm×1092mm　　1/32
字数：220 千字
印张：8.875
版次：2021 年 5 月第 1 版
印次：2025 年 1 月山西第 2 次印刷
书号：ISBN 978-7-5378-6388-9
定价：59.80 元

本书版权为本社独家所有，未经本社同意不得转载、摘编或复制

目 录

净身　/ 001

竹林湾往事　/ 059

我的上铺兄弟　/ 093

乌兰木图山的雪　/147

玉龙湖　/ 183

整个世界都在下雪　/ 227

故乡的面和花朵（后记）　/ 271

浄身

北国风光。雪停止了飘洒。雪罩群山。白象似的群山。我凝望群山。我喜欢这样凝望。寂静中,电话响起,是母亲。母亲说,聋二不行了,可就是不咽气,他怕是在等你。

犹如一柄利剑穿透脊背,直抵心脏,我双手震颤,手机差点坠落。

某些东西,我不愿触及,故意不去回想。我说,我在野外,动不了身。我打一千块钱过去,你给他吧。母亲说,要死的人,给他钱做什么事?给他钱,还不让他的嫂子拿去了?我说,那你替我给他买些吃的。母亲说,什么也吃不得,只有进气,没有出气。

我不想继续谈论聋二,挂了电话。

空谷回荡着枪声炮声和飞机的轰鸣声,北部战区某特战旅春训,我来采风。聋二压在我心头,我心绪全无。我离开训练场,逃避着喧嚣,往房东家走。夜黑下来。我磕去皮鞋,躺在炙热的炕上,凝望天花板,一夜无眠,眼前除了聋二,还是聋二。我心震颤,疼痛涌上来。回家!为聋二,也为自己,为了让我这颗不安的心。

高铁。树木在窗外飞逝。往事如风……

1

四郎,母亲说,天热了,你也大了,我和你父的床挤不下,你到聋二的窑上睡,今黑就去。

我直起腰,斜望西天,殷红的夕阳陡地一沉,我心里咯噔一下,仿佛它重重地砸中了我。暖暖的光线随即抽丝般消逝,一股陡起的凉意将我裹挟。

聋二是村里一个寡汉条子,一个人过着日月。我不知道他有多大,好像三十岁,或许四十,也可能五十了。总之,他已经是个小老头。他有着寡汉条子特性:孤僻、怪异,似乎还有些清高,少与人来往。

去聋二那儿睡,倒没什么,他那个茅棚还算宽敞。可他是个窑匠,成天与泥巴打交道,汗淋淋的头发沾上尘土,像戏子头上的绒球,这我也能忍受,我害怕窑场北面的松林。那里是一片坟地,埋的都是野死(非正常死亡)的人,都是些不甘心的冤死鬼,急着寻替身。我每次走到窑场,总会乍出一头冷汗。

我没理母亲,埋头写作业。母亲是一种商量的口气:我同聋二说好了,他想你去哩,你就去呗。母亲天生一副大嗓门,除非不说话,一说话,响遍半个竹林湾。她这样低眉下气,在我的记忆里,还是第一次。

我说,揭人不揭短,你别成天聋二聋二的,我叫他二父。母亲声音这才恢复到她的原始状态,震得我耳膜生疼。母亲说,哎呀,我家四郎就是嘴巴甜,难怪聋二那么喜欢你,听说我让你住到他那里去,高兴得像是得了儿,里里外外,又扫又擦。别看是个茅棚,弄得可干净咧。我看啦,你就当他的儿吧。我不吱声,厌烦地躲着母亲。母亲视我的不吱声为默许,说,我家四郎就是懂事,不像他家的毛刺,书都读到屁眼里去了。

毛刺是聋二的侄儿，与我一般大小。

我嫌恶地瞥母亲一眼，收起我的作业本，往书包里一塞，说，不写了，讨人嫌！

我转身，父亲从田里收工回来，将一只长把秧耙靠在墙角，讨好的目光迎过来。我像喝了一碗冰冷的米粥，满肚子不舒服。

凭啥是我？我上面有三个哥哥，大郎二郎三郎，为何不让他们上聋二那里去住？我扔下书包，坐到石拱桥上，看西天的落霞。石拱桥上常有人往下跳，寻死。我们学会了，只要大人们逼着我们做不愿做的事，我们就站到石拱桥的最高处，这时候，大人们多半不再威逼。

夜里，我到父亲母亲床上去睡时，父亲的眼瞪得像电灯泡。我不知道他为什么烦我，我懒得理他，爬上床，闷头就睡。从出生那天起，我一直就跟他们睡在一起。我也知道，我大了，该分开睡了，可哪有地方，哪有床？

半夜里，我被一种声音吵醒，类似农场那只种猪发出的动静。我睡眼微睁，看到父亲赤裸的身体。他像一只虾弓着，腿弯曲着。他在母亲身后，像一架移动着的犁。

不能怪我，只能怪那夜的月光太明。月光从三块明瓦里，像探照灯一样，正好照在他们身上。

我知道他们在做什么，我不小了，九岁了。

我闭了眼，可我无处可逃。

我家只有两间屋，外屋一分为二，上半截是灶屋，下半截是堂屋。里屋同样隔成两半，上半截父亲母亲睡，下半截，一张双人床，我的三个哥哥把它塞得满满的。他们床边是一个谷仓，屋里再没下脚的地。

父亲是瘸腿，他无力为我们多盖一间屋。

2

窑场在北山洼。一个土窑,一间茅棚,一块平整出来的沙土地。茅棚是聋二的家。聋二白日在茅棚前做砖坯瓦坯,夜里在茅棚里歇息,深秋或初冬烧窑卖货。

下午放学,我走在河坝上,河水里倒映着蓝天白云。河水在微风中轻轻荡漾,那水里的白色云朵,便轻轻地,随着微波上下起伏着。我仿佛看见昨晚父亲那白亮的屁股,它像一片白云在我眼前随风而动。我胸闷,透不过气。我无力走向我的家,脚不由自主,走向窑场。聋二欣喜地过来迎我。他新剃了头,照平时显得干净利索。他两手是泥,伸过来想接我的书包,又缩回手去。他几步跨到茅棚下那个大水缸前,舀水洗了手,这才接过我的书包,另一只手,搭在我的肩上。他朝着我笑,说,你娘说昨天就让你来,你咋没来?我没吱声,他知道是我不愿意,就没再问。

虽是茅棚,里面收拾得倒也干净。夕阳从窗口照进来,门大开着,茅屋里很亮堂。

聋二收摊,不再拍泥砖,也不做瓦坯。他舀米,择菜,到茅棚旁的溪水凼去淘洗。溪水凼的水清幽幽的。

聋二生火,焖米饭。他说,以后晚上就在我这儿吃,别再跑来跑去的。我懂事地帮着往灶膛里添柴火,聋二不让,他把一张凳子搬到棚外,让我就着夕阳写作业。

晚上灯光暗,对眼睛不好,他说。

我趴伏在凳子上忙活开。聋二将他的一件上衣叠了,塞在我屁股下,又拿出一件外套,披在我的肩头。这样的举动,记忆中父亲母亲从未有过。

聋二让我心生温暖。

天暗下来,家里没人找我。我来窑场,并没告诉他们啊。我内心有一种说不出的滋味,失落、慌乱、气愤。我越来越觉得我在那个家里是多余的人,我很伤心。天黑时,家里养的猪没回屋,鸡窝里少了一只鸡,母亲都会找,她却不找我。我觉得自己可怜,差点落下泪。

四郎,吃饭了,喊我的是聋二,不是母亲。

我转过脸去,聋二一手卡住一只大海碗,里面是面条,上面覆盖着一只黄亮亮的煎鸡蛋。他的另一只手夹着一双筷子。他笑着把碗筷递过来。我慌了神,我说,我又不是客,我……

碗已塞在我手中。香喷喷的,聋二往面条上撒了韭菜。我吃得满嘴流油。

这是有记忆以来,除了过年,我吃得最饱的一次。家里弟兄多,又都是长身体的时候,干活的人少,都是能吃的半大小伙子,锅里的饭,盘子里的菜,缸里的米,谷池子里的谷,像泄洪似的下得快。我常常只吃半饱。

风从南面山谷吹到北山洼,吹动北山坡的松树浪一样波动。晒场有细密干枯的松枝,我拿笤帚去扫,聋二说,天黑了,不用,我明早扫。他看我的目光朦朦胧胧,像这白昼与黑夜交汇处的光线。

蛙已经开始了它们暮春的鸣叫。

黑夜袭来时,母亲呼唤我的声音并未在我期盼中响起。我的三个哥哥,大郎二郎三郎,他们只顾玩自个儿的,没人理我。我的父亲,他热衷于种地,成串的儿子在他眼前晃荡,他很少过问。他或许对我们不在乎,或许对我们这种散养的状态很满意,或许他根本就没发现我们在他面前多一个或少一个。他要么在田地里闷头干活,要么坐在八仙桌前抽烟,喝酽茶。

我怅然地进到茅棚里。饭菜的香味扑面而来，我往茅棚里侧让开。聋二盛了两碗饭，让我与他并排坐到床沿。他递给我一双筷子，说，吃吧。我说我刚才不是吃过面吗？聋二说，那是过下（下午茶），这才是夜饭。

　　聋二把我当客待，我心里一暖，同时有些惶惑。

　　饭后，我懂事地抢着洗碗，被聋二制止，我就看书。聋二在棚檐挂一只马灯，继续忙碌。他用独轮车推土，用水将泥土浸泡，为明天做砖坯瓦坯做准备。我在棚里，点一盏油灯。风吹进来，油灯摇曳，光线闪耀，茅草墙上，到处是晃动的影子，像动物，像人，像鬼魅。我害怕，走出窑棚，走到聋二身边。凉风轻吹，四野空旷，夜罩着整个山洼。马灯使山洼的一切变得朦胧幽暗。循着马灯射出的光线，我望见了北山，看见山脚下那片坟地。我看不清坟包，但我知道那里就是坟地，隐没在树影中。刚才茅棚里暖和，饭菜也香，我一时忘记了坟的存在。现在，眼前的一切，让我头皮发紧，心也缩得紧紧的。我喊了一声二父。聋二问我，什么事？我没有回答，我若说怕鬼，他会认为我胆小。而且一提鬼字，我会更害怕。他可能从我的表情，看出了我内心的胆怯。他说，好了，不干了，白天抓紧一些。他在马灯下舀水洗了手，之后就坐在我身旁。他说，才吃过，怕是睡不着，你读书吧，读给我听。我盯着课本，有时翻一下眼皮看聋二。他静静地看着我，一脸很浅的微笑。我突然觉得，他比我的父亲更像父亲。父亲是沉默的，劳累的，他很少这么朝着我笑。

　　看了一会儿书，我打起哈欠，聋二说，洗个手脸，泡个脚，睡吧。灶膛里煨着水壶，像一只被烧焦的乌龟。聋二用火钳夹住水壶，将热水倒进一只白瓷脸盆里，又往脸盆里舀了一瓢冷水。他伸出一只手指头，在水里划着圆圈试水温。他说，洗吧，不烫。他将脸盆搁在我脚旁。

　　洗完手脸的水，倒进脚盆。我把脚放进盆里时，全身热乎了。我的两只脚，在热水里上下倒腾，把水弄得滋滋脆响。洗了一会儿，聋二说，好了,别把水洗凉了。他说着,一手拿一块农家织的土布,另一只手抄起我的脚,将土布贴上来,给我擦脚。我不好意思,把脚往后缩,他粗大的虎口将我的脚卡得无法动弹,像是给我脱鞋似的一拧一抹,我的脚就干净了。

我脱衣躺下。聋二抄起脚盆,在茅棚门口像撒网似的双手一扬,我听见水落地的扑通声。他回屋,舀水,洗了脚盆。他往脚盆里打了热水,兑了凉水,抱着脚盆出了屋。屋子里一下子静了,风从门口灌进来,从茅草的缝隙钻进来,吹得灯光摇摆,茅草墙上,再次出现奇怪的影子,它们晃动着。我喊聋二,没有回应。我趿着布鞋追出去。我看见他在茅棚的一侧擦洗身子。我看见他月下的身子分作三截,中间白亮,是他的屁股——那很少被太阳晒到的地方。父亲赤裸的身体,再次出现在我面前。我想,聋二会不会也是这样的呢?我就往前走,聋二极快地用汗巾围住身上的那圈白,头也不回,问我,你不睡?起来做什么事?他的声音很大,像是在吼。

我脸一热。我说,我怕。我说,二父,你到棚里洗。

聋二套上长裤,来到棚里。他不再擦洗身子,只洗脚。他洗了很长的时间,那水已不再冒热气,他还在洗。洗脚水发出的声音,陪伴着他长时间的沉默。

我躺在床上。聋二终于洗完,他关了茅棚的门,上了床。没有多余的被,我们共一床被。床单下是稻草。稻草晒过,干涩的气味驱走了床铺四周的潮气。我从来没睡过这么宽敞的床,很舒坦。

聋二灭了灯。夜的黑扑过来。我们睡通腿儿。我的头朝着门。北山上那些旧坟,浮现在脑子里,我总觉得那坟里会伸出长长的手来,只等我闭了眼,就来掐我的脖子。我爬起来,挪到聋二那一端。我说,二父,我也睡这边。聋二说,行。我又说,二父,点着灯行吗?聋二说,不行,晚上风大，我们都睡着了，会把棚子烧着的。

我往里靠了靠。我感受到聋二粗粝的呼吸。他知道我怕，说，你睡吧，等你睡着了我再睡。

我侧脸看他，他的眼睛在黑暗中熠熠闪着。他果然睁着眼睛，等着我睡。我觉得他比亲生父亲还亲。我往他后背挨过去，贴着他温热的肌肤。

母亲的呼喊像一道闪电划破夜幕——四郎……到底是母亲，也骂我们，也打我们，但还是惦记着我们。我脸上一热，一直盈在眼里的泪，涌了出来。

3

在通向学校的小路上，麻球拦住我。麻球同聋二一样，也是寡汉，因为脸上有麻点，且长着一个球一样的圆脑袋，因此得名。麻球一条腿长一条腿短，干不了重活，他放牛，捡粪。

我和我的小伙伴都不喜欢麻球。未见其人，先闻其味，那猪屎的臭味，让我们苦不堪言。我们总是躲着他。他说，春天了，你娘发情了，把你送到窑场去，好让你父跟她上骒。

上骒是我们石桥河一带的方言，指牲口交配，也指男人和女人做丑事。上骒不是好话，经麻球嘴里说出，更显龌龊。难怪哥哥们说，麻球狗嘴里吐不出象牙，只能吐猪屎，让我离他远一点，但我无法逃离，满嘴黑牙的麻球抓住我的手，说，你父你娘把你赶走，他们晚上想这样。他说着，用手比画着。我的眼泪几乎落下来。我绕开他，快步走。他冲我喊，你父跛着个腿，上骒的瘾大得很哩！

我努力地奔跑。我跑了好长时间，甩掉了他身上的猪屎味，但甩不掉他的声音：你父跛着个腿，上骒的瘾大得很哩！

我的心一阵刺痛。父亲的腿疾，并非先天，他年轻时是公职教师，吃国家饭。那年支援农村建设，回到乡村。一介书生，干不了重活，说话偶尔夹点普通话，遭人排斥，被人讥讽，说他是陕西的骡子做马叫。父亲努力表现自己。一天夜里，生产队去偷外村的树，父亲冲锋在前，结果挨了铳，膝盖受了伤。因为是偷盗，不敢声张，没得到彻底治疗，留下后遗症，一只膝盖难以转弯，脚瘸了。记忆中，父亲走路总是很慢，努力掩饰他的腿疾。

母亲识字不多，把父亲下放农村的证明信当废纸卷烟抽了，加之父亲膝盖有伤，父亲就再也没能回到他的三尺讲台。他成了一个彻底的农民。

4

夜饭还是晚，我到家，母亲才生火，看来这夜饭一时半会儿吃不上。母亲说，你饿了吗？还是上窑场吧，聋二一个人，煮饭快。

我怔怔地望着母亲，像望一个陌生人，我怀疑我家的饭那么晚，是母亲的一个阴谋。我心里酸涩。我是她的儿子，她竟然把我甩给聋二，甩得这么干净。

聋二沿着那条林中小道，朝我奔来。他说听见林子里鸟扑腾，知道有人来，估计是我。他知道我胆小，来接我。

天还很早，夕阳斜照，聋二在最后的光线里，抢做砖坯瓦坯。

晒场一角，有一个木头凳子，粗糙，丑陋，但很结实。上面仰放着砖模子，一次能出四块砖。聋二先往砖模子里撒些草木灰，这样泥块就不会粘在木质砖模子上。之后，聋二举起一团泥，重重地砸向砖模子，再用手将那些泥拍平，用一张以钢丝为弦的弓，贴着木头模子，将多余的泥块切割，扔向泥堆。聋二抱起砖模子，走到晒场，那里收拾平整，地面是金黄色的细沙。

聋二将砖模子在胸前一推，弯腰，双手提着砖模子的两个护耳，翻腕，手臂震颤，慢慢提动砖模子，四块砖坯同时落地，就像是从地上长出来似的。砖坯有棱有角。

我欣赏聋二做砖。阳光洒在他古铜色隆起的胸肌上，像墙上那些炼钢工人的宣传画，更像电影里炉壁前的炼钢工人。天热了，湾子里别的男人和小伙子穿起了短裤。聋二不，再热的天，长裤总是那么严实地罩着他的双腿。

做瓦坯要换家伙事。晒场北侧立一根木棍，下端埋在地下，顶端支着一个转盘，转盘上搁着瓦模子。瓦模子是活动的，像一只水桶从中间劈成两半，撑开，呈小木桶状。聋二将草木灰撒在瓦模子上，用泥抹子挖泥，摔在转盘上，敷墙似的往瓦模子上敷。他左手一碰，瓦模子转动，泥块被泥抹子挤成长条形，紧紧贴在水桶样的瓦模子上，绕成一圈。转盘旁支了一个脸盆架，上搁一脸盆，盆里装着水。聋二左手转动转盘，右手泥抹子蜻蜓点水一般，在脸盆和瓦模子之间飞舞，将水蘸在泥块上，泥块便越来越薄，成油亮的泥片。瓦模子上面有一道凹槽，泥块被泥抹子挤压成瓦片厚薄，聋二随即将泥抹子在脸盆里浸泡一下，抬起，横成一把刀，按进瓦模子上端的凹槽，将那转盘只一转，瓦模子上多余的泥片，就被旋切掉了。

聋二提着瓦模子，将瓦模子轻轻立在晒场，从里面往里一收，那圆形的瓦模子就瘪了，他将瓦模子从里面轻轻掏出，那泥做的圆台就立在晒场。

瓦模子的侧边，有四个凸起的竖棱，凸起的竖棱处，泥就薄，圆台形泥坯晾晒到八成干时，聋二收瓦坯。他双手轻拍那圆台，圆台就断裂成四片独立的瓦坯,立在晒场。收瓦坯这活儿要细,要用"巧劲",劲小了,那圆柱形瓦坯不动,劲大了,瓦坯会像多米诺骨牌,碎倒一大片,半天的汗水白流。

聋二做砖,更显他一个男人的阳刚,而做瓦,则能看出他柔美的一面。我觉得做砖完全是一种体力活儿,我更爱看聋二做瓦。做瓦,才称得上是一门手艺,甚至是艺术。他像一位陶艺家,在乡村,有着他独特的魅力。

夕阳照耀着一排排砖瓦,晒场像镀了金光的兵马俑群。

5

星期天,正午。聋二离开窑场,去水田望水,我在窑场看书,也帮聋二看砖瓦坯,怕牲口踩踏。聋二刚走,麻球出现了,他一手拎粪箕,一手握粪耙,晃荡到窑场。这里牲畜少,醉翁之意不在酒,他来这里不是捡粪,他是来说闲话,寻快乐的。他问我,你老子呢?我说,我不知道,我又没回老屋。麻球说,我问聋二呢,他不是你老子吗?你爷俩,比亲生的还亲。难怪聋二不接媳妇,原来有你娘,你原来就是他的种!

我不吱声。他没好话,我学聋二,对他的话像对待一坨猪屎。我沉默,他并不放过我,凑到我跟前。我歪着脖子躲避着他,他身上的臭味扑打过来。他问,窑后北山坡最右边那个塌坟包,你知道埋的是哪个?我心一紧,我最怕坟,坟是鬼的屋,一个坟里住着一个鬼。我打断他的话。我说,麻伯,你咋不娶女人呢。我故意说他的痛处。麻球说,我是想娶女人,没人跟我呀。我还想娶你娘呢?你娘看上了你父,她不要我。她情愿让你父这个跛子上骣,我摸一下都不行。我骂他,你不跛?你也是跛脚,还说别人!麻球伸着脖颈儿说,你说我脸麻,那是事实,你说我脚跛,那是放屁!他说着,在沙地上走起来,右脚像绑上去的一截木头,我不忍直视。

我不跛，我只是踮脚，麻球说。他伸手在我头上摸了一把，我一个狮子甩头。躲开他，他翻肘，那只手就伸进我的裆，狠狠地抓了一把，我嚎叫一声。他说，猪捅的，就兴聋二抱你睡，我摸不得。我说，哪有，我二父没抱我。他撇嘴说，哟，还"我二父"，叫得亲。行了，他没抱你，我抱你。他说着，双手包抄过来，我跳开去。他再次说到那个坟。他说，告诉你吧，那个坟里埋的是一个女的，才十六岁，穿着绿长裙，可好看哩。她是毛刺的太爹和爹爹杀死的。

麻球的声音低沉冰冷，像山洞里蹿出的一条蛇。我像被蛇信子刺中，全身紧缩。他一把将我搂过去，把我搂得紧紧的。我挣扎着。我越挣扎，他抱得越紧，他的双臂像两根钢丝。我挣脱开去。他说戏文似的，先整了两句唱词。他说，杨四郎，你坐下，我们说说知心话。他还翻着手腕，把那臭烘烘的手指弄成兰花状。我恶心。我躲避他，他就自言自语，讲述那个坟里的女人。他说，那还是民国时期的事呢，别说你还没出生，你父杨大志都没被你爹爹种进你奶的肚子里呢。

他龇着黄牙，口臭喷出来。他说，这话说来就长了。河口有父女俩，那当老子的在河口做生意。多年前，与麻城一个朋友结为亲家。那年冬天，老伴去世，女儿长大成人，他就带着女儿，投奔麻城的亲家，想把亲事办了。他赶着牛车，带了全部积蓄，前往麻城。这天走到我们竹林湾时，天向晚，就没敢往前走，想在竹林湾寻一个住处。也是命该如此，在石拱桥边上，碰上了毛刺的太爹。

毛刺的太爹看出那是有钱人，半夜谋财害命，那个当父亲的被杀了，那个小女子逃跑，一气跑到这北山坡，还是被追上了。毛刺的太爹，先是伸出长把锄头，去绊她的脚，女伢倒下了。他举起锄头，朝着她的头挖下去。他把她埋在北山坡，就是那个塌坟包。她死的时候穿着绿色长睡裙,你看,就那里,麻球指着一个坟包说,她不时会穿着绿色长睡裙从坟里钻出来,好像是要报仇,我就见过好几次。

一片乌云浮到头顶,天一下子黑下来,我心脏紧缩,毛发耸立。

麻球接着说,毛刺的太爹,碎了那当父的尸,扔到石桥河里喂了鱼,赶在天亮前,上了县城,把牛卖给了屠宰场。他们用那父女俩留下的钱财,开了小饭铺。他家的日子,就是那么过起来的。

我扭着脖子,不敢看北山洼。麻球说,真的,现在那个牛车还在毛刺家的板楼上,一湾人都知道,就是没人敢说。他说话时,依然指着北山洼。我并没顺着他的手指看,但那个坟,被他的话置入我想象中。麻球说,你不信算了,我走,你就在这里待着吧,她一会儿准会从那坟里钻出来寻替身,就穿着她死时穿的绿睡裙。你要小心,女鬼最爱在油桐树上梳头,都是长发长牙。再漂亮的妇人,变成鬼,就丑了。

茅棚外,油桐树飒飒作响,外面吹着风,松枝落了,油桐树上宽大的叶子,像蒲扇摇摆着,有一两片叶子,经不住折腾,头重脚轻,栽落在地上。麻球走了,把恐惧留给了我。我立在那里,望着他摇摆着的身影消失在林子尽头。山洼空荡荡的。我回望坡地,树木挡住了那个塌陷的旧坟,但它分明就在我脑子里,我分明看见那绿裙女伢在树丛一闪而逝。她的脸苍白如纸,有一缕血在她苍白的脸上蠕动。

6

我站在桥上,顶着西来的夕阳。夕阳像一盏即将燃尽的灯,最后时刻回光返照,更加毒辣。我身上的汗水像油一样往外冒。孤独那么强烈地袭击着我。学校,家,哪里都容不下我。我伸手抹脸。我自己也弄不清楚,模糊我双眼的,是河面的水汽,还是我的泪。

我在桥上，一直等到母亲回来。五郎像一个脏兮兮的小叫花子，跟在母亲身后。我飞奔过去。我哭了。我说，娘，我不想到窑场住。母亲朝着我锁了一下眉，问我，咋了，聋二对你不好？我摇头。母亲说，我也知道你不习惯，可家里哪住得下？我说我不挤你和父，我同哥他们住。母亲说，开春了，天像火烤，挤不下。

母亲放下竹篮，里面有几棵白菜。她叹了口气，说，我下午碰见了你们的梅老师，他要你的学费。你说学费咋这么贵，二十块，一个鸡蛋才八分钱。这书，真是读不起了。

我心被蜇了一下。母亲又说，要不，你也别读书了，回家放牛。一头牛拴着我的身子，还有这一条小牙狗。母亲说牙狗时，指了一下五郎。那年还没分田到户，五郎太小，母亲不能上队里做事，就帮队里放牛。母亲说，你回来，一日三餐，我烧火，你还能帮我添把柴。我说我要读书。我说着，就哭了。我爱读书，我不知道读书有什么用，可我就是想读书。母亲说，我也想让你读，可这二十块，娘就是变成一只鸡，一天屙个蛋，也凑不齐这二十块。我看你还是到窑场去吧，聋二那里还有那么多砖瓦没卖，那都是钱。整个竹林湾，只有他手里能见到现钱。

我倚着门框，哭了。

我在父亲母亲和五郎的床上挤了一晚。第二天，我上学。我来到教室，同学们到得差不多了。班主任梅老师说，杨四郎，你站到后面去。我问，为什么事？他说，学费没交齐的，都站到后面。

我无奈地站到教室最后排。昨天还有一个叫江五包的人陪着我，昨天站在后面的是两个人，今天只有我一个。我不相信自己的眼睛，抬头扫视左右，是的，只有我，一个人。

我低头，目光落在我的赤脚上。我盯着自己的脚丫，眼泪汪汪，这使我的脚看上去那么遥远，虚幻，模糊。它不像是我的脚。

天黑下来时，聋二来了。他来接我。我站着不动，那个绿裙女子再次飘荡在我眼前。聋二拉起我的手，把它抓得很紧。他的手掌里有东西，我感受到了，那是钱，新票子，那么坚硬。我的脚就不由自主，跟着他的脚步迈开去。

与先前一样，聋二睡里侧，挨着茅草墙，我睡外侧。茅棚的门，是用木头条拼钉在一起的，很厚实，缝隙却很大。我躺下，总觉得那个绿裙女子就在门外，她随时会从那手指粗的缝隙里飘然而入。我就同聋二换了地方，睡到里侧去。

这是清明过后的夜，一场雨，使夜潮湿阴冷。夜风吹，支出的茅草瑟瑟有声，好像是绿裙女子的手，正抠着那茅草墙，企图抠出一条缝，要将手伸进来，要把我抓去当替身。听说当替身，死法都是一样的。我这么想，就看见她的另一只手里，拿着一柄长把锄。她头顶那锄齿挖出的窟窿一直在流血，直流到她的脸上。我躲开去，睡到外侧。聋二将身子移过去，挡着茅草墙。我刚要睡着，风吹着那扇木头门，哐当哐当的。我无处可藏，钻进被子里，捂着脑袋。我往聋二那边靠了靠，紧挨着他。

绿裙女子比我想象中要瘦，只剩下皮包骨头。我看不清她的五官，她好像根本就没有五官，脸是扁平的，像贴了一张苍白的纸，好像有眼睛，只不过是两个黑窟窿。她就用那黑窟窿在房间里扫视。她看见了我，向我走来。她伸着鸡爪般的手，伸向我的脖颈儿，聋二睡梦中一个喷嚏，她缩回手去。我全身绷得紧紧的，屏住呼吸。我不想看她，闭上眼，可闭上眼更害怕。一闭上眼，她那筷子一样细长的手指就掐过来，还有她左手的长齿锄头。月光从那两孔窗户里照进来，她就在那月光里。一个尖细的声音，从它那两个黑窟窿里传出来，就像是从地穴里传来。那个声音说，吞下它！说着，她右手在空气里一甩一抓，一条蛇从棚顶飞到她手中。蛇弯曲着身子，翘着头，吐着信子。她要我把这条吐着信子的蛇吞下去。我吓得大喊。聋二坐起来，问，怎么啦？我说，蛇！聋二问，在哪里？我指给他看，这时，我看不见那条蛇，也看不见那个绿裙女子，它们瞬间，都穿窗而去。

我坐在床上，瞪着眼，大口大口喘气。聋二掀开被子，问我，你怎么了？你莫不是病了。我摇头。他又问，你看见什么了？他就把我的头搂过去，贴在他的胸脯上。我浑身绷得紧紧的肌肉，慢慢地松弛开了。

我自此害怕窗户，多热的天，我都要搬只凳子，踏上去，把窗户关上。聋二怕热。他知道我害怕，就由着我。他一晚上要醒好几次，每次醒来，就用湿毛巾擦脸，擦脊背。

我还是害怕。我紧紧地挨着他。

你愿意这么睡，就这么睡吧，聋二说。他说着，翻过身去，把后背弯成一张弓。我将身体挨上去，把脸贴在他的脖颈儿上，肚子贴上他的脊背，腿也紧挨着他。我将身体的每一个部位都贴紧他，感觉到他的存在，那恐惧才慢慢地弱下去。

寒冷而潮湿的土地，总是等待着春天的来临。春天真的来临时，我已习惯了窑场的蛙声。那一望无际的油菜花，像金黄色的火苗在燃烧，冲淡了我对绿裙女子的惧怕。

7

聋二在窑场迎着暮色眺望的时候，我走进他的目光。夜开始向着窑场移动。

我身后是母亲。她在南山洼的菜园里看见我，就跟着我一起来到窑场。母亲从她的竹篮里，把洗净的白菜抓一把，放在聋二家菜篮里。她走出来。她一声叹息，像是累了。她坐在晒场的沙子上，半仰头，伸着脖颈儿跟聋二说话。母亲夸聋二人好，厚道，接着夸他的手艺好，能挣钱，又说聋二这样的人，是不应该打光棍的，应该有个屋里人。没有屋里人，也应该有儿子。这么好的人，没人续香火，真是白瞎了。

　　父亲也来到窑场，他们好像是约好的。父亲冷着脸，像冬日一片干燥的土地。他们两人同时来到窑上，这在我记忆里少见。母亲很少与跛腿的父亲一起行走。母亲对聋二说，二兄弟，四郎就交给你了。这学费，就是砸锅卖铁，我们也交不起，你好歹有个窑场。父亲说，兄弟，四郎就交给你吧，以后让他养你老，反正我儿多。

　　父亲有五个儿，听说母亲又怀上了。母亲一直想要个女。

　　聋二的脸，像秋日的天空，平淡无云，你看不出他是高兴，还是不高兴。母亲说，兄弟，你说句话。聋二还是不吱声。父亲说，二兄弟，你说话嘛。父亲母亲的眼神都一样的，讨好，甚至是乞求。他们这样的嘴脸，刺痛着我的心。既然他们养不起，干吗要生那么多，把亲生儿子往外送的，整个竹林湾，也就他们。我坐在矮凳上，把床当课桌，装作看书，其实在偷听他们谈话。父亲说，二兄弟，你知道，四郎是我五个儿中最聪明的一个，长得也疼人，生下来就与你亲。我和他娘可是把最好的儿给你。我没听见聋二的回答，我听到的，只是长时间的沉默。沉默像一把无形的刀，一点点切割着我的自尊。我感到我是个多余的人。我进到茅屋，趴伏在床上，把脸埋在被单里。我想哭，却没有泪。微风拂动茅草，发出瑟瑟之音。那茅草尖就拂在我的心上，我心里毛愣愣地难受。这时，一个声音，像一声春雷，将我内心储存了整个冬天的阴霾驱散，带来一场绵绵细雨。那个声音说：我愿意四郎当我的儿子，我喜欢他，但这事得四郎愿意。

　　我像解压的弹簧，从床上弹起来，两步飞跨到门口，走出茅屋。我说，我愿意。我的声音很高，整个北山洼都听得见——北山洼的树，北山洼的溪沟、水凼、北山洼的每一块石头、每一棵小草、每一朵油菜花。

母亲说，听着没，二兄弟，他愿意，四郎愿意。母亲走出来，一把将我拽进茅屋，把她那张大脸朝向我，说，四郎，叫爷。

我张了张嘴，却没叫出来。我害羞。母亲就说，行了，今天就不叫了，过两天当着亲戚的面，改口管你二父叫爷。

聋二笑了，一脸灿烂，像天边那最后一抹霞光。但母亲接下来的话，让他脸上的霞光消逝在暮色里。母亲说，得过客，选个好日子，把我家的亲戚都请来，把你家的亲戚也请来。聋二说，四郎把我当爷，我把四郎当儿子，我们父子相待，不要那些形式上的东西。母亲说，形式上的东西还是要的，这样才名正言顺。

茅屋后溪水浅吟低唱。

聋二的沉默持续着。母亲盯着他，等着他的答复。聋二说，要不，秋后请客吧，那时候，有收成。母亲说，现在也不错，园子里有现成的菜：茄子、豆角、黄瓜……我家园子里也有，我多摘些过来。你只要割些肉，买些鸡蛋，杀几只鸡，就够了。

聋二陷入沉思。母亲继续她的话。母亲说，我来帮你烧火，你在窑上搭个灶台。见聋二没反驳，母亲语气坚决起来：下月初一，就这么定了。聋二，四郎是个懂事的孩子，你不亏，他将来给你养老。我明天就去接客。

接客就是到亲戚朋友家告诉请客的时间地点，相当于城里人下请帖，只不过不写帖子，而是口头传达。

聋二没回应，轻轻拍打砖坯。他做砖坯的力量一向很大，此刻那么温柔，好像心不在焉。母亲拽起我的手，拉着我远离聋二，语气低沉，样子诡秘。母亲说，儿啊，你别多心，娘是疼你，才把你给聋二。咱们家供不起你读书。把你送人，娘心里也不好受。话说回来，给谁当儿子，你还不是咱老杨家的血脉。

我说，我是你们的儿子，为什么一定要当他的儿子呢？母亲说，他供你吃供你住。我说，我现在不是在他家吃、在他家住吗？母亲说，不一样的。你不当他的儿子，时间长了，他就不会让你在他这儿吃在他这儿住了。我说，不会，二父让我在这儿吃在这儿住。母亲说，儿啊，你不懂。你当他的儿子，吃得仗义，住得有理由。你不当他的儿子，时间长了，聋二不说，别人会说。母亲说着，竟然伸手抹泪，说儿多母苦。看到母亲哭，我的鼻子酸酸的，眼眶发热，泪就要往外涌。我说，娘，我当他的儿子。我当他的儿子，我管他叫干爷。母亲说，不叫干爷，叫爷，亲爷。

父亲母亲走后，聋二停歇下来。我给他递杯茶，他给自己点了根烟。他说，我愿意你当我的儿子，你很好，你将来会有出息。我只是怕湾子里的人眼红，说我收你当儿子，是捡便宜。我说，是我家沾光，是我娘想占便宜，让你养我。我觉得委屈，好像我自己把自己硬塞给他，我带着情绪，说着娘的不是。聋二说，不能这么说你娘，她有她的难处。

新月如水。月色照在窑场，笼罩在我们身上，照彻这郁悒的夜。我们走进茅棚，月亮的光辉留在外面，将持续到黎明。

心中有事，我黎明就醒了，忘了茅屋后的坟茔，忘了害怕。

8

初一这天，阳光透亮，高远的天空，白云闪亮地飘动。母亲拎了半篮子鸡蛋，出现在清晨明丽的光线里。她身后，一轻一重的脚步声，和着山雀的鸣叫。不用看，我知道，父亲来了，那是瘸脚父亲特有的脚步声。

父亲母亲穿戴少有的干净，像两位来访的客人。他们进到窑棚。他们把外套脱下来，放在我和聋二的床上。两个人，穿着汗衫，甩开膀子干起来。大郎二郎到别人家，借了几张八仙桌。他们一前一后，不辞辛苦地搬运。桌子应该四个人抬，乡村路窄，无法通行。大郎钻到桌子底下，人立起来，那桌子就斜挂在他的背上，像长出了又大又厚的龟甲。二郎学着大郎的样子。两人像两只大怪兽，一趟一趟地走在山路上，穿行在林子间。他俩一共搬了七张八仙桌，算上聋二茅棚里这一张，一共八张。在竹林湾过客，摆上八张八仙桌，是很气派的。其实两家可能没这么多客人，母亲说，八张桌好听，吉利，而且不用那么挤，客人高兴。

聋二一早去了县城，买回来鸡鸭鱼肉。三郎在我家菜园摘了些青菜，洗得干净，还带着水滴。

大郎自幼喜欢烧火，他掌勺。万事具备，只等客人。

客人陆续来到。聋二的嫂子葵花迟迟没露面。她不是客人，却是主角，聋二让我去喊。我去到她家时，她坐在堂屋里，透过明瓦的阳光，像追光灯一样打在她的脸上。她的脸上像抹了一屋石灰，苍白，毫无表情。她像坐在阳光下晒太阳的女鬼，我害怕。我退到门槛外，朝她喊道：娘娘（婶娘），窑上的饭好了，二父让你过去哩。葵花在光线里轻轻地翻动眼皮，凸出的眼珠流露出嫌恶的神情。她扯着嘴角，冷笑道：二父？你今天该叫他爷了吧？你娘可真舍得，养这么大个儿，就这么送人了。她莫不是要把她自个儿也送给聋二？

我听出不是好话，转身离去。她的声音从我背后砸过来：告诉你老子聋二，别等我，让客人先吃，老娘一会儿就到。

直等到日头当空，晒场无一遮拦，葵花还没出现。客人烦闷的情绪表露出来，说话声大，埋怨日头的毒辣，怨山洼里没风。其实是有风的，风从南边吹来，有着庄稼包浆快成熟了的那种热烘烘的气息。

人多，民办教师刘映山当知客。他知道得多，啥事都由他张罗。他是我们竹林湾唯一的知识分子。虽然父亲也是有知识的，与刘映山是同学，有着相同的学历，但父亲多年躬耕于田地，那些知识早掉到泥巴碴儿里了。他算不上知识分子了。

刘映山说，聋二，你的嫂端架子，要你亲自去请哩，你就亲自去请她吧。聋二正在给客人递烟，他把烟盒搁在八仙桌上，往湾子里走。一根烟工夫，他回来了，脸上没有早晨时喜庆，是那种僵硬的笑。他对刘映山说，开始吧。

刘映山致辞。他先让我给聋二点烟。聋二将烟叼在嘴里，我划火柴。火柴的光，像小火炬一样跳跃着。我将手伸过去，聋二的脸迎过来。烟着了，聋二闭了眼，猛吸一口，幸福地吐着烟圈。麻球说，看把你聋二美的，都成神仙了。刘映山让我喊聋二"爷"，我犹豫着，聋二红着脸。他给我包红包，是改口钱。红包里还有一张红纸，写着聋二给我新取的名字。那时候还没有身份证，改名字是很容易的事。我给聋二倒了一盅酒，聋二笑着，一口干了。我却没他那么干脆，半天改不了口。刘映山就教我，说，喊爷，快喊爷。

我张嘴正要喊，一道尖厉的嗓音破空而出，又冷又硬的话，暴风雪般传来：不要脸，自个捅出的儿，让别人养；自个屙出的儿，管别人叫。闻其声，知其人，都听出是葵花，扭头去看，葵花蓬松着头发，像一只要吃人的翻毛狮子，怒冲冲而来。

刘映山急忙迎过去，说，葵花嫂，大伙都等着你呢，这不，上上席给你留着呢。

按说，今天这场合，最大主角是聋二，但聋二是主人，不是客人。父亲把儿子过继给他，父亲是今天最尊贵的客人，应该坐上上席。刘映山都知道葵花的性格，将就她，哄着她，让她坐上上席。

葵花不坐，刘映山把葵花拽到上上席处，把她按在凳子上，葵花像弹簧一样蹦起来。她突然躬下身去，两手往下一捞，往上一起，她面前的桌子就四脚朝天，碟子盘子碗筷噼里啪啦，鞭炮一样响成一片，鱼肉青菜全落了地。桌旁的人像受惊的鸡群四散躲开。葵花接着去掀另一张桌子，早有人提防着，死死地按住桌面。葵花掀不动，肥胖的手臂像两把粗大的扫帚在桌子上横扫过去，桌上的盘子碟子，像又燃起了一挂鞭。咒骂声恶毒地响起，先是冲着聋二，说他就是一个苕货，脑子有病，让枪打了炮轰了，养一个野种，只怕将来喝了他聋二的血，也不会有好报。她的矛头接着指向我家，先是骂，骂我父亲母亲只知道生，不知道养。后是咒，咒我们家占便宜，占小便宜吃大亏，要遭报应。她喋喋不休，每甩出一句话，如同劈来一刀，给我们杨家人一阵一阵的痛。

哪个屁眼儿喷粪，闲着没事，说我家咧，骨粗筋糙，皮松肉懒，千人日过去，万人日过来。我睡你爷，捅你娘，日你爹爹日断肠……

是母亲，她拿了一只高脚凳，上面搁了菜板。她开始了她的骂街。母亲骂一句，在菜板上剁一刀，像京韵大鼓。

我感到天一下子塌下来，疲于喘息。我最怕母亲骂街，伤人，也丢人，往往还会引发新的战争。幸好麻球阻拦了这即将发生的一切。他喜欢听女人骂街，她们骂出的，多是男女床上的营生，不堪入耳，但能让麻球获得一种听觉上的快感。

麻球把这杀气腾腾的场面，变成一片欢笑的海洋。他冲我母亲笑道：我的娘，睡人的爷，日人的爹，你这哪是骂别人，你这是在骂自己。你裤裆里缺东西，你用什么睡，用什么日……

众人哄笑，母亲也笑了，但她的笑容只绽放一下，就昙花一样败了。母亲骂道：我用棍子捅！她大概是斜眼瞅见了麻球手中的粪锄，接着骂：我用粪锄剐，用锄把杵。粪锄一剐油一桶，锄把一杵血一盆……麻球拎起粪箕就跑，那猪粪狗屎撒了一路。大伙望着他那狼狈样，又是一阵哄笑。

毛刺的娘，同母亲一样，搬一只凳子出来，把聋二的菜板和刀摆上，一前一后，与我母亲相隔一两丈远的地方骂了起来。她的动作也与母亲一样，骂一句，用刀在菜板上剁一下：日遍街，捣遍巷的货。母亲边剁边骂：猴子一日一哈腰，狗子一日一挺腔，猫子一日一叫魂……

知识分子刘映山，让我父亲去阻止母亲叫骂，他说，可别让四郎他娘骂了，听不得，听不得咧……

父亲说，女人骂架，我一个男人掺和啥，回家我再收拾她，现在，谁愿意听谁听去。刘老师说，你的几个儿子不是都听着吗？你不怕你儿子会学坏？

父亲说，在这个穷山沟，你还指望他们学好？

我的三个哥，本来是为了吃肉，才到窑上来做客的。他们每人趁着混乱，搞到了一只肥大的鸡腿，藏在衣袖里，钻进松林吃去了。其他的客人，有的气不过，走了，有的觉得这么走，太亏，都随了礼哩。他们拿起碗筷，大口吃肉，只把她们的骂街，当作背景音乐。

葵花和母亲互骂的时候，聋二站在茅屋前，沉默着，目光越过长着庄稼的田野，望着遥远的观音寨。他喘着粗气，胸脯像一个起伏的橡皮，但他的脸上，看不出喜，也看不出悲的。他把嘴唇咬得没有一点血色，那张脸也没了血映透出来的红润，像雕塑一样冷峻，平静，好像今天发生的一切，与他没有干系。事后，一湾子的人，都说聋二脾气好，换别人，早一巴掌扇在葵花脸上。分家断业的，兄弟的事，用得着你一个当嫂子的管？

我不知道这个叫葵花的女人为何那么恨聋二。麻球说，你看过《水浒传》里那个潘金莲吗？她喜欢武松，想勾引武松，武松不但不动心，反而骂嫂子无礼。葵花就是潘金莲，聋二这一口小鲜肉，她没吃上，爱不成，便生了恨。

我惊诧地凝望着麻球，突然觉得他也算竹林湾的文化人。

那天闹得不欢而散，但聋二还是把那个改口的红包给了我，我很忧伤，也有一丝温暖。我把红包给母亲看，她把红包塞进自己的口袋。红包里装着三百块钱。我说，娘，这钱是二父的。母亲说，他给你了，就是你的，你放在娘这里。见我撇嘴，她又说，娘还想给你扯两件衣裳哩。

葵花与母亲这么一闹，我就不好意思到窑场住。刘映山作为知客，事没办好，有歉意，夜里特地带我到聋二的窑场，说，儿子没认成，就认个干儿子吧。四郎，叫聋二干爷。我叫了一声干爷。我所以叫得这么干脆，是觉得聋二挺可怜，需要我与他亲近，来挽回一点颜面。还有，"干爷"比"爷"容易叫出口。

两个大人在茅棚里谈论着我，我懂事地走到门外，避开他们，避开尴尬。我听见刘老师说，四郎聪明，你这么对他，将来能沾他的光。

聋二没接话，短暂的静默之后，聋二的声音传来：你是老师。他们这么想，你也这么想？聋二声音轻柔，伴着一声叹息，那是他内心轻微的不快和失落。他为自己辩解：我只是觉得四郎是棵好苗，窝在山里可惜。就像一株好树苗，长在荒坡，眼看着缺少水分，就忍不住想给它松松土，浇点水。我不图回报。

刘老师说，我知道，我这不是安慰你嘛，今天闹了这么一出，唉。

两个男人的叹息，宁静了整个北山洼。夜风轻吹，吻我面颊，我双眼潮润。

9

北山洼的轮廓，在黄昏微凉的空气中朦胧起来。我借助黄昏的光线，坐在竹椅上，急迫地拿出新书。书上的油墨香味诱惑着我，我兴奋，不觉读出声来。温暖斜阳下,我感到一道阴影立在我身旁,是聋二,他抱着一把柴火往屋里走,可能被我的声音吸引,他停下来,静静地听我读:盼望着,盼望着,东风来了,春天的脚步近了……

我沉浸在自己的朗读声中,林子里突然传来母亲的大嗓门:这是哪个写的,是人写的不?这人你说灵性不?这哪是人咧,这怕是神仙哩!

母亲识字不多,但敬重读书人,能说会写的,在她眼里,是能人。写的字上了书本,被别人诵读,在她看来,那是神人。

聋二说,写的文章能发表,是难事,可那也不是神仙,到底还是人写的。四郎,你也可以写,把一些人、一些事记下来,写好了,也可以发表。

许多年以后,我成为一名军旅作家,我不知道我内心那颗文学的种子,是不是在那个黄昏,被聋二埋进我心里的,也许是,也许不是。

阳光照耀着窑场。聋二拿出一套运动服,天蓝底色,有三道白色条纹,像蓝天飘荡着条状的云朵,这是我人生第一次穿买的新衣服。以前也有过两次新衣,都是母亲用针线缝的。我穿上新衣,放眼北山洼,北山洼满世界是明灿灿的阳光。

父亲看着我的新衣服,对我说,四郎,你长大了,就是忘了我,也不能忘记你干爷。我说,我知道。

聋二自制了一辆牛车。有些人家要的砖瓦不多,做一个茅厕,或一间灶屋,雇一辆拖拉机不合算,肩挑背扛又太累,聋二就赶着牛车送过去。清晨,牛车的咯吱声,打破北山洼的宁静。由近而远,牛车渐渐消失在尘土飞扬的土路上,隐没在林子的尽头。黄昏,牛车的声音又由远而近,从林中小路钻出来,钻进洞一般的黑暗中,回到窑场。第二天,聋二在清晨的阳光下接着忙碌。他黝黑的肌肉在阳光下放着光。他的动作是那么干脆洒脱,像习武。歇息的时候,我们就坐在树荫下。树下很宽敞,很平,上面爬满了抓地草。抓地草爬满塘埂,密密地在一起,像一块巨大的地毯。太阳斜射过来,我们的影子落在沙地上。我们坐着不动,影子愈来愈长。

属于窑场的,除了一棵油桐树,还有一株刺槐。我记事的时候,它们就长在这里,似乎很多年都没见长大,总是锄把那么粗。麻球说,油桐树招鬼,我害怕,聋二就砍了那株油桐树。五月,一树槐花,香了整个窑场。夏日树叶正茂,它也还像一棵树。秋天,那槐树树叶落光,槐树孤零零刀枪剑戟一般指向苍凉的天空,那时候,我看着这棵树,就会想起聋二,他就像这棵树,孤独地、顽强地生长着。

夜间落下灰蒙蒙的霜,像洒了一层薄雪,空气很新鲜,但已经很冷了。我在这里,感受着山里的四季。雪落下来,风把雪吹到洼地,洼地积雪深,表面一层化了,结了冰,踩上去似乎很硬,却陷进去很深。新落下的雪,在阳光下白亮白亮的。

聋二生火做饭。灶膛里烧的,都是秋天在三角山砍来的柴,上好的松枝和灌木,那炭火好。聋二给我准备带着提把的瓦罐,里面埋上木炭,将灶膛里的暗火盛在瓦罐里,那炭火一夜不灭,很是暖和,我们管这烤火的器具叫火笼。我们就是靠这火笼,熬过漫长的冬夜。

突然有一天,聋二开始在无人的时候自言自语,说着我听不懂的话。他甚至跟牛说,跟稻草堆说,跟溪水凶说。他老了吗?或者正在老去?只有老人才这样自言自语啊。

我心里涌起一阵悲凉,像这田野的风。我看见高远的天空,一老一小两只盘旋的鹰,它们俯视大地。我突然觉得,这鹰像我们,或者说,我们像这两只鹰。

聋二坐在茅屋一角,双手抱头,好像头痛。我侧过脸,看见聋二眼角亮闪闪的,那是聋二的泪,我也忍不住哭了。我那时并不知道,一个男人没有女人是多么的可怜。聋二伤心,带动我跟着伤心。我说,干爷,你心里苦？聋二转过身去，把背对着我。我看见他的手在动，他在悄悄擦泪。他说，我不苦，我怎么苦呢？我有四郎向阳，我不苦。四郎是我的小名，向阳是他认我当儿子那天给我起的。

我已经学会了蒸米饭。有时候，我放学早，等聋二从田畈回到窑上，大米饭的香味，已弥漫在暮色中。聋二洗手脸，准备炒菜。我说，干爷，我来，我会。我说着，往锅里倒油，锅里发出嗞嗞的爆裂声。

聋二坐在灶前的矮凳上往灶膛添火，灶膛里闪烁的火光，映照着他慈父般善良的面庞。偶尔，他也抬头逡巡，疼爱的目光，在我脸上扫来扫去。

饭好了，聋二捧着我做的饭菜，还未吃，就说，香，好吃，声音湿淋淋的，像是被洗过，我知道，眼泪已经在他的眼眶里了。

豆角炒肉，油炸花生米，韭菜炒鸡蛋，还炖了鲫鱼汤。鲫鱼是下雨那天我从水塘里抓来，特地在水缸里养着的。我拿出"将军城"白酒，给聋二倒了一小杯。聋二一口干了，让我再倒，我怕他喝多了，不倒，他就拿起酒瓶，自己斟上了。

他竟然让我也喝一杯，我尝了一口，太辣。呛着了，不敢再喝。他就没强迫我。聋二那天高兴，果然喝多了。他说，儿啊。他第一次叫我儿。他说，儿啊，你知道吗，有你这么个儿，干爷我心里高兴。

他又喝了一口，说，可干爷知道，你早晚会走的，走得远远的。三岁看到老，我就看准你，你将来必定有出息，必定是要走的。我舍不得，但我愿意你走，走得远远的，到北京去，去读大学。

他终于没能忍住，眼泪涌得满脸都是。我也背过身去擦眼泪，心猛地沉下来，有一丝喜悦。夹杂着一种悲凉，混合着酒气，弥漫在茅屋里。

明亮的月光从窗外射进来，如水一样，在聋二的脸上流淌。是的，他脸上流淌的，还有泪，许久未干。

我伺候聋二睡下。他累了，醉了，洗不了，我就用将热水浸泡过的毛巾，给他擦脸，擦脚。扶他上床。我帮他脱去上衣，可是，当我去脱他的长裤时，他死死地拽住了腰带，并对我说，不用，你睡你的。

聋二许久没有睡去。他是孤独的。他的孤独并不完全因为外界，好像是他内心的隐痛所致。

那么，他的隐痛是什么？我也不小了，懂得一些事。他觉得，他缺女人，他应该有个女人。他这样的男人，怎么会没有女人？我听母亲说，他年轻时，因为祖上的原因，划分为"地主"，成分高，没姑娘敢嫁他。后来摘了"地主"的帽子，他的年龄大了，又在队里放炮起石头时，震伤了耳朵，听力不好。大姑娘找不到，过花嫂（嫁过一次人的女人）呢，他又不要，于是，就一个人过着日月。

他的内心，像被禁毁的荒原似的，因为我的到来，而有了生机，有了希望。希望像火苗在他体内燃烧，热烈地燃烧。我知道这种感觉，就像我，因为他，从而有了继续学习的希望。

但也许，正是我害了他。

冬日，一对要饭的母女出现在竹林湾，说是从河南那边过来的。她们来到窑场，在聋二的稻草堆里歇下。聋二给她们盛了饭菜，还给那个小女孩煮了三个鸡蛋。聋二的善举，很快被顺喜娘察觉。顺喜娘就想把那个女人说给聋二。她到聋二的灶上，打一盆热水，给那个女人洗了脸，拿来自己的一件旧花衣给那个女人穿上，是一个长得不错的女人哩，而且还不老。我分明看见聋二的脸活泛了，陡然有了红润的光泽，但他的目光落在我的身上，那眼里亮闪闪的东西就暗了下去。他轻轻地说，算了吧，顺喜他娘，你莫要开玩笑，我……

他永远不把话说清楚，就像石桥河面的雾，若隐若现，就像石桥河面的风，不知从哪儿吹来，不知在哪里逝去。他的内心，只能猜测。那对母女离开的那个夜晚，我把目光投向窗外，望着白昼一样的夜，望着寂寥的星辰。松涛阵阵，和着身旁聋二的鼾声。他静静地睡着。夜像他脸上的皱纹，有些神秘，有些虚幻。我听到一只夜鸟的叫声从茅棚顶越过，那清脆的声音有着温热的气息，也有它无法掩饰的孤独。

10

那个黎明，我被巨大的嘈杂声吵醒，似乎还听见了呼救声。我以为是梦，只听聋二说，快起来，湾子里出事了。聋二说着，手脚在我面前一晃，身体就隐藏在他的衣裤里。我睡觉穿着背心裤衩，我没来得及穿外衣，跟在聋二后面跑。出了窑棚，看见西南一片火光。聋二惊呼道：谁家着火了。我吓得哭了，那是我家的方向。聋二拽着我，边跑边安慰我，别急，或许是稻草堆。

我们在灰蒙蒙的林子里奔跑，越跑越亮堂，不知是火光的映照，还是天突然亮了，我眼前的一切清晰起来。火光先是一点，后来是一片。呼喊声让人胆战心惊。到底是我家，我家屋顶火光四起，伴着乌黑的烟。一湾子的人排成长长的两队，男女混杂。男人大都穿着大裤衩子，光着膀子。女人们穿着短裤，有穿着上衣的，有没穿上衣的，胡乱裹着一块布，或一件床单，就投入到战斗中。两队人，从石桥河畔一直排到我家房顶。数只大水桶在他们的手里倒腾，他们的手一刻不停，轮流递送。一架梯子倚着我家的屋墙。站在梯子最顶端，两脚踏在梯子上的是我的父亲。他面前冒着乌黑的浓烟，和偶尔蹿出来的火苗子。火苗照耀着父亲的印花大裤衩，那显然是母亲的大裤衩，竟然穿在他的身上。

男人穿女人的衣服，这是丑事，丢人。我脸一阵发烫，我知道，这不仅仅是屋顶火光的炙烤。

大郎二郎三郎都加入打火的队伍，他们拿着脸盆奔跑着，从河边舀了水，往屋顶扬去。他们更多的是无用功，那水并没扬到屋顶，大都像雨点一样，落在父亲身上。

聋二冲上前，他把梯子下端他够得着的两个人拽了下来，剩下最上面的父亲。他拿起一把锄头，艰难地贴着父亲的身子蹭上去，站在我家屋檐上，像薅秧苗似的，从前到后耙动，只听瓦片噼里啪啦掉在地上。父亲去拽他，父亲舍不得瓦，但父亲拦不住他。聋二让父亲下去，说危险。父亲没有下来，就站在旁边看他。聋二不但把那些瓦片都砸碎了，还用锄头把桁条砸断，掀开，往地面扔。父亲看拦不住他，就说了句，你给盖啊！

瞬间，火势下去了。聋二这才让大伙把水递上来。他站在屋顶，高屋建瓴，他把水往下泼，很快，屋里看不见火，只剩下烟。时间不长，烟也小了，只有雾气和水汽。

火灭了，水停止，父亲从梯子上下来。他这才想起他的花裤衩，很低地将头低下去，似乎要用脑袋将那只花裤衩挡着，这怎么可能做到？聋二脱掉自己的长褂，递给父亲，父亲将它抻开，将衣服的两个袖子系在腰间，这样，父亲就拥有一个围裙。他慢慢地直起腰，跛着腿，往屋里走。他要去看看家烧成什么样子，聋二拽住了他。聋二说，里面全是二氧化碳，不能进去。父亲就踮着脚走回来，将聋二的褂子在他腰间紧了紧，坐在老槐树的石凳上，埋头呜呜哭。我对父亲的憎恶突然消失，反倒动了恻隐之心。我不知道，他一只跛腿，竟然在梯子上站得那么稳，站了那么长时间。他为了救我家的屋，为了我们全家，他顾不上穿长裤，匆忙中，穿上了母亲的花裤衩，忍受着丑态，那么卖力。

母亲坐在地上哭。她身上包着床单。她说，这日子怎么样过咧，我要不是舍不得我的几个儿，我就去跳河死了咧，年年有人跳河，也不差我一个咧。日子好难啊,好难啊!

顺喜娘抓住母亲的手,说:没烧着人就万幸,莫哭咧,日子还要往前走哩……

刘老师却是说着笑话:我的个亲娘,你男人半夜里穿你的大花裤衩,着火时,你们怕是正光着身子做好事呢?要不,你的花裤衩,咋就到了他身上……

11

记忆中,依然是黎明。是的,竹林湾很多事,都在黎明发生。我们先是听见嘈杂声,接着是母亲的号哭。聋二牵着我的手向湾子中央奔走,我们看见了我的父亲,他被五花大绑,被游斗。挟持他的,是歹狗子和几个民兵,他们身上背着枪。我从母亲的哭诉声里听了个大概,原来夜里,五郎饿得哭,哄不好,父亲就出去了,回来时,手里多了一把花生秧,上面挂着新长成的花生,被民兵发现,说父亲偷盗,绑他游街。

他们押解着父亲,游完了竹林湾,还要把父亲押到别的湾子去游斗。聋二拦住他们,说,多大个事,就算是偷,也是孩子饿得没法,乡邻乡亲,至于吗?歹狗子不从,聋二要拼命。聋二说,我一个寡汉条子,死无牵挂,你们可都是有媳妇有伢的人。他们就放了父亲。

父亲浑身抖瑟。聋二扶他回了家。

天黑的时候,大队干部全到了我家,歹狗子说,父亲犯了错误,要惩罚父亲,要让他游遍观音寨大队每一个湾子,既然没游到,惩罚是不能免的。父亲说,我没偷,是路上捡的,别人偷的花生,撒落在地上,我捡回家。歹狗子说,咋那么巧,让你碰见了。父亲说,孩子饿,闹,睡不着,我心烦,到外面走走,就碰见了。歹狗子说,明白了,孩子饿才去偷。

歹狗子是新任民兵连长，贪功心切。

大队部的农场，有一个叫亏荣的寡汉条子看守。他不专心，庄稼时有被盗。歹狗子说，大志，你去吧。我和书记商量了，你偷落花生的事，就不往上反映，上面正整顿乡风民风，抓典型，报上去可不得了，但不惩罚，群众会有意见，就罚你上农场看秋吧。

我不理解，既然父亲是个盗贼，为何让父亲去看农场，让他去，且不偷盗起来更方便，但民兵连长歹狗子的话，让我觉得他真是歹狗子。他说，去吧，大队部决定了。你看好庄稼，凡是有被盗的，你若没抓到人，就视为你偷的，因为你有前科。

母亲抱起一床被子，递给父亲，说，既然非得去，那就去吧，抓到别人偷东西，就把他交出去，让他去照农场，你再回来。

父亲走了。

第二天黎明，亏荣奔跑着，冲到窑场，喊：聋二，四郎他父，他父……我问，我父怎么了？他说，你父喝了柴油。聋二拽起我就跑。路窄，两人走不开，他就扔下我，边跑边问亏荣，你肯定他父喝的是柴油，不是农药？亏荣说，是，床下有一瓶农药，有一瓶柴油。他没喝农药，喝的是柴油，没有农药味，只有柴油的气味。聋二说，那没事，应该不会死。

父亲在医院抢救过来了，但柴油烧坏了他的嗓子，不能说话了，他成为一个哑巴。那几天，他常坐在石拱桥上，沉默着。也只有石拱桥古老的石头，和石桥河流淌的水，能忍受他的沉默，他不敢在屋里长时间静坐。一个人一言不发，在漆黑的屋里静坐，这屋就成鬼屋了。

喜欢沉默的父亲，自此更加沉默。

父亲就这么在河边坐了三天，谁也喊不回他。麻球说父亲会跳桥，让我们弟兄几个轮流看住他。麻球的话把我吓哭了。聋二安慰我，你父不会死的,他要死,他就喝农药了,农药和柴油的气味,明显不同。他喝柴油,说明他不想死,他舍不得你们。

第四天,父亲果然回了家。那天早晨,五郎跑到父亲身边,稚嫩的小手抓住他黑瘦的手,稚嫩的声音喊道,父,回屋,吃饭。

父亲痴呆地望着五郎。他突然把五郎抱起来,往屋里走,泪痕满面,他说,走,回屋,吃饭!

父亲的声音又尖又细,好像嗓子被人卡住了,但它到底穿透晨雾,在竹林湾上空回荡。竹林湾的人很快知道,喝过柴油后的父亲能说话了,只是他变成了公鸭嗓。回想起父亲以前的声音,那么好听,方言里夹杂着普通话,可母亲说他是"陕西的骡子做马叫",现在,他的声音就像锉刀锉在铁器上,就像喉管里卡住了一块骨头,听起来太难受。我想,这才是"陕西的骡子做马叫"呢。

即便这样,我们还是很惊喜,毕竟相比死一般的沉默,父亲有了声音,柴油没有将他变成一个哑巴。

聋二说得对,父亲其实不想死,他舍不得我们,所以他才选择了柴油,而不是农药。

这年年底,政府落实一项政策,说是以前的公职人员,只要不是犯错误的,正常下放的,有下放证明,就可以恢复公职。可这个时候,父亲已经瘸了。瘸脚老师,还是有的,半哑的公鸭嗓,就无法教书了。父亲放弃,母亲不甘心,去找人,母亲说,哪怕到学校烧火,也是吃外饭的人。无奈教育局只认当年那一张证明,父亲的同事当证人都无效,父亲无法恢复公职。

我们这才知道,父亲以前是地道的教书先生,他的腿,先前也是不瘸的,是在生产队干活时受的伤。

母亲怎么会嫁给父亲的,她怎么会看上父亲,这个谜,自然就解开了。

当年的父亲，其实是一个体面人。

父亲更加沉默，他似乎在用他的沉默告诉我们：人得认命，一条路，方向偏了，一切就都变了，但你还得往前走，默无声息地走下去。

12

分田到户，日子朝着好的方向走，早稻谷铺满晒场，被木齿耙扒出一道道凹痕，放眼望，像浓缩的黄土梯田。天近黄昏，那些稻谷被收拢成堆，在夕阳的映照下，像金字塔群。竹林湾家家丰收。每个人的脸上洋溢着喜悦，好像都过上了小康生活。用我母亲的话说，竹林湾的人，屁股都是笑的。母亲没文化，说话却很尖刻，形象，常常一针见血。

我也丰收，这是我人生第一个重要的收获。我接到了高中入学通知书，而且是重点中学——红安一中，整个桂花楼中学两个初中毕业班，共七十三人，唯我一人考取重点。我的屁股是不是笑的，我不知道，但我的心笑了，乐开了花，这我知道。

我家其实并没富起来。家里正需要劳动力时，大郎去了部队。大郎走后，二郎占了一整间，再没有别的房屋，我还是没有自己的空间，我还得回聋二那里去住。父亲送我，他让我带上通知书，让聋二看看，让他分享快乐。

过了后山坡，到了北山洼，我看见聋二站在马灯下的身影。他在等我。我转身朝父亲说，父，你回去吧。

茅棚里热浪滚滚，灶火未灭。聋二的小方桌上摆了四个菜，量大，几乎占满了整张桌子。他拿出一瓶"将军城"，摆上两个小酒盅。这是我来窑场后，他第二次喝白酒，刚才还说不喝呢。他让我陪他。他没怎么吃菜，只是喝。三小盅灌下去，我说，干爷，你胃不好，不喝了。他笑着，摇头，说，我高兴，喝两盅，没事的。那一盅他喝了很长时间，一点一点、一滴一滴地呷着，我听着他嘴里发出"嗞嗞"的声音，幸福而甜美。

聋二疼爱地看着我。他说，四郎，我高兴咧，全校七十三个人，你考第一，是块料。咱们桂花楼中学，破破烂烂的，几时考上个重点。这在清朝，你是进士哩。是块读书的料，好好学习，将来考大学，中举人，我供你。

聋二给我倒了一盅酒。他说，向阳，你也喝一盅。我说我不喝。他说，喝吧，就一小盅。我心里暖暖的，呷了口酒，心里更暖，似有火在燃烧。有些话我掖在心里，说不出来。借助这酒，我说出来了。我说，干爷，我一定好好学习，将来考大学，在城里上班。我把你接到城里，给你养老。我本来想说养老送终，但觉得这么说为时过早，也不吉利。聋二目光一亮，我知道，他在憧憬着我美好的还未来到的未来。

聋二举杯，我又抿了一小口，辣得我咝咝地像蛇吐信子一样吐着舌头。为了让聋二高兴，我捏着鼻子，像喝中药似的，将那一小盅酒全灌进嘴里。他笑了，但眼里却亮闪闪地含着泪花。他说，你到学校，住读了，星期六回家，还上我这儿。上我这儿拿米拿菜，你就是我的……他到底没说出那个"儿"字。

晚上，虽然天有些热，他还是挨着我睡。半夜里，他的一只手抓着我的一只手，好像我是一只鸟，随时会飞走。

我考上县一中的喜悦，很快就被现实生活驱走。我报到的第一天，就被划分到"下等生"的行列。我说的下等生，不是学习成绩，而是家庭生活条件。当时聋二带我去报到。我们到教务处办手续，交生活费。窗口坐着的是一位四十多岁的胖女人，她问聋二，你儿子是吃小食堂还是吃大食堂。聋二问这有什么不同，那个女人说，吃小食堂，就向食堂交钱，买饭票，菜票。吃大食堂，就自己带米，自己淘米，放进饭罐里，送去蒸，开饭的时候，到饭槽子里找自己的饭罐，吃自己带的咸菜。聋二没有立刻回答她。女人说，这有什么犹豫的，自家怎样的条件不知道？条件好，吃小食堂，条件不好，就吃大食堂。聋二非常清楚他的口袋，交了学费后，口袋已经比脸还干净了。就那点钱，都是他整个暑假，起早贪黑做砖瓦挣的。

吃大食堂，聋二说，他的声音很低，没有底气，像是从女人身后的墙壁反弹回来。走了几步，聋二反身朝着窗口问：能吃半个月大食堂，再吃半个月小食堂吗？

不能！胖女人回答得干脆。她的肿眼泡上翻，又迅速垂下。我感到她的那双眼伤害了我，更伤害了聋二。聋二把我送到宿舍，帮我占了一个挨墙的床，下铺。他帮我把箱子搁在床前。床前有现成的砖，那上面有风干了的大米饭粒，还有几绺干萝卜条，看来是师兄们留下的。他们上二年级了。

聋二帮我把床铺好，除了被子，只是薄薄的床单，因为没有褥子，只得等新来的人搭伙。我觉得有些寒酸，幸好学校有通知，说床位不够，四人一张床，上下铺各两人，一人出被子，一人出褥子，搭伙睡。这个通知让我有借口：不是我家拿不起一整套行李，是学校不让。

聋二走了。他好像有些不好意思，好像有些自责。我一直把他送到学校大门口，直走到金沙河边。他将自行车立在一旁，望着流淌的金沙河水，说，你先吃大食堂，下月有钱了，再让你吃小食堂。

聋二不敢朝着我说，他朝着金沙河的水，这表明他说这话时没有底气。我说，不用，在桂花楼读初中时，中午不也是吃蒸饭吗。再说吃大食堂的人，又不是我一个。

我知道家中的苦,大哥二哥结婚欠下的账没还清,三哥又要相亲。聋二的收入有限,现在人家做屋,都买红砖,红砖喜庆,青砖老气横秋。聋二的青砖,就都堆在窑上。我要做的,是把蒸罐捧回宿舍,不看那些到小食堂打饭菜的人,自个儿闷头吃饭,闷头学习,将来考上大学,成为一个"吃外饭"的城里人。

聋二的背影在夕阳中远去。

13

星期六下午,我回家拿大米和盐菜,路过北山冲的野水塘。我看见银山媳妇在车水。她独自一人,我凝望着她。一丈多长的木头水车像一条龙。车头像龙头伸埋进水里,车尾沿着坡斜向上,通向塘埂半腰的小涵洞。水车就这样将低处的水吸到高处,再流向塘埂那边的水田。

野水塘离村子远,是天然水塘。塘埂上有棵柳树,也是野生的。人在附近车水,干活儿,累了,就在树下歇荫。这是初秋的时节,正午的阳光还有些晒。我坐到树荫下,看着银山媳妇车水。我看着银山媳妇。我看着她,她也看见了我。她说,大学生回来了。她说话的时候,并没停止手中的活儿。我脸发热,说,哪里是大学生。她说:早晚是。

她真会说话。好话一句三冬暖,她在我心中越发完美。我是我们竹林湾第二个高中生,自从第一个高中生陈吉祥高考失利,不久精神失常,继而失踪,湾子里的人再把我叫大学生,其含义可谓五味杂陈。银山媳妇是城郊人,嫁给我们竹林湾的转业军人银山为妻。我从她的语气和笑容里,知道她并无嘲讽之意,好像还有一丝尊重。她的这种表情和语气,一下子缩短了我们的距离。

车水是个力气活儿,一般四个人,大都是男人,也有男女共同作业,分两侧站立,每侧两人,坡上坡下相对而站。坡上人往前送车水把子时,坡下人往后拉车水把;坡上人往后拉车水把子时,坡下人往前送车水把。如果人手不够,也有两个人车水的,分立左右,一上一下斜对着,进行"拉锯战"。实在找不到帮手时,一个人也可车水,那就是一件特别累的活儿,水车启动后,要尽力不让它停下来,保持它的惯性。这样的活儿,大都是身强力壮的男人干。银山媳妇居然干这种活儿。

我问,银山嫂,你为何一个人车水?银山媳妇说,你银山哥单位忙,这礼拜天不回来了,这水田又等不得。

我说,我帮你车吧。她笑道,那可要不得,你是学生伢,身体蓄住了,干不得这力气活儿的。我说没事。她说,要不得要不得,别说你父你娘,就是你干爷聋二,都得心疼死。她笑起来。她的牙银白如玉,这让我觉得,即便她在干农活儿,也是一个干净的女人。我很想离她近一些,更近地看她的脸,就像欣赏雨后干净的花朵。我说,我帮你车。

好像是知道有人要帮她,顺水车一侧,卧着一根车水把。

我走向银山媳妇,走到阳光下。我抓起车水把,站在上坡的位置。上坡的位置累。她依然站在下坡处。我没等她停下水车,我找准机会,将车水把的"眼"对准那个龙耳朵一样的轴,往里一拍,车水把就套上去了。我跟着水车的节奏,前仆,后仰。她往前送车水把时,身子前倾,我看见她雪白的脖颈儿。她伸臂前伸,衣领被拉拽。我就看见她的胸脯露出来。我还看见她的乳沟,雪白之中一道神秘的阴影。她后拽车把子时,为了减轻我向前推车水把子的力量,她整个身子向后仰去。透过她那件薄薄的衣服,我能看见她的乳房被绷得紧紧的,它们是颤抖的,像踊跃着的小白鸽。我知道,这个比喻很陈旧,老套,没有新意,但是,我脑子里当时想到的,的确是小白鸽。

"小白鸽"就在我眼前扑腾着,我前倾,她后仰;我后仰,她前倾。

我每次前倾，想象中，几乎都会扑倒在那对小白鸽上，这种感觉让我很舒坦，浑身燥热。她有时看我，我就不敢看她。我躲开她的眼。初秋的下午，天有些温热，我只穿了一条短裤一条长裤，我感到自己身体的某个部位正在膨胀，我怕银山媳妇发现。她可能已经看见了，她白白的脸上，汗水掩饰不了红晕。这是很难堪的事，我急忙喊，银山嫂，歇一会儿。她笑了，脸依然红。她说，歇一会儿吧，我说了哩，学生伢，太嫩，不行。歇一会儿吧，我也歇一会儿……

我趁机转身，沿斜坡向塘埂顶端走。身体局部的强烈反应，我只能撅起屁股，弯腰而行，加以掩饰。银山媳妇看我这样，笑道，我说不行吧，大学生，这就累得直不起腰。我脸火辣辣的，不知她是否发现了我的龌龊。我爬到塘埂上的树荫里，顺势坐在草坪上，根本不敢站立。

银山媳妇也坐进树荫里，离我很近地坐着，我能感受到她身上热烘烘的气息。我们坐到树荫里，四野无人。我看见她脸上有细密的汗珠，不像湾子里那些臭婆娘，身上的汗像男人似的流淌。她从她裤子口袋里掏出一块手绢。她摇动着手绢。有一种淡如桂花的香味飘到我面前。也不知这香味来自她的手绢，还是她的身体，香味淡淡的，却沁入心肺。她那薄薄的水红色衬衣，把她的脸映衬得像初熟的桃子。

大学生，银山媳妇喊了句。她伸出手，用手绢来给我擦汗。她右手几个指头呈兰花状，大拇指食指中指捏着手绢，在我额上走过，而她的无名指，却轻轻地划在我的面颊上。我知道，她不是有意触摸。但这种无意的接触，太神奇太美妙，让我一阵战栗。我像一尊机器人被开启了机关，右手本能地伸出去。我的脸顺着她的脖子往上去，让我鼓胀的胸肌贴上她那丰满的奶子。我感到她的身子是火球，我一下子被这个火球点燃，燃烧。两个人的燃烧。

我伸出双臂，要去拥抱她，就在这时，我听见山岗上的松林里，传来咳嗽声。那声音荒凉而苍老。我听出那就是聋二的咳嗽,那是一个吃了过多灰尘的窑匠特有的咳嗽声,像旱雷。

我朝向山岗,看不见来人。

银山媳妇站起来。她不看那声音传过来的树丛。她收起车水把子,两个都收起来,上了塘坝。顺着塘坝上的路,下到塘坝去,踏上田埂。那是一条小路,通向我们竹林湾的小路,过了田埂,穿过一片林子,就是竹林湾北山的北坡。上了北坡,过了北山,就能看见聋二的窑场,再往南,就进到竹林湾了。

我望着银山媳妇的背影。她什么也没说,其实什么都说了:结束了,回家吧。她把那两只车水把子扛在肩,就是告诉我,水够了,不再车水了。天黑的时候,会有壮实的劳动力,或许是银山的兄弟,或许是别人,把她的水车抬回去。

我向东,走过塘埂。塘埂上面有片地,地的尽头有片梧桐林,我看见聋二走出树林,但他没开口说话,直到晚上,我们躺在床上。他说,这样的苕事,可不能做。这事要是让人知道了,没等传到银山那儿,他的几个兄弟就把你腿卸掉了。

我才知道,整个下午,他为何一再沉默,这样的话,是要留到黑夜里说,他给我留了面子。

我的手颤抖着,在黑暗里弯弯曲曲地舞动,这是后怕所致,我同时觉得失落和空虚,但幸福的感觉从来就没有逝去,它只是瞬间缺失,就像水里的漩涡,很快被奔涌而来的水填满。

我后怕,但似乎不是后悔。这个正午的幸福,是我从未有过的幸福,幸福让我落泪。

第二天下午,我去学校。我那个大的帆布军用挎包里,装着大米和盐菜,被聋二绑在自行车三角架上。我坐自行车后座,聋二骑车送我。

在校门口，聋二说，儿啊，用心读书，莫做苕事，将来考上了大学，啥样的媳妇找不到？

他的话，像一枚弹丸击中了我的泪腺，我的眼泪涌出来，它们顺着我的脸庞，直奔嘴角，苦、涩、酸、甜。

他叫我"儿"。他第一次叫我"儿"，我被一种黏稠情感裹挟。

14

第一学期期中考试，我名列全班二十名之后，英语拉了我的分。他们城里孩子，小学三年级就开始学英语，还学口语，我根本不敢用英语说话，输在起跑线上。我英语只得了七十分。这个晚上，我躺在床上哭了，没有声音，只有眼泪。第二天清晨，我第一个起床，走到金沙河边，开始了我的晨读。那时候，天还没有完全亮开，我看不清书本上的英文单词，我就想象一些汉字，再试着把它们译读出来。

寒假来临，冬雪飘洒。我在聋二那里过的大年初一，也算是给干爹拜年。吃过初一开春饭，聋二给我二十块压岁钱。这是这几年来他给我最少的一次。前几年，他都给我包一个红包，很厚的一个红包，那里有我的全部学费。我拿着二十块钱，红包很轻，心却很沉，现实是那么残酷，我的学费没有着落。我从聋二很深的沉默里，知道他为难。我回老屋去。不用开口，一到老屋，母亲就知道我是要钱。没事时，我很少回。母亲问，聋二没给你准备学费？我说，怎么好意思，我又不是他的儿，在人家吃，在人家住，还要用人家的钱。

母亲说，你吃他的应该。他是你干爷，你是他干儿子。不是他嫂干涉，你就过继给他当儿了。

我不理母亲。我去找父亲。

我与父亲在一起，对他是个压力，这一点我非常清楚。只要我不上学，杵在他面前，就是一块巨石压在他心上。他心里，他面子上，都过不去。

父亲果然很不自在地沉默着。

转了一圈，我还得回到窑场。我别无选择。

年过月尽，年轻人外出打工，乡村静下来。我整日不出窑棚，坐在床头等待聋二的脚步声。我常常是从清晨等到黄昏，在风吹松枝的瑟瑟声里，昏昏欲睡。

聋二每天都出门，给我张罗学费。希望渺茫，山里人正月里不愿拿钱借人，但他依然揣着那渺茫的希望去借。

去年初冬时，聋二卖出去的那些砖瓦，大都是赊账。聋二腊月里去取钱，才发觉，葵花已在他之前，把他赊过砖瓦的那些人家都走了一遍，讨回来一些钱，装她自己兜了。有些人家，葵花没要来钱，他去要，更要不来。那样的人家，多半真的没钱。

你先到学校去吧，我要到了钱，就给你送去。那天早晨，聋二对我说，是一种商量的语气。

我眼前浮现出开学时教室里的情景，交了学费，领到书的同学，满脸喜悦，有的拿着新书，在课桌间追逐嬉闹，或坐在座位上，把书翻得哗啦响。而我，独在教室一角，鸵鸟一样将头埋在手臂间，不敢看别人，却分明能感知同学们的目光射了过来，尤其是女生，目光如炬，将我那点可怜的自尊，一点点燃烧，吞噬。从小学到初中，开学时的状况大都如此，我挺过来了。但现在，我突然对教室充满惶惑与恐惧。我是高中生了，人大了，自尊心强。拿不着学费，我选择逃避。

聋二出去了。他的脚迈过门槛那一刻，回头，目光却并没看我，而是盯着堂屋的墙角，仿佛是在同墙说话。他说，你等着，今天应该能借得到。聋二的声音很小，不像说给我听，像是在安慰他自己。

正月十五的鞭炮响彻山村，炸得我心里一阵慌乱。明天，正月十六，学校将正式上课。拖至正月十六还不去报到的，往往就视为自动辍学。我决心到武汉去打工。我这么想，心里反而坦然了。夜的黑从头顶压下来，我倒床便睡。

夜在黎明中醒来。我像村子里别的打工仔一样，一个蛇皮袋，塞着我的铺盖，向石桥镇上走。在那里，我将坐上去武汉的汽车。

聋二送我，他走在前。出了村口，他没走大路，选择了一条田间小道。我懂聋二的心，他怕碰见熟人，怕熟人看见我上不起学。

太阳露出瑰丽的光，豁然亮天。聋二突然停下来，指着满田的油菜说，你看，咱们种的油菜开花了。我扫了一眼，眼前一片碧绿。聋二说，你仔细看。我顺着他的手指，果然看见一朵金黄色的油菜花，就在离我们几步远处。聋二说，要不，你还是上学校去吧，油菜花开了，太阳一晒，三两天就全开了。过些日子，天暖和了，就会结籽，籽饱满了，熟了，收了，就是钱，够你交学费的。

聋二是在同我商量，更像是在乞求。他一直低着头，不正视我，只看着那朵金黄色的油菜花。

我的眼前，幻现出漫山遍野的油菜花，一股金黄色的希望火焰似的在心中升腾。我的腿软了下来，似乎已无力迈向石桥镇。我放下蛇皮袋，坐在田埂上，低头，拔着田埂上的野草。眼泪悄然流出来，滴落在我的手背上，滴落在野草上，滴落在拔去野草的新鲜泥土上。

聋二趁机提起蛇皮袋，将我拽起来。我们转身，沿着相反的方向，回到窑场。

第二天清晨，我挺起胸膛，走向学校。我眼前没有同学们鄙夷的目光，只有那朵闪耀着金色光芒的油菜花。

15

历史有着惊人的相似,有些情景,在生命中重复出现。两年后,我再次陷入困境,也是在早春二月。一场倒春寒,侵蚀着红安大地。那个夜晚,竹林湾像一个巨大的冰窖。冷空气冻死了聋二养的小牛犊,那原本是聋二给我准备的学费。他已经跟邻村一人说好了,只等正月十五一过,阳光暖起来,那人就带钱过来牵牛犊。

聋二处于自责中,他说,我没看好牛,它不应该被冻死的。然而,那个晚上,聋二病了,一直发烧,发烫,他根本无力爬起来。

那年的雪真大呀!多年以后,竹林湾的人忆往昔,空嗟叹。

那年留给我的记忆是寒冷的。聋二病了,咳嗽得厉害。而我,打篮球手骨折,在医院打了石膏,缠了绷带,回家休养。一个半月后,我回到学校,学习已经跟不上。学校筛选考试,我的成绩处于全班后十五名,被老师"劝其退学",第二年再考,以免影响学校的升学率。

我回到竹林湾。竹林湾,生我养我的地方,此刻,却无我容身之地。

村里的包工头大嘴带人去做工,我明知大嘴不靠谱,但我还是要跟着他,完全是为了逃避。

清晨的空气有些冷,我顾不得这些。我扛着我的被子,跟在大嘴身后,走上山路。穿过那片松林,就是马路,顺马路再走五里地的路程,我们就可以坐上去武汉的汽车。

岔路口的松林闪出一个人影,是聋二。他拦住我的去路。他说,向阳,你等一下,我有话说。大嘴盯着聋二,等着他说话。聋二说,大嘴,你先走吧,四郎一会儿撵你。大嘴说,有多少话,就这儿说呗。聋二说,你先走吧。

大嘴往前走了几步。聋二让我进到林子里,不让大嘴听见我们的谈话。聋二说,向阳,当兵去吧,奔个前程。

我凝望着他。

我犹豫之时,他从我肩头拽下我的被子。他扛着我的被子往回走,我不得不跟在他后面。身后传来大嘴的声音:这个寡汉条子,把四郎闲在屋子里有个什么出息?等着像你一样当寡汉条子?

聋二没有回应他,聋二只跟我说,他说,冬天快过去了,春天来了,征兵就开始了。今年的征兵改在春天,好像专门为了招你。儿啊,去当兵吧。这是聋二一生中少有的带着抒情的语调,令我热血沸腾。

我入伍前的那个晚上是在聋二家度过的。聋二把那只唯一的老母鸡杀了。他下手时,我在场,我阻拦他,不让他杀。他杀了,就再也没有鸡蛋吃了,但他说,要杀,四郎向阳去当兵,我不杀只鸡炖给他吃,心里怎么过得去?我一把抢过那只鸡,把它抛向空中,但那只鸡好像要殉情似的,并不展翅飞翔。它夹紧翅膀,重重地摔在地上,还跌出一只鸡蛋来。鸡蛋破了,黄色的液体流在晒场。聋二抓起它,拔去鸡脖子上的毛,一刀抹了它。

黄昏时,鸡肉的香味在山洼里飘荡,但我吃得并不香,似乎还落了泪。我说不清是因为这只鸡,还是因为离别的伤感。聋二说,去吧,去当兵,考军校,当军官,光荣,将来也好说媳妇。

聋二笑着,眼里却挂着泪。原来他并不是不想找媳妇,原来媳妇也是他心目中的头等大事。

我与那些同我一样脸上带着傻气的新兵一起,一头扎进大客车,再转乘火车,奔赴遥远的东北。

三年后,我考上南方一所军校。

16

入军校后的第一个暑假,我回家探亲。我一身鲜亮的军装,红肩章像两片燃烧的火焰,照亮了整个竹林湾。

父亲用他沙哑的公鸭嗓说,去看看聋二。

我走向窑场。记忆中干净整洁的窑场,现在一片脏乱,荒凉。窑棚几乎垮塌。我以为我离开这几年,聋二能实现他的理想,在这片窑场盖起三间砖瓦房。看来,那依然只是他的一个梦。他在忙碌,晒场上的尘土,在阳光的照射下,雪花似的纷扬着,落在他弯曲的膝盖上,落在他的脚背上,落在细沙子上。他一动,它们再次飞扬。听见我的动静,他停下来,冲我笑。昔日高大的聋二,身子矮下去一截。他的瘦削击中了我。他那零乱的胡须,增添了他的沧桑感。他向着我迎过来。他一直朝着我笑,但他那深陷的腮,使他的笑容并不比哭泣更好看。

爷……我一直想这么喊他。在部队那几年,我无数次叫过他爷,在军校的半年时间,在梦里,在无人的梧桐树下,我遥想他时,也会默默地喊他一声爷。

干爷……我喊出口的,还是这两个字。

嗯……他应道,有欣喜,似乎亦有失落。他伸出一只胳膊,准备像我小时候那样搂抱一下我,但踌躇之后,他的那只手只是若有若无地拍在我肩上。

茅屋阴暗。这就是我住了七八年的茅草屋吗,这就是我睡过的床?我坐过的椅子,我无数次伏在上面吃饭和写作业的桌子?给我炒菜炖汤煮面的,就是那口黑漆漆的锅?

我习惯性地坐在床上,还是那套被子,还是我睡过的床单,上面已经有了补丁,针脚粗细不均,歪歪斜斜,一看就是他的手艺。床上的潮气上涌。我感觉到潮气如丝,顺着我的脊背缕缕升腾。

我先是听见他一声高过一声的咳嗽。他还是戒不了烟。我看见他佝偻的身体。风吹日晒,他那暗红色的脸庞变成了黝黑。我不敢正视他,他完全不是我记忆中的那个人,他那么老,胡子拉碴,瘦削的脸,皱纹间落着灰尘。他佝偻着背。他像是也在躲着我。

在这荒凉之地,他基本上算是一个鬼了。我无法想象,我小时候,直至高中,是同这样一个人睡在一张床上,还睡同一个被窝。

我起身走。我原本是来同他坐一会儿,吃餐饭,晚上在这儿住,同他叙旧。眼前的一切,让我改变了主意。我原本想向竹林湾的人,证明我是一个知恩图报的人,现在看来,我做不到。我长大了,成年人了,而且是一个军校学员,三年后,就是一名军官,我竟然还是害怕窑场。我心里清楚,我并不是单纯地惧怕窑场后面的坟地,怕那个绿裙女子,我是惧怕过去,惧怕回忆。

这是真的吗?这一切,都是过去存在的事实?

我希望这不是真的,我希望是我患上了妄想症,我希望过去的一切,只是我脑子里的一个意念,一段狂想,它与现实无关。

我起身,说,干爷,我走了,有工夫再来看你。——我的嫌恶,不知他是没有感觉到,还是不在意,我从他的表情上看不出来。他说,我给你弄吃的,你吃些东西再走。他没说是烧茶,说是弄吃的,他没把我当客人,他依然把我当成他的亲人,或许,我依然是他心中那个"儿"。

但在情感上,这似乎已是生命中不能承受之轻。

我走出窑棚,在门外站了一会儿。聋二追出来。门口有一辆牛车,他依然在用牛拉车。这可真是老牛拉破车啊。

假期结束,我要归队。父亲送我。我选择的路线不是后山坡,而是从南山坡到远湾,我没有说出来,但我心里清楚,我是在躲避着聋二。

在南山坡走出松林，我突然感到身后有什么东西，我回过头去。在那一瞬间，我看见一双眼睛，隐藏在松枝里，那是一双布满血丝的眼睛，那目光深情，它望着我。我知道那是谁的眼睛，我描绘不出那种眼神，但它铭刻于心。它显然看见了我，它显然看见我看见了它。是的，我的确也看见了它，那双眼睛，还有眼里的留恋与空寂。那一刻，我想，他的心也是空的。我走，把他的心掏空了。

瞬间，那双手松开，那些被扒开的松枝合上了，那双眼隐去，那溢满爱和满足的目光随即消失。

我心里一阵刺痛，可我没有勇气去追赶那双眼。我继续前行，我感到他的目光透过浓密的松枝，依然黏在我身上。我努力地走，企图摆脱他的目光。我似乎终于摆脱了。

我感到憋闷，好像周围的空气骤然被抽光。

我脸上一热，是我的泪，它滑过我的脸，我没去擦拭，我怕父亲发现它。

17

高铁到达红安西站，五弟开车接我。我直奔窑场。父亲已在茅屋里。聋二气息微弱，母亲的话没有夸张，他似乎真的只有出气，没有进气。他灰白的头发长而零乱，几乎将他的耳朵掩盖。他的胡须也很长，像沾染了灰尘，无力地耷拉在脖子上。他脖子上的皮肤松弛，布满褶皱，像套了一圈浅灰色的皮圈。那张脸，就更不忍细看，那一道道皱纹挤在一起，形成渔网状。他的脸让他看上去像是一个八十岁的老人，甚至像一个古代人。如果不是那眼睛还有着一丝微弱的光亮，如果不是他的肚腹还在微弱地起伏，我以为，我看到的，就是一具木乃伊。

怎么会这样？我问自己。

其实，他早就是这样，只是我不敢面对。

四郎向阳。他像以前那样，常把我的两个名字都叫到。他说，你让他们都出去，你给我抹个汗，要仔细，要干净。我就要走了。我到那边去了，我的……儿，他再次喊我"儿"，很轻地呼唤。我不知道他是真的没了气力，还是心里露怯，需要鼓起很大的勇气，才能喊出这个"儿"字。儿……他喊道，声音那么轻，却像一把锋利的尖刀，扎在我的心头；儿，他喊道，一字千钧，泰山一样压在我心头。

儿？我不配，我承受不起。我抽泣着，把脸贴上去，他还有最后一点生命的气息。他气若游丝。

葵花冲进来，问聋二，聋二，你的钱呢，你的存折呢？老爷子最疼你，他给你留的大洋呢？聋二没睁眼看她，也不说话。我说，葵花娘娘（婶），你出去吧，二叔让我给他抹汗。葵花说，你给他抹汗？这么多年你做什么事去了？现在他快死了，你来伺候了。你可真孝顺，得名又得利！我无语，她羞辱了我。他都这样了，能有钱留下？他要有钱，早看病去了，能到现在这个样子？

二郎冲葵花喊，你关心他了，你除了剥削他，你管他了？你出去，莫在这里烦！二郎说着，将葵花推搡出门。

我说，二哥，你也出去吧，他有话要同我说。二郎出去了。我关了门，将两扇窗的油毡布放下，黄昏的茅屋变成了黑夜。我在屋里点亮煤油灯。要走的人，灯是不能熄灭的，要照着他通向那个世界的路。

我听见聋二越来越急促的喘息，听见他轻微的语声，那声音轻微得不像是他嘴里发出来的，而是来自他的内心。我将脸凑过去，耳朵贴着他的身体，他说，答应……我，我……死后……给我抹汗，抹汗，任何人，不让进……就你……

他示意我给他点一支烟。他这样的状态，怎么能抽烟呢？我不给他点。父亲示意我满足他的愿望。父亲的公鸭嗓告诉我，他病后，咳嗽，但就是戒不了烟，直咳得脸色发青，掉眼泪，浑身抖动，也还是戒不了。父亲的意思是，他都是快要走的人了，就满足他吧。

我费很大的力气，让他半卧着。我在他胸前搁个碗当烟灰缸。他每抽一口烟，都要瞧一眼燃着的烟，看手里的烟少了多少，好像怕一下子把它抽完了。好像那根烟的长度，就是他最后生命的长度。

火光一闪一闪。我鼓足勇气，端详着聋二。我看见聋二苍白干瘦的脸，像被水浸泡又晒干的纸。他眼皮松弛，两眼呈两条刀锋一样的缝隙。真难以相信，他这样一双干枯的眼还能涌出泪水。我说，爷，你放心，我一定给你抹汗，多抹几次，抹得干干净净的。我一个人给你抹汗，穿衣，不让别人进来。

我叫他爷，我省去了那个"干"字，这就把他等同于我的亲生父亲。他的眼里现出一丝光亮，眉眼轻轻抽动，他显然是哭了，但那干枯的眼里，已没了泪水。他的手抖动得厉害，频率很快，幅度却很小。他几乎是用尽最后的一点力气，轻轻地拽动我的手。我感觉不到他拉拽的力量，只有拉拽的意念。我的手顺过去，跟着他的意念，我的手被送到他的脸庞，接着，送到他的胸脯上，往他身体里侧腰间送。他说，冷。他不停地说，一直在说，用气息在说。我几乎是看口型和感觉他的身体越来越凉，我才判断他说的是这个字。我冷，他说。我听见遥远的声音，那是我小时候的话，那时，我说，我冷，他就让我钻进他的被子，他就那么抱着我。现在，他老了，老成了小孩。现在，他冷，我该像抱着小孩子一样抱着他。我告诉父亲说，父，你也出去吧。

聋二的手已经将我的手拽到他的腰际，还在拽，是的，我的猜测没错，他是要我抱着他，就像我小时候冷，他在潮冷的初春之夜抱着我一样。

老人老到一定的程度，就老成了小孩。

我搂着他，像搂着一个小孩子，像当年他搂着我。他微弱地发出声音，灯光下，几乎看不见喉结在动。在他的胸脯贴近我胸脯那一刻，他枯槁的面容突然泛起红光，眼里死灰一样的光线，像风吹了一堆行将熄灭的炭火，突然亮了，闪现出喜悦的光芒。

回光返照！

我望着他，不敢大声喘息，我怕我的喘息，会吹灭他眼里那一星生命的火花，那是他最后的幻景，可能转瞬即逝。

他喘着粗气，呼吸越来越微弱，我几乎听不到他的喘息，但我能听见他血管流淌的声音，那不是奔涌，是退潮。我能听见他内心的哭泣，只是，他不说出来，不想让人知道，不想别人因他的痛苦而痛苦。

他努力地伸出手来，伸向我的面颊，手指落在我的泪滴上，突然向下划去。他脸上的皱纹慢慢地松弛开，残存一抹天真与幸福。他像孩子一般，很深地沉睡了。不，不是沉睡，是死亡。他没了气息，没了脉象，但我分明看见，他眼里有泪，滚落下来。

那不是我的泪，是他自己的，是他人生最后一滴泪。在流尽人生最后一滴泪的那一刻，他没忘了努力地伸手，想要替我拭泪，示意我莫哭。

我把他轻轻地放在床上，静坐在他身旁。我竟然一点也不害怕。灯光摇曳，茅屋里似有影子在晃动，我想，那是他若即若离的灵魂。

天黑了。我打开窗，静夜寂寥，素月同辉，树影满窗，顾影萧然。

天亮开时，聋二的身体完全冰凉，他静静地躺在那里。说来也怪，我并没有像我想象中的那样号啕大哭。我平静地从他身旁撤离开，去打开门。父亲就站在门口，他一身露水，他站了一夜。无疑，他怕我害怕，一直守在茅棚外。

霞光灿烂，照耀着北山洼，照耀着这方茅草屋，照亮了溪水凼的水。

溪水凼的水，映照着寂静的茅棚。

东面的山坡，像是一幅以黄色为主色调的油画。昨日黄昏，并没这些盛开的油菜花，它们像是在一夜之间开放，金黄的颜色和浓郁的香气扑面而来。蜂蝶悄然而至。这一切，聋二再也看不见，再也闻不到。他再也不能静静地立在茅屋后，看麻雀在松枝间嬉闹，他再也不能静静地抽着烟，再也不能盯着茅屋顶被阳光照射在地上的阴影慢慢地移动，他再也不能满眼充满希望和疼爱地看着我坐在油菜花丛的小木凳上看书。一切都将消失在春风中，消失在春天里。

母亲流着泪，却劝我不要难过，她说，他死了还快活一些，活着是受罪。其实，他早就不是一个活人了。母亲的说辞向来刻薄，但她到底还是可怜聋二。

父亲没有立刻进屋，他指着那一大片油菜花，告诉我，去年初冬，聋二拖着病恹恹的身子，栽种了这么些油菜。现在种地赔钱，别人有那工夫，都在屋里喝茶抽烟，闲谝，只有他，拖着个病身体，种了这么大一片。

清晨的光线，照耀着这个茅草屋。它破烂不堪。父亲到溪水凼里舀了两大桶水，担在肩头。父亲将水倒进锅里，将灶膛里的火点着。他在给聋二烧净身的水。母亲到底不能忍住，流着泪，反复说着可怜，可怜啦！如果不是我提醒她，告诉她先莫让人知道聋二已离去，她一定会大哭。但竹林湾的人，还是感觉到了，纷纷过来看望。麻球说，怕是走了吧？我感觉到是走了。母亲说，是走了，但人现在不要进去，四郎要给他抹身子。消息就扩散出去，竹林湾的人涌过来。葵花再次要冲进去，母亲说，你先别进去，他要洗身子，只让四郎给他洗给他抹，外人不让看的。葵花说，我是外人吗？母亲说，给小叔子抹身子，你当嫂子的进去？

葵花说，只怕是在里面搞什么见不得人的事。这个聋子，一辈子辛辛苦苦，就为了四郎。多少年了，四郎不管他。现在死了，四郎来守着他，不就是图他留下的几个钱吗？麻球说，葵花嫂，他这样子，哪还有钱？你就别闹了，让聋二兄弟安静地去吧。二郎说，葵花娘娘，聋二死了，他身上干干净净的，一个钱都没留下。要钱？你进去吧，四郎正要给他抹身子，一丝不挂哩。你进去吧，他没钱，你去把他的皮剥下来卖了吧，瘦成了皮包骨头，只怕你剥不下来！

葵花白二郎一眼，站在一旁生闷气。

母亲说，可怜，医生说去年秋天就挺不过，他却挺到现在。他一直在等，等着我家四郎哩。母亲说完，很长时间就没再说话。母亲带着哭腔。母亲年轻时脾气不好，训斥过聋二，她现在活得宽厚平淡，她的哭泣，或许不仅仅是对一个死者的悲伤，也有她一个活着的人的懊悔。

我听见外面安静下来，就将门打开一条缝，将我一张银行卡递给二郎，让他到县城给聋二准备寿衣、冥纸、鞭炮，都要好的，棺材要松木或杉木。

水烧好了，父亲打了两桶热水，找来聋二的汗巾，放进大脚盆里。那是白色的军用毛巾，多年前我给他的，他一直留着没用，就放在他的床头柜里，颜色已有些泛黄。

我让父亲也出去。父亲说，我搭把手吧。我说，不用，我答应过他，只我一个人来给他洗。父亲就往外走，走到门口又停住脚，问我，你一个人，可得？我明白他的意思，他是怕我害怕。但不知为什么，我竟然一点也不害怕。我如此悲伤，竟然没有流泪。我今天的情绪，让我自己都觉得奇怪。

我关上门，也关上窗户。我给马灯里加满油，把灯芯调大，让茅屋里更亮堂。之后，我去脱他的衣服。那其实不叫衣服，只是床单，他那么裹着像睡袍，但他的裤子一直穿得很整齐，像我小时候见到的那样，无论冬夏，即便最热的天，他也不会脱去长裤，最多只将裤腿挽到膝下。

我轻轻剥去聋二长袍一样的床单。我把抹汗巾浸泡在热水里，而后拧成半干，将它展开在右手，轻轻地给聋二净身。我给他擦额头，擦脸，先将他的皮肤润湿，之后将毛巾拧干，将润湿过的皮肤再擦拭一遍，这样抹得干净，我小时候就是这么抹汗的。聋二从上到下，每一块肌肤，我都要这么精心擦洗。

擦洗进行到他的下身。我解开他的腰带，褪下他经年累月从不褪下的长裤，之后是短裤。在即将面对他的下体时，我有一丝说不出的感觉。我对我眼前将要出现的一切，充满着猜测和想象：澡堂里，那些大体一样实则千奇百怪的男人之物在我眼前闪现，粗壮？硕大？细小？枯萎？……

他赤裸的身体第一次这样暴露在我眼前，我第一次这样凝望他赤裸的身体。他枯萎了。他像一朵被风雨和霜雪浸打过的南瓜藤，无力地趴伏在床上，但他的隐秘之处，却那么硕大，就像深秋的藤蔓上顽强地挂着的一枚瓜果。

"躶"（"裸"的异体字），我们红安方言，指男人的性器，即男人身上长出的果子。此刻，我凝望着它，多么形象啊。但我希望他是残缺的，萎缩的，我儿时对这样一个成年男人的身体充满好奇，而他却处处躲着我。那时，我就有过这样的猜测——莫非它是残缺的。现在，我希望如此，这样，他一辈子没有女人，就有了借口，然而，他像他的哥哥奇货一样，有着一个丰满的裆。这个发现，反而让我心里更难过——他应该有一个女人的。

我轻轻地给他擦着身子。很轻，很细。毛巾在他裆部滑过，我的手哆嗦着。这就是他的隐秘之处。一辈子没碰过女人，一个男人最大的苦痛，莫过如此。

我双手颤抖,把他抱起来。我亲自把他放进棺材。我没想到他竟然那么轻,像个孩子。是因为他的确太瘦了?还是灵魂早已游出体内?

春天里的窑场,沉浸在潮湿的空气中。又一个黑夜来临,月亮高悬在深邃的天空,月光从老槐树的枝叶间渗出。一切寂静。树也是寂静的。

聋二的枕头下,还压着一张照片,是我的。我到部队后的第一张照片。我的眼泪滴落在照片上。

守灵三日,我一个人静静地守着。我惊讶于自己居然不害怕。我以前根本不敢面对一个死去的人,更别说与他独处。

聋二装棺入殓后,面对棺材,我多少有些恐惧,但恐惧的程度很浅。父亲怕我害怕,再次进来要陪我,我说,不用,我一个人就行。

该出棺了。

经过一夜露水的滋润,油菜花开得越发旺盛,黄灿灿。金黄的尽头,是翠绿的松林。松林里,清晨的鸟鸣与溪流声相映。我知道,聋二喜欢这个地方。他把北山洼东侧的地都租种了,好像不是为了收割,而是看那金黄色的油菜花。我对父亲说,父,就把我干爷埋在松林里吧,就在地头那几棵松树下。

父亲说,可得,他用自己的好地,把这些地换了过来,他自己怕也是想睡在这里。

父亲哽咽着,语不成句,说,我几次跟他说,打电话让你回来,他不让,他说,男儿志在四方,他说,四郎的事业在军营,军营制度严格,请假不易。他甚至恳求我,他死了,悄悄埋了,不让你知道……

我说,父,你别说了,你别说。

我抽泣着,泪水涌了一脸。

我给聋二披麻戴孝。我跪在茅屋门前那片沙地上,跪在棺材前面,听着二郎致悼词。

棺材被抬起，鞭炮轰响，我摔了丧盆。那一刻，悲哀前所未有地袭来。我才知道，聋二一直是我最惦念的人，我从未将他忘记，只是我不愿面对。我忍不住号啕大哭。我的胸腔无法将我巨大的悲痛通过哭声散发出来，胸脯像抽风机似的响动，震颤，起伏。我心肺撕裂，大喊出一声"爷"，这是我们山里对亲爹的称呼，这是一个中年男人带着哭音的呼喊。

棺材被抬起那一刻，茅屋门口突然旋转起一阵风，尘土和杂物盘旋。是聋二，它的灵魂飞出棺材后，在我们身边游荡。他生活得那么艰难，去时却同样恋恋不舍。

响器奏响，几捆"万"字头的鞭炮连着放响。聋二沉默了一辈子，寂寞了一辈子，我要让他热热闹闹，走得排场。

送丧的人群里，传来大伙的感叹：一个寡汉条子，活到这个份儿上，也算值了。

我想起那一个个逝去的寒冷的冬天，那一个个潮冷的春天，想起茅屋被青草的味道和泥土的芳香包裹着。我想起聋二温暖的体温，眼泪再次奔涌，落在坟头那新鲜的土地上。

聋二的声音还活着，他说，四郎向阳，天冷了，多穿些衣服。我也想对他说，干爷，不，是爷，爷啊，你自己也多穿些衣裳。可是，在那冰冷的世界，恐怕多少衣服，都会被地下的水沁湿，多厚的棉衣，他都会感到冷。

麻球满头白发，步履蹒跚。他说，聋二算是有福啊，我到时候死了，哪个把我送上山，哪能有这么热闹。说着，他号啕大哭。我当然知道，他哭的不只是聋二，更多的是他自己。

阳光照过来，成片的油菜花，在微风中摆动，花蕊上，有雾积成的水滴，像无数透明的眼泪。我朝着那个新坟跪下去，仰天高呼，爷……我看见我的喊声将天空撕裂一条口子，向着云霄而去，眼泪又一次奔涌。

喊出来了，哭出来了，悲痛似乎不再那么深，那么沉重，如释重负。我让响器停下来，让他们播放旭日阳刚的《春天里》。如今的响器班，早不是我们儿时的样子，他们有响器，也有点歌机，可自弹自唱，也可放现成的歌，甚至可以跳舞。舞女露着雪白的腿，甩着大奶子。我没让舞女来坟地，我知道，聋二不喜欢，聋二会觉得，那是对他的侮辱。

  如果有一天，
  我老无所依，
  请把我埋在，
  埋在春天里……

  男人粗犷沙哑的歌声骤然吼起，像狂风裹挟着暴雨，将我浑身打透。我重重地叩下头去，额头贴着冰冷的大地，长跪不起……

竹林湾往事

1

　　头年冬天无雪，春天滴雨未落，接踵而来的是干热的夏季。石桥河水位下降过半，河床裸露的淤泥，干涸龟裂成网状。石桥河两岸的乡民，被迫离开焦枯的土地，从一个村庄到另一个村庄找水。明知道那个村子是一样的，但依然怀着希望。人就是这样，内心的希望永远在别处，在远方。

　　浅水井干涸了，深水井旁排起长队。

　　幸而石桥河深，竹林湾还不至于完全无水。我们在石桥河的浅水湾抓一些鱼、虾、龟、蚌。父亲说，好多年了，石桥河没这么干过。父亲说，在他记忆中，还是解放前革命烈士田开河被害的那年，旱得河中间就剩下一窄条，像溪沟。那年父亲五岁，刚记事。

　　尽管天旱，石拱桥南依然像一片池塘，无论烈日怎么烤，那片水永远是丰盈的。竹林湾人便更相信石桥河里有龙，那片深水区有暗泉，通龙宫，住着传说中的小黑龙。

　　那年，父亲还是队长，说要修送水堤。我们竹林湾地势高，干旱天气，地里的庄稼就歉收，水田也只有石拱桥南畈，靠石桥河水的灌溉才有些收成。父亲说守着这么多水，竹林湾还受干旱之苦，说明我们竹林湾人愚钝。

父亲要在桥下水深处建一个抽水站，把水引到南山坡脚下，在南山坡半腰处建一个送水堤，把水抽到送水堤上，水就能流到竹林湾的每一块田地，竹林湾就可以旱涝保收了。

有人想阻拦，说动土会动了龙脉，竹林湾会遭殃。父亲买来很多鞭炮，在石拱桥头烧纸放鞭炮，还用石头搭起一个香炉，点上三炷黄香。父亲的意思我们明白，即便动了龙脉，有这几炷香，龙王也会原谅他。

抽水机需要电来带动。

父亲说，那就先通电。

那天中午，我们放学回来，竹林湾闹哄哄的，很多人聚在一起干活，热火朝天。我们小孩子，从大人的腿裆间看到，一群人在摆弄灰白的长长的像大树干一样的东西。我们很快从大人嘴里知道，那就是电杆，我们以前只在书本上见过。我们竹林湾要架电线了。我们看见几根粗大的水泥电杆从远垸那边并排躺过来，每根电杆相隔四五十步。大人们在电杆旁挖一个大坑，把电杆粗的一端，用撬棍撬到坑里，再用绳索拉拽，将电杆慢慢立起来。

无数男人一起用力，挖土，填坑。他们喊着号子：

> 竹林湾呀，嗨哟，
>
> 人心齐呀，呀嗨哟，
>
> 安电灯，呀喂子哟
>
> 好亮堂呀，划哟……
>
> 哟嗨，呀嗬嗨，呀喂子哟，划哟……

在石桥河一带消失多年的号子，就这么再次响起。麻球说，上次还是五十年代末"深挖洞，广积粮"那阵子，四周的湾子都修塘筑坝。他说，那时他还是童男。双喜的娘葵花笑他，那时你是童男，莫非你现在就不是了？寡汉条子（光棍）！

麻球不语，私下说，好男不同女斗。

一根根电杆，像一棵棵泡桐树立在那里，我们好奇地看着一切，迟迟不回家吃饭，有几次还忘记去上学。有一天，我们看见一个戴安全帽的人，戴着手套爬到电杆顶端，给电杆安上像耙子一样的东西。那东西上有白色的瓷葫芦，那些沉重的裸露着的电线，就在瓷葫芦上滚动，被拉拽。那些天一放学，我们就围在这些人身边，他们怕碰着我们，一次次驱赶我们。虽然遭受他们的训斥和驱赶，但我们很快像蝇一样再次围上去，比过年还快乐。那几天，我家的伙食也出奇地好，那四个电工一直在我家吃饭。本来湾子里轮流派饭，可他们第一次在我家吃过饭，再吃别人家的饭就不合胃口，于是各家凑菜送来，这家几个茄子，那家几个鸡蛋，由我家负责给他们做。但那些好菜，我并没有吃上。比如咸鸭蛋，每个切成四瓣，一个碟子里也就三个咸鸭蛋，共十二瓣。每次母亲给那四个电工一人夹两瓣，碟子里就剩下四瓣，那四瓣是不能动的，因为不能让盘子空着。即使客人吃完了，这咸鸭蛋也得留着，下餐再添上一个或两个补上去。还有花生米，母亲一勺一勺地往他们碗里送，我却眼巴巴吃不上，这是放得住的菜。韭菜煎鸡蛋加水煮，干的都捞给他们吃，我只能喝点汤。

桌子中央的红烧鲤鱼更是碰不得。但客人也没有碰，他们能否吃鱼，完全看母亲的意思。客人想吃，母亲不发话，他们就不伸筷子。有一次，客人想吃鱼，就说了句暗号。他们问母亲，这样的天，河里的鱼好捉吗？母亲说不好捉，两三天才能捉到一条。我嘴快，抢着说，能捉到，每天都有打鱼的过来。结果挨了母亲一筷子。直到第三天中午,眼看鱼不能再放了,再放要坏了,母亲这才一筷子把鱼刺破,往他们碗里各夹了一大块。

我后来知道,这是大人们的暗号,鱼不像别的菜,鱼夹破就不好看了,就得吃了,下餐就不能凑合着拿出来。主人如果说,能捉到鱼,每天都能捉到,客人就可以将筷子伸过来夹鱼吃。如果主人说,鱼不好捉,或者说天还早,河水有点凉,或者说天凉了,已经不方便下河捉鱼,那么客人的筷子就不会伸向鱼。那条鱼,下餐饭就还能完整地摆在饭桌上。

不过,那些天饭菜的好坏,并不是我惦记的,我的心思更多地在架电线上。我们看着那些电工,像玩杂技一样,爬上高高的电杆。

2

有一天,几个劳力抬着好大一个铁家伙,说是什么变压器。因为人多,后面的人看不清道儿,前面的人就唱号子,给后面的人引路。引路的唱着报路况,跟着走的唱着应答。

我那天上学去得早,跟在他们后面。走在前面的刘仁义唱道,前面之之拐,后面的聋二应道,跟到慢慢摆。在一处路窄的地方,刘仁义唱道,前头转弯转得急,聋二应道,我们轻轻挨过去。

我喜欢刘仁义唱号子,更喜欢聋二的应答,他的应答颇具文采。刘仁义说,左边弯弯缺,聋二道,脚踩半边月。几步之后,刘仁义把前面的岩包唱成狮子堡,他说,右边狮子堡,聋二接住道,罗汉扇子往左摇,就是说后面的人,要往左靠一点。走到一片略为宽阔的地方,以为路顺畅了,偏遇上头顶有很多树枝,前面的人唱,轿顶轻丝高高挂,后面的应道,弯腰屈膝头低下。

那是多么美的劳动场面啊，除了报路况减少事故，还能自得其乐，忘记苦和累。

电灯终于接通了，我们像看西洋景。竹林湾的人每天谈论的都是电灯，每天天还没黑就把灯拉着。新鲜的不光是我们孩子，大人们也一样，一家一家地串门。电灯的明亮，让夜变得通透，人心里似乎一下子敞亮了，再没有那么多隐秘。

几天后，新鲜劲儿过去，有的人家舍不得用电，天暗了也迟迟不开灯，有的人家又点起煤油灯，说是比电灯省钱。我也突然不喜欢电灯了，发现在电灯下人没了影子。一个人没了影子，是很可怕的事情，比有影子的人还吓人。

聋二是我们竹林湾唯一没有通电的人家。到窑场，要过后山坡，再到北山洼，要好几根电杆，还要好多电线。上面没批这段路的电杆和电线，竹林湾又拿不出这份钱，聋二自己也架不起，所以无法通电。有人劝聋二回湾子里住吧，在孤山野地做什么，像个野人。聋二却不回来住，他想自己想办法，到山上砍木头电杆，扯胶皮电线，但麻球阻止了他。麻球说，这么远，北山洼风又大，电线会被刮断。刮断电线事小，把林子点着事就大了。聋二说，我何尝不知道？我只是想，四郎向阳写作业，油灯光太暗。我急忙说，干爷，我不喜欢电灯，电灯下人没有影子。人没有影子，就像没了魂，很骇人。我说，电灯使夜晚透亮，人没了遐想。

什么想？瞎想？你个裸日的，嫌我们没文化，就拿这些骚词来肉麻我们？麻球说，我看你这个裸日的，将来竹林湾怕是容不下你。聋二哩，你儿子日后是要吃外饭的，怕是要到京城去哩。

躲（"裸"的异体字），是我们鄂东北山里方言，指男人身体上长出的果子，也就是性器。

我看见聋二朝着麻球自豪地笑，仿佛我到京城去吃外饭已成事实。

我并不是聋二的儿子,我叫他干爷,是他干儿子。我家弟兄多,困难,聋二没有家室,又稀罕我,就把我当干儿子,其实我更像他的养子。

煤油灯的光,在透过门缝的夜风中闪烁,我在油灯下写作业,聋二沉默一旁。这情景让我日后想起来是那么温暖。聋二的眼睛,在油灯下看上去,显然没有白天清澈,一切都是朦胧的。

湾子里安电时,二郎三郎是兴奋的,他们给我出谜语:屋里牵根藤,藤上结个瓜,一到太阳落,瓜就开红花。可我硬是没猜出来,当他们告诉我是电灯时,我一下子发现了谜语的魅力。

竹林湾安电,我瘸腿的父亲是最大受益者,那是他出人意料的收获。那天,父亲与那些满分劳力一起,把最后一根电杆往坑里栽时,膝盖被压在电杆下,幸亏他脚下是花生地,是松软的鲜土,要不那腿就成肉饼了。当一起栽电杆的人把压在父亲膝盖上的电杆撬起时,父亲一声惨叫。麻球说,完了完了,这下他这条瘸腿,怕不只是瘸,要彻底废了。哪知父亲站起来,身体更直,向前走几步,竟然看不出瘸了。麻球说,那根电杆像一只无形的大手,给父亲正骨了。他说父亲的膝盖,以前错位了,现在一碰,倒被正过来了。我不知道麻球说得有无道理,我只记得父亲就这样,在瘸了多年后趋于正常。麻球说,这是老天帮忙啊,医生都治不好,电杆子给治好了。这是福报!

我也觉得挺神奇,父亲的腿看上去真的没以前那么瘸了。这也许是大伙的感觉,也许是心理作用,也许是事实,但父亲的腿比以前的确利索了。

通了电之后,整个竹林湾的夜都是亮堂的,灯光倒映在石桥河那片变得窄小的水域,神秘而美妙,真的像存在传说中的龙宫。可龙一般住在海里呀?麻球说,咱这里住的是小龙。

我们不相信,老师曾说过,世上并没有鬼,是因为人们怕"鬼",

便编了很多"鬼"来吓人。至于龙,也只在传说里。

电线扯到麻球家屋檐下戛然而止。他不用电。他说,我还是用煤油灯吧,我一个寡汉条子,夜里再没个影子晃动,太孤单了。可让他像我们一样,夏夜也到石拱桥上去睡,他又不去。那么热的夜,我们每天天还没黑,就扛着卷成团的凉席,到石拱桥上去占地方。石头被晒一天很烫,但河面有风,比屋里还是要凉快些。整个村子只有少数几人不出来。其中一个就是麻球,他说他见不得别人夫妻,成双成对地躺在石拱桥上,伤风败俗,成何体统?我父母也躺在石桥上,但父亲同我们睡,母亲一个人睡。还有两个人不出来,就是刘映山和他女人。麻球说,这个知识分子更骚,夜里不出来,是要"开夜工"。我起先不懂他的意思,麻球解释说,他们夜里要做男女丑事,就是上骉。

上骉,也是我们鄂东北方言,指动物交配。

奇货也出来。他不但出来,还同他那个大嘴巴女人半夜里制造猪哼哼一样的响动。那时候,满桥的人都在熟睡,是麻球先听到的。麻球半夜里像巡逻似的,跑到桥上来。他说,奇货你是狗啊,一天也离不开女人?我在自个儿屋里都被你吵醒了。奇货和他女人葵花,赶紧起身披着床单回去了。麻球的笑声追逐着他们,这么热的天,真是竹林湾的劳模啊!麻球的笑声,引来更多人的笑,这就是麻球笑别人的目的:得到更多迎合他的笑。

还有一个人夜里不出屋,这个人就是我二奶,她好像忘却了外面的世界,好像感受不到冷与热,无论冬夏都不出来,除了每天黄昏上后山坡等我二爷。很早以前,我二爷撇下她去当红军,就再也没回来。后来二爷成了烈士,我们都知道了,可就是不告诉她。麻球惦记着我二奶,他说四郎啊,你去把你二奶接出来,这么热的天憋在屋里,会憋出蛆来。

我说,你才长蛆哩!

3

电通了以后，父亲开始实施他的第二个目标：建抽水站，筑送水堤。抽水站在河边，送水堤筑在南山半腰坡。南山地势高，水只要到达送水堤，就能流经竹林湾每一块田地。有人出来反对，说工程太大太难，不是竹林湾人能完成的。父亲便告诉他们，这一关总是要过的，闯过去就好了，竹林湾就不受干旱之苦了。父亲的公鸭嗓发出铿锵的声音，配合的手势也坚决有力。第一天，从早到晚，父亲下到河里掏淤泥，没有任何人响应他。第二天，有一个人跟在他身后，那就是聋二。第三天，极力反对建抽水站的麻球也参与进来。慢慢地，跟在他身后的人多起来，竹林湾送水工程浩浩荡荡地开工了。没有设计图纸，父亲指着自己的太阳穴，说图纸就在他脑子里。

工程展开之后，父亲遇到了不少困难，他到镇上找镇政府求援。父亲本来是想要抽水泵，还有粗大的抽水管。那个叫耿定成的镇长，觉得一个湾子独自完成这么大的工程了不起，不但免费给父亲提供所要的一切，还派来一个技术员指导。

这是一个年轻的技术员，水电大学毕业，会工程爆破。技术员也姓杨，叫杨万一。他说是万里挑一的意思，是他父亲给取的名字。大人们叫他杨技术员，我叫他杨技术哥。因为有这样一位同姓的本家哥哥在镇上，我很骄傲，像亲哥似的叫得亲切。杨技术员穿着蓝色运动服，白色运动鞋，走在我们乡道上像跳舞似的，躲避着猪牛粪和鸡屎。一天下来，那双白色运动鞋还是那么干净，我总是用羡慕的眼光看着他。我甚至想，自己长大了，一定要成为他那样的城里人。可要成为城里人，就得好好学习，天天向上，将来考大学。

奇货的妹子气兰不喜欢杨技术员，说他只是个饭桶，穿得这么干净，哪像做事的人？跑到我们竹林湾疗养来了？气兰性子辣，话语粗俗，说得杨技术员满脸通红。我们起先以为气兰真的烦他，直到有一天，麻球在后山坡看见他们一前一后钻进松树林，才知道一湾子人被她骗了。气兰那么恨杨万一，当众叫他饭桶，其实是打情骂俏。

气兰名字的由来，也是个故事。她原本叫"气难"，并不叫气兰。奇货娘意外地怀上她，生她时因年龄大难产，差点丢了性命。当娘的肚里有股气，难以消除，就随口叫她"气难"。气兰长大后，从名字里知道她是不受母亲欢迎的人，便记恨母亲。她坚决要改名字，民办教师刘映山说，那就叫气兰吧，气若兰花多好。

竹林湾大，地坡田畈有的离得远，送水渠要往长修，弯弯转转，像人的经脉通向每一块肌肉。父亲称这项工程为"伟大工程"，是造福子孙后代的千秋伟业，那语气好像他是古代帝王。父亲全身心投入这项"伟大工程"，他把活儿分成无数块，该合干的合干，该分开干的就单干，让一个工程同时在几个地段展开，避免吃大锅饭磨洋工。父亲怕耽误了地里农活，就把地里的农活分片交给各家管理，一时间农业学大寨的干劲儿出现在竹林湾。大人们天不亮就下田畈，抢着干农活，早饭后集体出工修渠筑坝。抽水站、送水堤、流水渠建成的第二年，石桥河两岸实行农村责任制，分田到户。报纸上说最早实行农村承包责任制的，是安徽省凤阳县小岗村，其实父亲把田承包到户，比小岗村还要早。在分田到户这件事上，父亲才是第一个吃螃蟹的人。但没人知道这件事，没人报道父亲，这就是父亲的悲哀。

竹林湾南山高，离河湾远，需要很多大铁管，费钱。铁管架得过高过长，还得好大的马力，又费电。杨技术员说，干脆打洞吧，将洞一直打到南山脚下，让河水流进洞里，再从南山半腰坡垂直打一口天井，直通下面的水洞，再用泵从天井里抽到送水堤上。但杨技术员又怀疑，打山洞太苦太累，竹林湾这些村夫怕是不行。父亲脖子一梗反驳道，竹林湾的男人没有不行的。杨技术员说，那就干吧。

父亲依然将活儿承包到户，把整个凿洞工程切分开：一共多少米，每家男人几米，妇人几米，小孩几米。西边凿洞，东边打井，同时开工。井打成后，由东向西，迎着那边洞口的方向打过去。两头相隔三百米，怕洞打弯对接不上，两边的人就在洞里将小石头系上绳子，像石匠那么吊线。

我家人多，分得打洞的米数就多，而且偏偏我家打洞处，遇上了岩石层，不得不凿眼放炮。二郎从老君山里回来帮忙。

那天下午，洞里传来一声轰响，整个竹林湾像发生地震。洞外的人吼叫，出事哩，出事哩，这么响怕是伤了人。我感到天塌下来了，因为聋二就在洞里，他给我家帮工。我呼喊着干爷，二郎其时也在洞里，但我并没有呼喊他，那一刻我才知道，聋二是我最惦念的人。

父亲站在洞外，摇摇晃晃的，几乎要倒下了。他说，是哑炮。他说，是哑炮又响了。

闹半天一场虚惊。当时聋二刚入洞口，离爆炸点远，没什么事。二郎也无致命伤，他昏死过去了，是强大的气流所致。只是一块飞石砸中他右胳膊的肘关节，自那以后右胳膊就有些伸不直了。有人为他惋惜，更多的人是庆幸，毕竟他的胳膊在慌乱中，挡住了黑暗中砸向他脑袋的一块石头。

真是捡了一条命！麻球说。

两条命哩，还有聋二。母亲说。

4

我们竹林湾的这项水利工程，最初预计要半年时间，结果四个月就完工了。抽水站像一列火车立在南山坡，向后山延伸，直达北山洼，渐渐隐入树林。第一次试水是在深秋，旷野到处凉飕飕的，但我们小孩子不顾这些，赤溜溜跳进送水堤，冲向那个大铁管，搏击水浪。

一湾子的人庆贺，这么大的工程，没伤人没死人（二郎那点伤，在竹林湾人眼里算不得伤），竹林湾的人真行哩！然而气兰却给大伙添堵了，她的肚子比之高大的送水堤，更明显地挺立在村人眼前。

那挺起的肚子，让竹林湾人一下就想到了杨技术员。以前，他们还以为气兰与她说的饭桶只是简单地谈情说爱，哪知竟生米煮成熟饭。其时已是年底，竹林湾的送水工程结束，技术员杨万一已回到镇里。

出了这样的丑事，最好的遮丑方法，就是同那个丑闻制造者结婚，把气兰嫁出去。可哪知杨技术员早有对象，是镇中心小学的老师。那老师长得黑瘦枯干，像个劳苦的农妇，但人家是人民教师，有文化，工作好，是城里人。气兰就算真如刘映山所说气若兰花，怕也是鲜花开错了地方，还是认命吧。

气兰却偏不认命，像很多人的悲剧，都是不认命诱发的。气兰到镇上去找杨技术员，杨技术员躲着不见。好容易在上班的路上堵着了，杨技术员竟然像健忘一般，认不得气兰了。气兰说他装疯卖傻，想跟人家闹，杨技术员的未婚妻跑来，指着气兰的鼻子就骂。气兰在竹林湾依仗他哥奇货能撒泼，可到了人家地盘上，就只有哭的份儿了。那个女老师骂气兰，骚货烂货破货，一个癞蛤蟆在乡下窝着趴着得了，还要到城里来丢人现眼，想吃天鹅肉。你肚子指不定是哪个男人搞大的，却赖上我家小杨。

人家是老师，靠嘴吃饭，气兰哪是对手。

奇货是竹林湾的屠夫。那天，他裤腰里别着剔骨尖刀，把杨技术员挟持到竹林湾，像扔一只病狗一样，把他扔到气兰面前。当时，气兰正站在送水堤下的那片茅草地，望着杨技术员最后离去的方向发呆，并未发现他已被她哥挟持到她跟前。奇货要杨技术员当面给气兰一个说法。田畈里干活的人，慢慢围过来，既是劝架息事，也是来看热闹。

杨技术员扑通一声，跪在气兰面前：气兰，我爱你，我就爱你！这样的话，这样的场景，竹林湾人只在电影里见过，在现实中还是第一次遇到，个个觉得肉麻，掉转脸去不看他们。有人还说，能听见杨技术员当这么多人说出这样的话，气兰受点委屈也值得。哪知杨技术员越说越离谱：气兰，你很小的时候，我就喜欢你。可是我太大，你太小，咱们年龄相差悬殊。那年我同你哥在矿上，我是故意死的，是为你而死的，就是为了等你，让我永远二十岁。今年，你也二十岁了，跟上我走吧。

这哪里是杨技术员说的话，分明是死去的桑伢说的。麻球说，完了完了，杨技术员被鬼缠住了，快去找桃树枝。就有半大小子，飞也似的跑到农场的林子里，折回桃树枝来，递到麻球手中。

有人搀扶着气兰让她回屋。几个男人将杨技术员拖进气兰家，把他和气兰关进堂屋。他们灭了电灯，将八仙桌上的煤油灯点着，开始对杨技术员抽打审问。他们抽打杨技术员，据说是抽打桑伢，杨技术员并不疼。奇货抽打着问杨技术员，你是桑伢吗？是就滚！麻球在一旁添油加醋，配合奇货做法事，他手拿一颗鸡蛋，让鸡蛋大头朝上。奇货喊着我们竹林湾死去的几个人，有老死的，有意外死的，一边问一边抽打杨技术员。油灯闪烁，墙上到处是晃动的影子，好像那些新鬼旧鬼都来了。经过一番抽打审问，当问到那个鬼是不是桑伢时，麻球手中的鸡蛋立住了，表明附在杨技术身上的鬼就是桑伢。听说桑伢活着的时候，是很可爱的一个小伙子,麻球非常喜欢他。现在他不轻易做决定,他维护着桑伢声誉,否认是桑伢。他说,桑伢厚道,不会害人,怎么会是他呢?奇货却咬定是桑伢,他把三根筷子立在一个盛了半碗清水的碗里,奇货喊到桑伢的名字时,他扶筷子的手慢慢松开,三根筷子居然全立起来了。奇货说,还说不是桑伢,桑伢自己都承认了。打,给我打,狠狠地打!

奇货一下比一下狠,抽打着杨技术员,嘴里却在骂桑伢。

桑伢八十岁的老母,站在奇货家门外,听着屋里发生的一切,泣不成声。她不相信儿子桑伢会害人。当年她怀桑伢时,挺着个大肚子,嘴里无味,就想到门前的桑树上摘一把桑葚吃。伸手去摘时抻了腰,动了胎气,桑伢早产在桑树下,她便给儿子起名桑伢。二十年后,门前那棵桑树无缘由地死了,桑树死后不久,桑伢也死于矿难。

奇货和麻球驱"鬼"做法事时,我看着八仙桌上大头朝上立着的鸡蛋,看着那三根直立在水碗里的筷子,听着他们吼打"桑伢",我脊背一阵阵发冷,头上像有一个紧箍咒,毛发耸立。我紧紧地握住一个人的手,那个人把我搂着,他就是聋二。

奇货愤怒了,大吼一声,朝杨技术员跺了一脚:桑伢你个狗日的,你走不走?你不走,我放血了。

放血就是做道场的法师用刀把他自己的手指划破,把血洒在被鬼缠住的人身上。鬼是没有肉体没有血液的。鬼怕血,如果沾上血就人不人鬼不鬼了,只能在阴阳边界游荡,做鬼不得,也无法投胎成人。

随着奇货一声吼叫,一脚跺地,那"鬼"果然怕了,逃离杨技术员。我们看见八仙桌上的鸡蛋倒了,碗里的三根筷子也倒了。筷子倒下的同时,听见杨技术员说,好了,我不缠杨技术员,我也不缠气兰,我走了。奇货说,这就好,赶紧把门打开,让桑伢快走!于是有人将门打开,整个屋子像滚进一轮太阳,光芒四射。

没了"鬼"纠缠的杨技术员，居然失忆了，什么也不记得。他不记得自己与气兰约会过，更不记得自己同气兰有过肉体之欢。麻球说，这么说来，他同气兰在一起时，实际上是桑伢借用了他的肉体。他是受害者。这么说来，孩子不是他的，是桑伢的。

聋二挥手扇了杨技术员两个耳光，一左一右，打得他嘴角出血。杨技术员怒视着聋二问，你是谁了，为什么事打我？气兰冲过去，拦住聋二：你别打我的人，他是我的人。我的事不用你管。

我看见聋二头仰天，许久不再说话。有一滴泪从他眼里滚出来，顺着脸颊滑落，他拉起我的手说，四郎向阳，走，我们走！

我以为杨技术员身上伤痕累累，结果没有一点血印，只有一些细微暗伤，像青筋一样，并非我想的皮开肉绽。麻球说，这是桃枝蘸水的功效，是法师驱鬼的技术高明。也有人说，明明打的是"鬼"，不是杨技术员，杨技术员身上咋会有伤？

那天夜里，竹林湾上空传来桑伢八十岁老母的哀号，悲悲惨惨凄凄切切，瘆人骨髓。从她的哭声里，听出她在埋怨桑伢，说他不该害人，在阴间应该好好表现，让阎王高抬贵手，早点投胎为人。同时埋怨奇货和麻球，他们不该那么收拾桑伢，一个湾子里的，一点情面都不给。狠毒哩，连一个死人都不放过，我也去死哩。但没人把她的话当真，在竹林湾嘴上说死的人，从来不会真的去死，倒是那几个跳桥跳崖跳井的，事先从未对人说过要死。

他们驱"鬼"的方法太神奇了，我们孩子又怕又爱。我到学校把这些事讲给同学听时，被老师撞见了，老师说莫信他们的，那是骗人的魔术，是事先设计好的。

那么真切，怎么能事先设计好呢？我冥思苦想，但不得结果。

5

杨技术员回到石桥河镇,他那个干瘦女人发现他身上有暗伤,要去大闹竹林湾。杨技术员一把拽住,说他们抽打的不是我,抽打的是死鬼桑伢。干瘦女人气得紧握双拳,擂鼓一般捶打杨技术员,你是真傻还是装傻,这伤可是真真切切地在你身上。杨技术员说,他们打的不是我,是桑伢啊。气兰那孩子也不是我的,是桑伢的,我只不过被桑伢附体了。干瘦女人盯着杨技术员若有所思,突然像一尊被雨浸泡的泥人,坍塌在沙发里。

关于气兰肚子里的孩子,到底是桑伢的还是杨技术员的,竹林湾没人能说得清,直到有一天黑夜,麻球一声呼喊,快来人啊,有人跳送水堤了!

喧闹声响起,无数脚步在暗夜里奔向麻球的呼喊之处。竹林湾一旦出大事,家家户户都会去帮忙。我听聋二说,莫不是气兰?他披衣飞奔,我跟在他身后,外衣都没来得及穿。

果然是气兰。我们赶到的时候,她被卡在树丫上,像一只死去的猫。聋二爬上树去抱气兰,麻球喊人回去搬梯子,抬门板。

他们费很大劲才把气兰从送水堤下营救上来,又传递下来。麻球说我睡不着,夜里起来走走,看见送水堤上有个人,还没来得及喊,她就飞身跳下去了。幸好老天不让她死,卡在了树丫上。

气兰静静地躺在门板上,有人用手电照着她,她的脸苍白得骇人。有人喊,别照脸,照个什么脸!

手电光往下移动,我们看见气兰的大肚子坍塌了,临时塞在身下的棉被湿淋淋的,被血浸了。她产下一个婴儿,还未长成就死了,像一团粪便。本应该也像粪便一样丢弃,就像湾子里那些女人小产的胎儿一样。气兰却不,她活过来后,把婴儿抱到河边,在河水里洗干净,然后用红布包裹好,装进一个木匣里,准备送到北山洼,那里是他们刘家的坟山。按竹林湾的风俗,未成年死去的男孩,是入不得祖坟的,何况仅是一个肉团。但气兰不管这些,她将红布包裹的肉团放进竹篮里,拎起竹篮,扛一柄锄头,去了北山洼。葵花试图阻拦,气兰从口袋里掏出一把剪刀抵在自己脖子上,吓得葵花说,完了,这可咋办哩?

竹林湾人寻死大都是跳桥,气兰却要跳送水堤,大家心里都清楚,她是在修送水堤时认识杨技术员的,她与杨技术员私会,也是在送水堤旁的松林里。

气兰从此沉默寡言,竹林湾的说法是她"神经"了,用城里人的话说是抑郁。气兰不说话倒也没什么,可她连带得细竹也不爱说话了,一副悲伤的样子。细竹是毛刺的姐,气兰的亲侄女。有一次我在村口碰见细竹,说你幺姑孩子殁了,你这么伤心,你可真懂事。她的回答让我意外,并且充满恐惧。她说我不是伤心,我是害怕。幺姑生的那小伢,根本就没埋掉,变成了一只老鼠,一直跟在幺姑身后。那老鼠剥了皮,肉像细竹似的。

说完独自走了,把一个骇人的画面留给我,我每次见到她幺姑气兰就害怕,但又忍不住去看她,看她身后是否跟着一只剥了皮的老鼠。如果离得远了,她身后就好像真有一个模糊的东西,近了却什么也没有。那段时间,每逢黑夜来临,北山坡被北风吹得呜咽时,我心里就会生出恐惧,脑子里跳出一个肉团,像老鼠从坟洞里钻出来,爬到窑上我的床前。

我家弟兄多,人多,屋少。父亲无力为我们多盖一间房,我就跟我干爷聋二住到了窑场。那几天夜里,气兰身后跟着的那只剥了皮的老鼠,总像在窑棚里,总像要跳到床上来,钻进我被子里。我往聋二跟前凑,聋二紧紧握住我的手，我才不至于太惧怕。

父亲不再吹嘘自己带领村民干那么大的工程没伤人没死人，即便抽水站和送水堤，在未来几十年使竹林湾不再惧怕干旱，但毕竟气兰跳了堤，成了"神经"人，一个胎儿的命也没了。

令竹林湾人难以置信的是，奇货竟然放过了杨技术员。有人说，他天不怕地不怕，到底还是怕鬼的，怕附在杨技术员身上的桑伢。另一说法是，杨技术员在镇上管工程验收，那是个肥差事，给了奇货一笔钱，事情也就过去了。私下都替气兰鸣不平，杨技术员那么有钱，与气兰相爱一场，竟然没给她买一对金耳环一枚金戒指。至于聋二，除了沉默，还是沉默。麻球叹道，不放过杨技术员又能咋地？死了一个伢，疯了一个女人，再拼出两条命来？气兰都是命，怨她娘啊，给她起个什么名字，又是"气"又是"难"。

这事大概过去了一年，杨技术员下乡，依旧骑着那辆自行车，在石桥河镇南出口的河坝上，连人带车摔了下去。那坝并不高，也不陡，可偏偏倒下去时，自行车车把杵在他心窝上，送到医院已经不行了，心给捣碎了。消息传到竹林湾，有人说是报应，有人说是气兰的那个伢在阴间没了爹，没人抚养，阎王把他叫去了。

黄昏的风袭来，穿过石缝发出唢呐一样的哀怨。我坐在高高的送水堤上，我望着南面的观音寨，望着不远处的石桥河水，还有那石拱桥。有时仰头看天，我感到我离天空很近，气兰和杨技术员的故事，就像我脑子里一个残留的梦。

6

深秋，聋二要到老君山去砍柴，我让他等上我，等我放了寒假一起去。

他说等到你放寒假天冷了,树冻得硬邦邦,砍起来费劲。再一个,万一到时下大雪封山,柴就砍不成了,就烧不成砖瓦了,明年就盖不成屋了。

聋二一直想把窑场的茅棚改成青砖瓦屋。

聋二要走,我一个人不敢在窑场住,他准备把我送回家,我躲在茅棚里大哭。我想跟他一起去,聋二就带我去找刘映山。那时候,刘映山是我的班主任,教我们语文和算术。聋二说,刘老师,我要带四郎向阳到山里砍柴,他会落下几天课。你费心了,他落下的课,等他回来后,我每晚送他上你家补一补。

我姓杨,小名叫四郎,学名叫向阳。聋二总是把两个名字连一起叫,喊我四郎向阳,听起来像个日本名字。

刘映山说,没事的,一个湾子住着,没事的。杨向阳聪明,只要不是落得太多,他跟得上。你们早去早回,回来后到我家来,我给他补课。

刘映山的女人王桂莲说,到时到窑上补吧,我家闹哄哄的,又是鸡又是猪。窑上干净,除了你们两个男人,什么也没有。

我还是个孩子,王桂莲居然把我叫男人,我很不爽。聋二说,行,那到时就到窑上吧,回来我请刘老师到窑场过夜。

其实,我明白王桂莲的意思,这个小气的大个子女人,她怕到时我到他家补课,耗费她家的电,还得烧茶水给聋二喝。

聋二起身时,塞给刘映山一包烟。我跟在聋二身后往窑场走,王桂莲迈着大步,追出来送我们,说,四郎有福啊,聋二对你比亲生的还亲。聋二说,有个屁福,我又不是能干人,他跟着我受罪。

第二天清晨,紫红的霞光撒满窑场时,聋二挑起我们的被褥、砍刀、稻草绳,还有碗筷和大米、南瓜、萝卜,踏着霞光出发了。

我们奔向远垸,在远垸村子尽头一个叫吴大的人家停下来。这是一个尴尬的人家,一个老母亲带着五个寡汉条子过日子。因为阶级斗争那阵子，他家被定为富农，没人愿意嫁给吴大吴二吴三做媳妇，那时弟兄三个正年轻。后来帽子摘了，年纪却大了，可怜弟兄五个，四个寡汉条子。不过老五刚初中毕业，说是寡汉条子还有点早。老五倒是争气，全镇校运动会，拿了800米、1500米、3000米三个跑步比赛第一。我们到他家时，看见老五牵头牛，在水塘边的草坪上，一边放牛一边看书，我立刻对他充满敬意。

  吴三开手扶拖拉机，我们坐在车斗里。好远的路，拖拉机一直往山里走，山路相当颠簸，颠得我们失去时间的感觉。也不知山里暗，还是天黑了，吴三打开拖拉机的灯，但灯光实在微弱，还需吴大和聋二一人手持一个手电，照着车前方行进。拖拉机哒哒哒的，手电光一伸一缩的。我们像手持两柄电钻，开着挖掘机，在挖掘山洞。我们终于在黑暗的前方看见一星灯光，是山里一户独立的人家。吴三把车停到门口，屋里出来一个六十多岁的老汉，聋二跟他言谈几句，好像是说砍多少车柴给多少钱，或者给多少钱，那片山就都归他了，除了树不能动，灌木随便砍。言谈几句话后，老汉点头，聋二也点头。老汉让我们进了堂屋，指着一间黑漆漆的小屋对聋二说，后生伢，那是灶屋，你们自己煮饭吧。都说累了，不煮了，早点睡。老汉抱一些干树叶，还有稻草，撒在堂屋里，说只有一张床，能睡两个人，别人得睡地铺。吴大对聋二说，你带着四郎睡床吧，细伢小，莫睡病了。老汉好像这才发现我这个细伢，伸手摸一把我的脸，那是一张又粗糙又温暖的手。听说触摸是相对的，他会感到我的脸又光滑又冷吗？

7

  我醒来天已大亮，已闻见锅里的饭香。大人们在泉水边刷牙洗脸，我也跟过去洗脸刷牙。吃过早饭，我们向深山里进发。拖拉机留在老汉家，我们的东西都裹在被子里，然后把被子塞进麻袋。聋二挑着锅碗瓢盆和我俩的被褥，吴氏三兄弟一人挑着生活用品，两人扛着几根杠子。灌木丛茂密，需要在树隙间穿行。我们行进得很艰难，行了一阵子，吴三说走不动了，就这儿打脚吧。于是安营扎寨，找一块平地搭茅棚。他们把几根杠子顶端收拢，用稻草绳绑起来，在四周砍一些树枝，再将树枝横成行，竖成绺地绑在几根杠子上，最后在里面铺上碎枝末叶，两个尖锥形茅棚就搭成了。老汉给挑来两担稻草，都是上等稻草，一根一根黄亮柔软。我们把稻草铺在茅棚里，我把被褥铺开，很是兴奋。

老汉叮嘱，山里有豺狗，不过它不咬人，只叼鸡。再说你们人多，又都是男将，一嗅到你们身上的汗臭它就跑了。但要提防狐狸精，它专迷小孩子，你们几个大人没事，这个学生伢可不能睡得太死。我突然惧怕起来，聋二说没狐狸精，他逗你玩呢。我看着老汉，他朝我笑，果然是逗我。

夜里躺在茅棚里，我依旧很兴奋，竟然不再害怕。清晨起来，鸟声水洗过一般清亮。满眼是雾，像仙境。我望着眼前的一切，聋二望着我，我淹没在他疼爱的目光里。

茅棚往下几十步的地方有一眼泉，我们在那里刷牙洗脸，淘米洗菜。锅架在泉边的石头缝上，开始我们的野炊。吴大生火下米，掌管火，其余的人去砍柴。

我站在一旁看吴大做饭。大米是我们自带的，吴大淘干净放进锅里，添水煮开后，再捞出来蒸透。饭做好了，我招呼他们回来吃饭，帮他们打洗脸水，再把饭一一盛好。

吴大是一个很温和的人，五官周周正正，只是年龄有些大。我不会看年龄，说不清他有多大，只断定他是我父亲那一辈的人。吴二和吴三也不丑，五官也一样周周正正。我纳闷这样的男人，咋就找不着媳妇呢？我们石桥河一带，除了聋二和麻球，那么多长得让人烦的人，比如什么大嘴，都找着媳妇了。我替他们生出一丝悲伤，哀叹这世事不平，但吴大好像并不悲伤，更谈不上绝望。他总是面带微笑，用一种疼爱的目光看着我，也看着周围的山水。他说，聋二啊，你有这样个儿，这辈子该知足了。他偶尔也叫我"儿"。

吴二呢，看不出对周围事物的热情，也看不出冷漠，是很多村夫面对大地的表情。倒是吴三，沉默寡言的，鼻梁与眼窝处有一道横皱，我从他的沉默感受到了他的忧愁，大概是想娶个媳妇吧？

聋二砍柴，让我看书，我哪看得进去。我拿起砍刀也要去砍柴，聋二吼叫起来，你别干这种活儿，别砍坏了手！你砍坏了手，咋拿书，咋捏笔？你将来是要靠笔杆子吃饭的。吴大笑道，看你把他惯的，我七岁就会烧火煮饭，他现在多大了？有十一了吧？

聋二说，时代不一样了，我们农村该出些读书人，总这么下去不行的。

吴大做饭时，让我给他打下手：儿，把碗涮了。儿，把菜洗了。可当我蹲下刷碗或洗菜时，他又嫌我干不好，自个儿去干。有一次他一边刷碗，一边很郑重地对我说，四郎啊，给我当儿吧？我没老婆，有你这样一个儿，我这辈子也值了。我砍几拖拉机柴回去，就烧砖烧瓦做新屋，到时咱爷俩住进去。我们远垸有山有水，并不比你们竹林湾差。还吓唬我，你们那石桥河里总死人，你们竹林里的毒蛇"青竹彪"凶得很，一咬到人人就得死。

聋二听见了，说他，你搞什么事？

吴大说，我知道你是他干爷，可多一个干爷，多一份照顾，有什么不好？我砍好柴回去就烧窑，腊月里只要不下雪，我就能做屋，不等正月四郎开学，就可以把他接到我家住。说罢，吴大大笑，聋二大笑，我也大笑,都知道是玩笑话。

8

一层层的山,无边无际的树,鸟儿叫得人心痒酥酥的。阳光稍微热烈一些时,那泉水流淌声,让人听着就凉爽。

我看到了野鸡。我在竹林湾北山洼也看到过野鸡,但都是母的,公野鸡还是第一次看到。当聋二告诉我,那是公野鸡时,我惊叹它这么漂亮,与电影里的孔雀差不多。聋二又告诉我,动物界与人不一样,动物都是公的美,只有人是女的漂亮。

吴大抓到一只兔子,一只灰色的很肥的兔子。他们让我看好了,等晚上回来杀掉吃。他们砍柴去后,我看着箩筐里的兔子,它用一双红眼睛也盯着我,好像乞求我把它放了。它肚子很大,好像是怀崽了。我想象它将被剥皮,从嘴巴的豁口处下刀,最后炖它的肉吃,心一软就把它放了。它先是使劲地狂奔,狂奔着又突然停下来,回头张望我一眼跑进林子里。

聋二他们砍的柴,就那么散放着,让穿透枝叶的阳光晾晒。等天色向晚,他们再把柴火堆起来,避免夜里露水打湿。第二天雾散去,又把柴火散开,如此反复晾晒,直到干得差不多。

柴火越堆越多,到第四五天头上,柴火就不再晾晒,用草绳打捆,一束束像稻草人。

吴大弟兄三个都不错,虽然我们两家分开砍柴,但他们并不分得那么清。他们砍得快,收晒柴火也快,像机器一样利落。聋二就一个人,身体也不如他们强壮,而且干活时间一长,就哮喘咳嗽。吴大他们便断不了帮忙,像给自己干活一样勤快。有一次干完活,聋二躺在草地上望着天说,唉,这一家人,这么厚道仁义,咋就娶不到媳妇?他本是自言自语的,我却听得真切,心像被猫抓了一下。他说别人,他自己何尝不是这样呢?除了我,他也是孤身一人,而我终归要离开的。

吴大闲下坐在聋二身旁,我听他们说话,聋二觉得吴大是个好人,想把他妹子气兰说给吴大。他对吴大说,你年纪不小了,需要一个人做伴。我妹子气兰呢,跟过一次人的,精神上受了点刺激,也需要人疼爱。她病得并不重,只要有人疼有人爱,慢慢伤口就好了。把过去的事忘了,她就是一个过日子的人。

吴大说,我晓得,你是好心,可我都五十多岁了,已是半截入土的人了。

好说歹说,吴大就是不同意。聋二说,那就说给你家吴二吧。吴大说,我家老二年龄也大了,你真要是可怜我们弟兄,就把气兰说给我家老三吧。他想要媳妇,嘴上不说,心里抓心挠肝。年龄也将就,才三十八。

聋二问,老三能同意吗?吴大说,唉,我们这样的家庭,还有什么本钱挑剔别人?能娶个媳妇,续个香火,就算祖上积德了。

那试试看。聋二说,我妹子精神上受了点刺激,但我清楚,她找个人家,有了孩子,日子过起来,就会好的。

可是气兰愿意吗?吴大半信半疑的,他对自己的家庭缺少信心。

气兰都那样了,也没本钱挑肥拣瘦。聋二说。说完又觉得这样说,贬低了自己妹子,便又补充道,我跟你不是说了,其实她没什么,一旦有了孩子,就会好起来的。

吴大立马起身,拍打掉屁股上的尘草,去探寻吴三的口气。聋二脸上有一丝焦虑,我也处于焦虑之中,但我的焦虑与聋二的不同,他是在等待吴大回复,而我纯粹是因了他的焦虑跟着焦虑,我不希望他受折磨。

吃夜饭前,我看见吴大冲聋二笑着点头,说明吴三没有意见。我接着见吴三,一改前几日愁苦的神情,一张愉快的脸上,顺带着一丝难为情。于是所有人的,包括我在内,都感觉轻松了。这种轻松的情绪,一直持续到砍柴结束。

深秋的淫雨下了一天,山里像冬日一样寒冷。老汉把我们请到他家歇息了一晚,吃了香喷喷的南瓜饭。我们依然没见着他家有别的人,他似乎也是一个寡汉条子,我想探听却又不便探听。

第二天雨停了,清晨太阳红彤彤地升起,朝霞像洗过的彩带,吴大指着一堆堆晒得半干的柴火,说差不多了,别再砍了。

9

吴大弟兄三个砍了三拖拉机,他们已拉回去两车,还剩一车。聋二只有一车柴,老汉下山帮他雇了一辆拖拉机。这天午饭后,两辆手扶拖拉机装着山一样的柴火,向山下县城进发。下了山,县城中心大道不让过,而山在县城北,我们在县城南,县城绕不过去,便在县城北停下来,等天完全黑了,没了交警再通过。

与老汉只见几面,离开的时候,竟然还有些舍不得他。他送我一升炒熟的板栗,炒熟的板栗比花生还香。我们与老汉告别后,乘手扶拖拉机哒哒哒下山,将老汉挥手告别的身影,淹没在拖拉机屙出的黑烟雾里。

拖拉机前面,是一只板凳一样的座位,只能坐两个人。我坐在拖拉机师傅的旁边,聋二坐在柴火垛上。吴大家的拖拉机座位窄,吴三开着拖拉机,吴大吴二坐在柴火顶上,抓着捆柴火的绳子,随着拖拉机的颠簸摇摇晃晃。

夜幕完全降下来时,我们到达县城城北,城里路灯还很亮,吴大从柴火垛上下来,在路旁的摊子上,给我们买了油炸粑。那时没有卖矿泉水的,我们就那么干吃,干吃也吃得香。吃掉油炸粑后,我们见没交警了就穿城而过,行驶在寂静的街道上,拖拉机的声音像放连环屁,又臭又响。

驶出县城以后,七角山的路最难走,"七角山,八个凹,就像母猪的一条胯。"路一边是山,一边是崖壁,下面是水库。为防止意外,都把车灯开到最亮,坐在柴火堆上的人也下了车,跟在车后面走。过了七角山,再行三里地,去远垸往东走,向竹林湾往南偏西去,再各自行三五里就到家了。

聋二雇的拖拉机司机,晚上要在窑上住,聋二便把我送回家。我父母已经睡下,随着门闩响门开了,一大片白肉像云朵飘在我面前。那是我父亲,他睡觉从不穿短裤,因为穷得买不起做短裤的布啊。湾子里好多男人和我父亲一样,却还照顾着脸面,说穿短裤缠身子,不但缠裹着不舒坦,而且十天半月就纠缠破了。他用一把蒲扇先挡在裆前,开了门转过身去,又将扇子移到身后,迅速挡住光屁股。

母亲亮了灯,父亲进去后,她出来了,说我白了胖了。说我白了我相信,山里的阳光不敞亮,被大树遮着的时候多。说我胖了我也相信,我在山里没干什么活,每天只是吃和玩。

第二天清晨,一个骇人的消息伴着秋日凉透衣衫的晨风传到我们竹林湾:昨夜吴大家的拖拉机翻了,吴二被甩出去当场死亡,吴三同拖拉机一起栽到水渠里。秋天水瘦,渠已经成干渠,吴三脑袋碰在石头上,送医院途中也断气了。

这都是命啦,一下子殁了弟兄两个!咋那么巧啊?渠再干也是泥底子,咋偏就碰到了石头上?传递消息的女人说。她是远垸的一个中年女人,匆匆说完就匆匆走了,好像是专门来报丧的。但吴三在我们竹林湾并没有亲戚,她不知道把这个噩耗告给谁,于是就站在石拱桥上,对着石桥上的石狮说，对着河水说。

我也说不清为什么，竟然没那么悲伤，反倒有一丝微弱的庆幸，摔死的不是吴大，我喜欢吴大。

聋二飞也似的往远垸跑，他边跑边说，分开的时候还好好的，咋几里地就出事了？

傍晚时候，聋二把我接到窑场，他可能怕我害怕，没提吴二吴三的事。他带着我，去找刘映山。他接刘映山来过夜，还没忘记给我补课的事。我说不用补了，白天老师上课，我也跟得上。聋二却坚持要请刘映山，一是怕我真掉课，二是他说过的话，他一定要兑现。晚饭菜并不多，但都是我们竹林湾招待贵客的菜，煎鸡蛋、炒豆腐、油炸花生米，只差没杀鸡。刘映山一边说一个湾子里的人不用客气，一边美美地吃着，白酒呷得嗞哑有声。饭后他给我补课，凑近的时候胡须扎着我的脸，还有满嘴的酒味，弄得我很不自在。

这样持续了五天，第六天晚上，又请了刘映山一顿，在我们这里，这叫"驾马"，就是大功告成。临走的时候，聋二又塞给刘老师一包烟。

这天正午，聋二对我说，吴三人品不错，气兰没那个福气。我都快忘记吴三了，聋二突然这么说，将吴三那张愁苦的脸，又一下推到我眼前。

聋二的话刚落，吴大就从远垸来了，同聋二谈吴三的事。他说，那天眼看就到家了，都到我们吴家坟地了，却见车忽悠了一下，像被一只手掀了一把，就翻到渠里了。吴家坟山那条路，你是知道的，一边是坟坡，一边是渠。吴二被甩出去后，吴三完全有机会跳车，可他就想稳住拖拉机，不断地喊我快跳。他是给我跳车争取时间，等我跳下去，他已经来不及了。吴大讲述着吴三，眼里潮乎乎的。

死的已经死了，活着的还得活，新屋还得做。吴大说。

聋二说，烧窑时，我去帮你。

石桥河一带，数他烧窑技术好，他想不帮也不行。

吴大说行，不过得等吴二吴三"五七"以后，烧了纸，送了寒衣，才能动土动火。

死的人死了，活着的人还得讲信用，吴大说。他的话让聋二摸不着头脑。吴大接着说，你曾说把气兰说给吴三，吴三现在殁了，可还有吴四。聋二明白了，摊开两手说，可吴四年轻呀，还不到三十岁，他还有机会找个利落的人。气兰那个样子，你是知道的。

吴大使劲摇摇头：像我们这样的人家，还有个什么挑头？如今又出了横死（非正常死亡），哪个利落的女人愿意嫁过来？我们不在乎气兰怀过伢，怀过伢更好啊，说明她能生育，嫁过来我们吴家肯定就会有后。

你知道吴四没意见？

我问他来，他说可得。

聋二说，那行了，我去同我哥嫂说一声。又说，你这大哥，操的是当伯的心，好人啦。吴大说，我也有私心呀，吴家有了后，将来我走了，就有人把我送到坟山不是？他的话让聋二脸一沉，不由得联想到自己。吴大意识到了不妥，伸手捏一下我的脸蛋，对聋二说，你不一样，你有四郎啊，四郎将来还能忘了你？

聋二晚上去同他哥奇货和他嫂葵花商量，哥嫂两人都同意。葵花见气兰成天在家像个闷葫芦，早就想甩掉这个包袱。

两家没什么意见后，走动得就勤了。吴大每次到气兰家商量完事，都会到窑场同聋二说说。但我心里清楚，吴大到窑场来，他还有另一个原因，就是顺便来看我。每次来，他都会从口袋里掏几块糖给我，那糖有的化了，与糖纸粘在一起，应该是放好长时间了。他还说要做新屋，但不再说接我到他家去的事了，更不提让我当他干儿子。让我当他干儿子，原本就是一句玩笑话，我根本不会去的，聋二也不会让我去。

再后来，就是吴四来得多一些，直至第二年气兰嫁过去。气兰出嫁前，聋二请了几个人熬夜烧窑，烧出砖瓦后卖了钱，进城给气兰买了一对金耳环。吴四买了电视和缝纫机，他相信气兰那样子，是被一种东西迷住了，就像喝醉了酒一样，很快会醒过来。醒过来后，她就会像竹林湾和远垸别的女人一样，能做饭看电视，能坐在缝纫机前缝补衣服。

气兰嫁给吴四后，聋二又烧了一窑砖瓦，把砖瓦整齐地码在窑场的沙地上。白天除了侍弄庄稼，他就到石头窝起石头，准备着做三间新屋。石头窝在北山北坡，每天放学以后，我不敢走北山洼到那里找他，就在自己家里或在石拱桥上玩耍，等天黑下来他来接我。那时候，聋二信心十足，就是想盖三间屋，原因当然是为了我。有天他喝了两盅酒，红光满面地告诉我，你干爷就这样了，什么样的茅棚都能住。但是，我要让我娃四郎向阳有屋住，我娃四郎向阳将来是要吃外饭的，不会待在这农村里，可过年节从城里回来，也总得有个屋住吧？

10

但聋二的计划落空了，他烧的砖瓦被他嫂子葵花统统借走了。嘴上说是借，其实是白拿。她趁聋二不在家，把砖瓦拉到石拱桥西山坡上，说要在那里盖房子。

气兰嫁远垸后，病果然好多了，虽然仍不大爱说话，但眼里开始泛起波光，不像以前那么痴呆了。不久肚子就隆起来，第二年生下一个男孩。气兰生下男孩后，吴大和吴四挑着两担东西来报喜，一担给奇货，一担给聋二。吴大脸上乐开了花，乐得越发显老了，背也越发驼了。我后来读初中，周末回家常看到，气兰带着她儿子添喜从远垸到她家（外公外婆家）来，偶尔跟街上人有说有笑的，全然看不出曾经"神经"过。

这年年底，吴四在山里做水库，突然间中风死了。死得让人很纳闷，他年纪并不大，怎么就会中风了？还有人说，是石匠师傅把他的影子压在坝上了。这么大的工程，总得死个人吧，不死个人，压不住阵，将来会决坝的。一定要死一个人，那该死谁呢？吴四老实，就死他吧。

吴大去找那些石匠，要与他们拼命。可去了一看，石匠有上百号人，叮叮当当地凿着石头，他不知道是谁干的，一条命不够拼，便流着泪回来了。

气兰眼看又要痴呆，远垸的老人说，要不让气兰跟吴大过吧？于是同吴大商量，吴大说，我快奔六十的人了，若领着添喜到镇上，谁不说他是我孙子？算了，气兰要是不离开，让他跟了我们老五行不？他们年龄差不了多少。

老人们向吴大竖大拇指，吴大仁义啊，一辈子不识女人滋味，这时候还想着兄弟，真是长兄如父！老人们感叹着，去找气兰商量，气兰说没意见，她生是吴家的人，死是吴家的鬼。吴老五呢，也没啥意见。吴四"五七"的纸烧过后，气兰就与吴老五搬到一起住了，第二年生下一个闺女。几年后吴大去世，吴老五让添喜摔瓦盆，下跪，披麻戴孝。关键是他自己也披麻戴孝也下跪，给吴大行父亲一样的礼，让远垸人赞叹了好长时间。

吴大死了，聋二满含忧伤与惋惜：唉，多好的一个人啦！

11

我企盼着聋二再烧窑，因为竹林湾除了过年，或谁家结婚生子，就数烧窑热闹了。烧窑大都在初冬，那时候农活少，能找到烧窑的帮手。

聋二装窑，先装砖，后装瓦。最后会给我装上几只泥碗坯子，这也是我企盼烧窑的原因。

聋二从窑顶放下一架梯子,梯子上站两个人,他从窑门进去。他们把砖往窑里传递,梯子上的人再递给聋二,聋二在最下面一层码砖。那砖要码成扇形,给窑门口留足塞柴火的拱形空间,给上面的瓦也留些空隙,让烟火能蹿上去。

码的砖越来越高,梯子就得往上抬。梯子不能落在窑底,而要搁在码起来的砖上,要轻要平稳,要用力均衡,不然会像多米诺骨牌一样,一块砖倒了就全倒了。聋二让梯子上的帮工不要晃动,自己接了他的砖,行走在那些码好的砖坯上。他极力控制自己的身体,不让动作幅度太大,但身体还是晃动。他像行走在钢丝绳上的杂耍艺人,有惊无险。

砖坯装了大半窑,就开始装瓦坯。瓦坯是五块一摞,每摞背靠背,或面对面,立着摆放,这样坯之间就有缝隙,火就能烧透。摆放几摞后,聋二踏上瓦坯,沿着脚尖向前摆放,再踏上去,再向前摆放。他弓着腰,脚轻踏着,手轻拿轻放,像在练轻功。一百三十多斤的聋二,踏在几片瓦坯上,瓦坯居然不碎。

窑装满了,几多砖,几多瓦,不用数。窑还是去年那个窑,砖瓦坯模子也没变,装窑的人也没变,砖瓦的数量肯定不会有出入。然后是封窑,用土将窑口厚厚地封住,窑口上再筑个土坑,像一口小旱塘。

封完窑,聋二洗了手脸,站到窑门口,斟满一碗酒,双手捧过头顶敬火神,再面对窑门把腰弯九十度鞠躬。礼毕后,将酒洒向窑膛,扬起头喊一声,点火!

因在第一束柴火上倒了柴油,那柴火棒子见火就绽成一朵云,一股热浪从窑口奔涌而出。

那柴火都是上好的松枝和荆条,火旺,耐烧。聋二一夜不睡,我也在窑口烤火,把新鲜粗大的红苕,放进窑膛一侧的暗火里,只一个多小时，红苕的香味就冲破烟尘，飘荡在竹林湾上空。湾子里的人都知道是烧窑了。孩子们跑到窑场来玩，会分得一只烧熟的红苕。在我的印象中，窑场烧的红苕永远比家里灶膛里烧的香甜。

聋二储存的红苕并不多，往往烧几窑砖，就把他一堆红苕"报销"了。他似乎并不可惜，总是把烧好的红苕递给我们，吃吧，吃吧。除了小孩，大人们有时也会来吃，接过烫烫的红苕，在手上来回倒着，倒得红苕不烫了，有滋味地吃起来。吃得满嘴黑灰，就像一口窑门。

窑要烧三天三夜，第一天细火，第二天大火，第三天文火。这三天三夜，聋二几乎是不睡觉的，尽管有人主动帮他替他，但他不放心，怕掌握不了火候。若火候过了，那砖瓦就烧抽了，烧得不成形了。若火候不到，那砖瓦就烧得夹生，一碰就碎。

聋二有时还会拿来几个鸡蛋，用青线拦腰缠住，放到窑的暗火里烧。如果不用青线缠，那鸡蛋就会炸开，沾满灶灰，没法吃了。我觉得奇怪，那鸡蛋明明是放在暗火里的，烧熟了那线也没坏，但必须是青线，红线白线是不管用的，照样炸开。我不知道是不是真的，很想做个试验。可真的有了一颗鸡蛋，又舍不得去试，万一真的炸了，不就浪费了？

我们玩累了，一个个偎在窑口的柴火上慢慢地睡着，被各家大人叫起来后，半睡半醒，跟着跌跌撞撞地回家。我要是不回，聋二就回窑棚拿来他的旧军大衣盖在我身上。麻球笑道，你可真能惯儿。

从窑里掏出来的炭火，红彤彤无一杂色。聋二将凉水泼在炭火上，炭火立即变成灰白，上面的雾气在月夜像云朵一样升腾。待雾气散尽，那暗火便成了炭，黑亮黑亮的像抹了油。炭在乡村是金贵物，湾子里的女人都拿筐来铲炭。聋二也不管，铲多铲少，全凭她们自觉，给后来的人留点就行。

烧三昼夜之后闭火，封窑门。封窑门的同时，往窑顶上倒水，倒在窑顶那个用土筑成的坑里,倒成一个小水凼,让水慢慢往下渗。这个时候,就不需要帮工了,聋二一个人挑水,让凼里总有水,让窑慢慢冷却。一时间,窑顶雾气缭绕,像人间仙境。

第七日出窑。出窑的时候,窑匠站到窑顶上,再次给火神敬酒,谢过火神之后,轻轻铲去窑顶的泥土,取出里边的砖瓦来。

我寻找着聋二做的那几只碗,结果只烧成一只,还不怎么如意,聋二不会上釉彩,碗壁烧得很粗糙,颜色也不鲜亮,像个古陶。麻球说,这怎么能给当碗用?用来喂狗还差不多,要不就用它讨饭。我说他放屁,结果挨了他的打,但打得很轻,是那种疼爱的打。我将烧好的碗摆放在聋二桌子上,那是我吃饭和写作业的地方。

那些砖瓦烧得却特别好,能碰撞出钢质脆响,颜色也是纯正的靛青。

冬天来了,先是冷风,接着雪花飘洒。竹林湾美得像童话,我凝望着白雪,想起老君山,老君山一定更美吧?聋二站在冷风里,脸被冷风割得红扑扑的。雪花纷扬着,落在他宽厚的肩上,落在他的鞋上,落在他面前金黄色的沙地上。

六年以后,我穿起一身军装,走向远方的军营。离开竹林湾那天,按镇里要求只能有一个人送我,我希望是聋二送我进城去,但这么光荣的事父亲不会谦让,另一方面也等于为聋二着想。那时候,聋二的身体已经糟糕,又患上严重的肺病,每走一步都要咳嗽。我跟在父亲身后,翻过后山坡,再一直往前走,就走向县城了。走出竹林湾,我回头瞭了一眼,看见高高的送水堤上立着一个人,远远地在目送我,身影小得就像一只麻雀。

我的上铺兄弟

1. 上铺下铺

首先给我下马威的，是黑石铺天，热浪滚滚。我像置身于一口大蒸锅，头顶直射下来的阳光，烤得我脖颈生疼。接着让我不快的，是一个叫渠明的人。那是我们第一次谋面，地点是炮校大门口，他说，我姓渠名明，是你们的区队长。我很礼貌地喊了声，渠明区队长好！我的声音让我心一紧，渠明，音同除名，这是冥冥之中给我的暗示吗？

南下之前，我的排长告诫我，在军校，凡事要谨慎，与当新兵一样，少说多干。他说，报到后的前三个月是高危期，军校退学员，跟买家退货似的。做事不合时宜，说话声大一点，脚步拖沓，都有可能遭到淘汰。

我心紧缩。我付出多大的努力，才踏上这条通往军校的路。现在的我们还算不上跳出"农门"。我们还没下军官令，连准尉令（军校学员命令）都没下。我们的前途是光明的，但道路并不平坦。

三年军校生活，少说得扒掉三层皮，有人如是说。

渠区队长中等身材，棱角分明，尽管他一直微笑着，但微笑是表面的，微笑的背后，透着一股威严，带给我入军校后的第一丝恐惧，如火的天空下，我胸口直冷。

渠区队长把我带到八中队,他说,你在一班。我找到门楣上的"八(一)"二字,自豪感滋生。我走进宿舍。渠区队长站在门外冲我喊,床铺上贴着名签。

宿舍格局不大,床很多,六张,上下铺。名签白纸黑字。我的床靠近门,我的名字在上铺。我把背包扔上去,脱了鞋,上去整理内务时,我瞧见别的床铺干净得只有床板,才知道我是我们一班第一个报到的。我脑子里灵光一闪,将我的铺位与下铺对调。我是从炊事班考过来的,少在战斗班排摸爬滚打,稀拉惯了,被子总是叠不方正,叠被速度照战斗班排的战友慢半拍,若再这样爬上爬下,内务卫生肯定要拖在后面,很容易让人觉出作风松散。刚入校,给人这印象,可了不得。

下铺名签写着"李大林",名字没什么文采,像我们村里的张大山、李大河,估计也是个马大哈。我若将我俩的名签对换,他肯定不会发觉。

我们的名签,是用双面胶粘上去的,对换很方便。之后,我把背包拽到下铺,整理好内务,躺了上去。心跳比平时快,毕竟,这不地道,如同行窃。

天很快就黑了。第一晚没什么事,我洗漱,冲澡,倒床就睡。我刚入梦,同学们像是约好似的,陆续来到宿舍。他们一边整内务,一边自我介绍。我出于礼貌,站起来,在明亮的灯光下,揉着眼,晕晕乎乎地听他们说着自己的名字。我用联想记忆法,一下子就记住了他们:马德礼(西班牙首都马德里)、何其撑(吃得太饱)、蓝有情(冷血)、刘留香(送人玫瑰,手留余香)、李善仁(李善人)、王守富(守妇道,或很有钱)、罗厚兵(落后兵)。当然,有些牵强。牵强是联想记忆法的特点。

随后,一张娃娃脸出现在我面前,月牙眼,天然的笑,我忍不住也笑。他说,我,王正君,王姓的正人君子,如、此、而、已。原来他有些磕巴。但我对他印象挺好,他那样子,挺招人。我不免多看他一眼,再看一眼王守富，笑道，这下我们八（一）班厉害了，有"二王"。王正君说，不要辱我的名声！

最后报到的是李大林，他在我们来后的第二天晚十二点准时踏入我们八中队的大门，这是我们新学员报到的截止时间，他像是掐着表来的，其时大家正在酣睡，年轻的小伙子们，气力足，火力旺，呼噜声和响屁此起彼伏。我从厕所回来时，看见一个影子，像一头黑熊，从门口向我们班的宿舍移动。他走到唯一的那张空铺前，也就是我的上铺，把背包往铺上一扔，爬上床，两脚一磕，胶鞋掉在地上，两鞋并齐，鞋口朝天，脚尖统一朝外。窗外的月光照着他这训练有素的系列动作，让我一时间忽略了他鞋之恶臭。他个头中等偏上，胖，爬上床的动作像一只浣熊。上床之后，也像浣熊一样在上面折腾。听弄出来的响动，就知道他的分量。

上铺终于安静了，我的担心没了，换来的是一丝愧疚。我觉得有点对不住他，他这分量，爬上爬下，真难为他。他本应该睡下铺的。

我是在梦中，被渠区队长从床上拽起来的。那时，我正梦见我们文化补习班的同学袁晓燕，他是我们炮兵旅旅长的女儿，我们同时考上军校，她上的是南京政治学院新闻系。我朝着她的背影努力奔跑，追赶，在漫无边际的黑暗里，有人拽了一下我的手，就把袁晓燕抢走了，吓得我一骨碌坐起来，强烈的手电光刺得我不见其人，只闻其声，是渠区队长，他问我，你怎么睡这里？我嘟哝道，我本来就睡这里。我颤抖的声音暴露了我的心虚。

你再说一遍。渠区队长的声音并不高，但有那种被压制着的威慑力，像深洞里的一声爆破。

渠区队长问，你来报到时，你的名签是贴在下铺的吗？我说，好像是吧，也许的。我心里一紧，知道我偷换铺位东窗事发，说话没了底气。我垂死挣扎，用好像、也许之类的词搪塞。渠区队长拽亮了灯绳。所有的人都跳下床，蒙眬着睡眼看着渠区队长，成立正姿势。

一群年轻而雄性的男人！

看到渠区队长手里拿着的花名册，我就崩溃了，那里记着我们床铺的顺序。当我双眼的余光，扫到我名单后面跟着个"上"字时，我脑子轰的一声响。渠区队长对我们这些只有一只脚踏进军校的学员，有着生杀大权。刚到军校，就犯这样的错误，可见这个学员何等自私，这样的人，怎么能当军官？学校完全有可能将我开除。

我脑子白茫茫一片毫无内容，全身的神经几乎僵死，只有脚本能地抖动着，残存的一丝意识告诉我，完了，一切都完了。弄巧成拙，偷鸡不成蚀把米。

那一刻，我想起我的家我的父母，还想起安徽肥东的老班长。去车站的那个下午，是他帮我打的背包。他的手颤抖得厉害，眼泪滴落在我的被子上。我最后想到了我自己。我背着背包，光荣而来，却要耻辱而去。

我努力地想将眼泪挤出来，以获取渠区队长的同情、原谅，我甚至感到膝盖骨一软，差点跪倒在地，这时，一个声音，浑厚却略微沙哑，带着黏稠鼻音，却不乏磁性。他说，区队长，名签是我换的。话音刚落，一个人从床上蹦下来，将水泥地面砸出沉闷的声响。

我的心里像发生了地震。

是李大林。我们这才发现，面对渠区队长的贸然进入，我们都跳下床成立正姿势，只有他还在床上躺着。此刻，日光灯明亮的光将他包裹，他没穿背心，一片肥而白的肉，像褪尽毛等待开膛的猪直立在我面前。

我听见有人窃窃地笑。

笑什么笑！这么严肃的问题！渠区队长说。

我是严肃的，李大林说，我愿意睡上铺，上铺干净，没有那么多脏兮兮的屁股在上面蹭来蹭去。我在老部队时是班长，班长都睡下铺，我坚持睡上铺。

渠区队长脸僵了一下，怀疑的神情换成一丝冷笑。他说，那好吧。三年共六个学期，你就一直睡上铺。

李大林立正，回答，是！

渠区队长走了，灯灭了，我心潮澎湃，冲上去同他拥抱，他的大肚腩亲密无间地贴着我，我像触碰到了一只肥硕的肉耗子，那感觉，此生难忘。

李大林爬上铺去。我头顶的床板，再次发出嘎吱嘎吱的声音。我久久未能入睡，李大林却很快响起鼾声。

劫后余生，我自此与李大林，这个睡在我上铺的兄弟，开始了共处。这张上下铺连体木床，就像一条友谊之船，载着我们，行进在人生的海洋里，长达三年之久。

2. 晕水

整个夏天，我们是泡在水里的。汗水，湘江的水。我们的业余时间，常与湘江的水为伴。学院管理严格，我们很难出大院，更不可能泡在湘江里，我说的湘江水是我们水房里的自来水，它们来自湘江。

每次从野外回来，或者上课完毕，我们放下作业包，褪去外套，直奔水房。每个水龙头下，挤着两三个赤裸的身体。只要不统一集合，水龙头的水几乎就是流淌着的。

夜里，除了统一配发的那条草绿色八一军裤，我们身上不盖一丝一缕，却依然像是睡在一个巨大的火炕上。我们一次一次地往水房跑，靠湘江的水冲凉降温。有人一夜跑五六次，难得睡个囫囵觉。但有一个人例外。他不冲凉，脸都很少洗，他就是我上铺的兄弟李大林。他住在门口，南风一吹,他身上的气味便溢满宿舍。这气味,与学院南边肉联厂飘来的味道有着细微的差别。但纯粹的汗酸味,使它从肉联厂腐肉的气味中突出重围。

我开始了对他的暗中观察。他不但不冲凉,连晚上熄灯前的一次冲澡都免了,这在黑石铺,简直不可思议。

李大林只在清晨洗漱时,匆忙刷牙,象征性地撩一把水抹一下脸,一天不再进水房。学校的澡堂子他也不去。每周一次集体洗澡,他都替值班员值班,让值班员去洗。王正君说,李大林心里只有别人,唯独没有他自己。为了别人,他宁可选择与臭气为伴。

根据物理学原理,他身上散发的带着膻味的气体,比重较新鲜空气大,它们会不断下沉,睡在下铺的我自然是最直接的受害者。

我甚至想过,只要他一进水房,我就一盆水泼在他身上,不信他不冲不洗,我再学学雷锋,帮他搓背,抹香皂,他这一身膻味,就会去掉一半。

但我失算了,他根本不去水房,他就那么不洗手不洗脸不洗脚,爬上上铺,倒头就睡,不出一分钟,鼾声畅然而起。

午饭后,我们几个人在房后的树荫下小坐,谈论起李大林,说想不通,这么热的天,不洗澡,莫不是有什么生理缺陷,怕人窥见他的隐私。我说,不可能,渠区队长训斥我那晚,我们都见到了呀,他很丰满的。但强烈的好奇心驱使着我去进一步验证,我在他去撒尿时跟踪而去,的确,他没有生理缺陷。

怪人!他就是躺在垃圾堆里,照样睡得香,王正君说。王正君向李大林提出抗议。他说李大林,你好歹去一下水房,你不洗,去散发一下总行吧。王守富附和说,就是,去吧。李大林终于下床,从床下抽出自己的脸盆去了水房。"二王"正为他们取得的胜利沾沾自喜,李大林抱着自己的脸盆，回到宿舍。

脸盆里有小半盆水，水中立着军用牙缸，牙缸里的水并不满。那夜月明，寝室楼后的路灯也亮，照在李大林身上。他在门角洗脸，之后，脱去上衣，擦着前胸后背。他撩起发黄的白背心，将毛巾塞进去，在他圆鼓鼓的肚子上蹭，两三下而已。而后，他面朝墙角，一手撑开裤裆，一手展开毛巾，在他的裤裆里掏几下。那毛巾像一块风干的肉皮，带着膻味在他的手里挥舞。他的举动让我们惊诧，我问他，你干什么？他说，我洗澡。王守富问，这也叫洗澡？王正君说，你就这么洗澡？李大林说，对着呢，我从小就这么洗。

几下之后，李大林用这水洗了脚，又将袜子扔进去，搓了搓，搭在床头，最后他刷牙，那刷牙的水，弄得满盆乌黑之中飘荡着雪白。半盆水，他把全身的卫生，从上到下，从外到内，都搞定了。我实在看不下去，我问，你这样能洗干净？他说，身上本来就不需要洗得太干净，身上需要细菌，太干净了，反倒爱得病。

我问他这套理论从哪儿学的。他说，很简单呀，水至清则无鱼。我说，可你不是鱼，你是人。

李大林说，节约用水有什么不好？

我说，湘江的水，有的是。他不回应我的话，端起脸盆，去水房倒水。王正君坐起来，朝着李大林的背影，夸张地吸了吸鼻子，接着仰天而叹：根深蒂固，根深蒂固啊！李大林猛回头，问王正君，你说什么？王正君笑道，没，没什么，我说令人佩服！

第二天中午，我在水房遭遇李大林。其时我正在冲凉，我让水一直流着，凉爽从头顶卸往脚心。我站在水流里刷牙，往身上打香皂，一遍遍地搓洗自己双手够得着的每一块肌肤。突然，这种舒畅的感觉戛然而止,我抹去脸上的水珠,定眼一看,是李大林,他关了我的水龙头,站在我面前,就那么直视着我。他就这么盯着我的裸体,看得我直毛愣。这是一个男人的世界,既无女兵,也无女学员,我可以撒野,他何必大惊小怪。我赌气地打开水龙头,将水流放到最大。我在水流下搓洗着我自己。他望着我,望着被四溅的水花包裹的我,啊的一声惊叫。他好像被一颗隐形子弹击中,差点晕倒在地。他好像是用了最后一点力气,再次将我的水龙头关掉,之后,他愤怒地盯着我。我问,你要干什么?我说话的时候,内心已有了一丝恐惧。我搞不清他要干什么。

干什么?你本来洗干净了,还洗个啥嘛。我说,夏天天热,汗多,有味。他说,男人身上有味怕啥嘛。我说,男人身上有汗味不怕,可男人身上有膻气,就太让人受不了。他说,你身上没有膻味。我其实是讽刺他,他居然听不明白。我说,我不是洗澡,是冲凉。你不怕热,我怕。

我再次拧开水龙头,他一把将它关闭。他朝我大声说,水怎么能这样用呢?水是不可以这么用的!我见不得你们这么用水。你这洗一次澡的水,在我们那疙瘩梁上,都可以换个女人。说完他转身回了宿舍。

换个女人?我惊诧地望着他。我顾不上擦拭身上的水珠,套上八一短裤,拿起脸盆毛巾和香皂,悻悻而去,几步路,我走得很郁闷。我判定他是一个有毛病的人。躺在床上,木板床吱哑吱哑的声音提醒了我,我不应该以这种态度待他,那折腾人的上铺,原本应该是我的。我想同他说两句话,以示友好,缓解紧张的氛围。他却鼾声如雷。他身上像安了开关,一按按钮,就能进入睡眠程序。

何其撑说,好烦,这跟打雷似的,赵多儿(他们叫我时,故意儿化音,占我便宜),你捏一下他的鼻子。我没理他。马德礼说,赵多儿,你站起来,挠他脚心。我说,你自己挠去吧。他的脚,我挠一下,一块香皂都洗不净我的手。

热风从窗口进来。我双手支在胸前，把毛巾展开，两臂摆动，毛巾生风。王正君说，你买把折叠扇多好，不嫌累。我说，扇子扇的风，也是热风，有一股膻味，我的毛巾用香皂打过，毛巾扇的风，潮润清爽，像是风飘过江水而来，夹着水汽，带着河畔青草的味道。王正君说，赵多儿，你是诗人，你的话有诗意。

他的话当不得真，我能肯定他是嘲讽的意思。可我心里一紧，如同春光外泄，被人窥视了隐私。那段时间，我正像地下党员一样，偷偷地写诗。

李大林不但关过我正在冲凉的水龙头，我洗衣时用水，他也干涉。一个周末之夜，我抱着一盆衣服往水房走，他跟了进来。他递我一块肥皂，说，千万别用洗衣粉，特别费水，还伤皮肤。我没接他的肥皂，故意将目光在他身上扫射，他裸露的部分，没有一寸比我的白，更别谈细腻。我讥讽道，难怪你细皮嫩肉的，你保养得这么好。我皮肤糙，不怕洗衣粉。我可不愿捏着一块肥皂，像村妇似的搓来搓去。我把水龙头拧到最大，水珠四溅，水声雷动。他伸手，一下子拧死水龙头，说，水不可以这么用。我冲他喊，你是院长？你是后勤部长？管我冲澡还管我洗衣服。我把水龙头再次拧到最大，水从池里溅出来，我俩的背心和八一大裤衩都被淋了个透彻，我嚓嚓两下脱掉背心裤衩，往盆里一扔，抱起脸盆就走。我说，李大林，水是你家的，我不洗行了吧。我走到宿舍，一班人惊呼。马德礼笑道，赵多儿，你以为你是一条鱼，可以不穿衣服吗？王正君说，赵多儿搞行为艺术呢。我低头，看见自己的惨状，才知道，我一急一气，竟然一丝不挂，抱着脸盆就进了宿舍。我急忙往身上套湿淋淋的大裤衩，我说，让李大林气的，这样下去，我非得疯掉。蓝有情问，他骚扰你了？我说，他没骚扰我，他骚扰水。王正君说，你这么说，我就明白了。以后呀,你别同他一起进水房。每一滴水,他都管它叫爹。

李大林进来了。他独自坐到马扎上,脑袋一歪,像一只打盹的浣熊,任凭我们的目光唰唰唰射向他,他顾自寐睡。

他倒像个局外人。

王正君不依不饶,将寐睡中的李大林推醒,说李大林,去洗个澡吧。李大林说,我不洗澡,我宁愿洗衣服。

他这话很烧脑,我认真地思考了一番,才理清它的因果关系,他是说,他不洗澡,身上的污垢都蹭到衣服上,他洗衣服,所以他身上并不脏。

我们哄笑。事实上,他也不爱洗衣服。他的床单"劣迹斑斑"。偶尔洗一次背心短裤,他必定大张旗鼓,像举行仪式似的,让全班人都看见。他先要等水房的喧闹逝去,四周静下来了,他才拿了脸盆,端回一盆水,坐到宿舍里,像乡村小媳妇一样,给衣裤打上肥皂,慢慢搓揉。马德礼问,李大林,你咋不在水房洗?马德礼的床,紧挨着我们,下铺,李大林偶尔一用力,肥皂沫四溅,殃及"池鱼",让他深受其害。李大林说,我见不得他们这样浪费水。马德礼说,你这不是掩耳盗铃吗?你躲到这里来,他们照样在浪费水。你听,水房里在打水仗呢。

李大林说,眼不见为净。

李大林低头,继续搓揉脸盆里的衣服,我们受不了他这种扭捏作态,都躲到宿舍对面的自习教室去了。

怪人,都他妈怪人,整个八(一)班,没一个正常的,王正君刚坐下,就发起牢骚,受不了,啥时调班,我申请调出去。赵多儿,你就别偷偷写你那狗屁诗了,你给他写篇报道,送到院报,没准他能评为节约用水标兵。我不喜欢王正君这种语气,不接他话茬儿。王正君就扯上王守富,说,班长,咱得想办法帮帮他,他这么下去,就算毕业了,是军官了,怕也是找不着老婆。谁会与他这种人同床共枕?

我再次见李大林弄来一盆衣服在我的床铺前搓揉时，是可忍孰不可忍。我走近，准备一脚将他的那黄色军用脸盆踢出门外，但在我就要飞起脚的那一刻，我眼前的床提醒了我。我调换铺位的事，像一道咒符扼制了我。我收住脚。我想，我若惹急了他，他将我私换铺位的事捅出去，后果不堪设想，毕竟我们还在考验期，未正式授予准尉（军校学员）的命令。

可我已走到他身边，脚尖已伸到他的脸盆。情急之中，我给自己找了个台阶。我弯下腰去，抱起他的脸盆。我说，大林，你见不得水哗哗流淌，我不怕，我去给你洗。

半个钟头后，我把洗好的衣服，包括李大林的背心短裤，晾在晾衣区。我把他的空脸盆递给他时，他平淡地说，谢谢你。我说，不谢，你不也帮我了吗？他问，我帮你什么了？我放低声音，像是对暗号，说，上下铺。他努力回想了一下，说，啊！那天我们刚到，我又不认识你，没有义务帮你。我真的只是想睡上铺。上铺干净，没有那些脏兮兮的屁股坐来坐去，没有人在我身边爬上爬下，相反，是你帮了我。你看，我一上床，这床就咯吱咯吱响，害得你睡不好。

这条西北汉子，我对他感恩戴德，他顺水人情都不知道送。我自此知道，我与他，难在一个频道上交流。

李大林不知不觉中，被我们八（一）班孤立了。邋遢，往小了说是生活习惯的问题，往大了说，就是性格的问题，都觉得他怪。每次我与王正君、蓝有情他们打闹，他独自坐在门角里打盹，像一只倦怠的浣熊。他像是提前进入了老年状态。想起他初来报到那个夜晚，不管他是帮我，还是出于私心，他那夜解救了我是事实，我应该对他好一些。那个黄昏，我们剪完草，往中队走，赶着回去冲凉，李大林走得慢，我故意落下来，跟他一起。我说，我们坐一坐。那时天暗了，只有少数足球爱好者在球场奔跑。我们坐在草坪上。我问李大林，你真的这么怕水流吗？都要像你这样，怎么打仗，敌人用水枪就把我们打败了。

李大林说，我给你讲我的家乡吧，我的家乡在陕北农村，那是一个缺水的地方。我们那里的人，是以家里水窖储存了多少水来算家产的。那年我哥说了个女人，年底眼看要过门了，那家人到我家一看，水窖空了，这亲事也就黄了。我哥到现在还打着光棍。

我心里一冷。难怪他成天像个老光棍，独自坐在门后的角落里。他哥一定就是这个样子，像浣熊一样，坐在村子里的某个角落打盹。

李大林说，因为缺水，原上的树很难长活，生我的时候，是春天，我爹在房前屋后种了十八棵树。爹给我起名李大林，就是希望这些树能长大成林。可最后，就只活了两棵，一棵在院子里，是枣树。另一棵在屋后，也是枣树。都是公的，不结枣。

不知为何，他说两棵不结果的枣树时，我竟然想到了他和他的哥。觉得他们哥俩像那两棵枣树，或者说，两棵枣树，就是他们哥俩的象征：光秃秃地立在他家房前屋后。

我问，这两棵枣树也很壮实了吧？有你腰粗？他说没有，也就他胳膊粗，我说那也不小。他笑了，微暗中，他的牙很白。

我问，那么缺水，咋种庄稼？他说，所以才穷嘛，靠天吃饭。原上基本没收成，原下的收成，供一家人，饿不死就活着哩。

我望着他的大肚腩，笑道，瞧把你饿的！

李大林说，人穷一点他不怕，累一点也不怕，就是怕没水，他受不了没水。他从小就想走出那片原，去往一个有很多水的地方。他就努力读书，想考到大城市去。读到高二，家里太穷了，实在供不起，他就去当兵。听说有海岛兵，他就去了海岛。

李大林说，我当时就想，在岛上，守着满世界的水，用不完。到了岛上，才知道，岛上的水更金贵。海水咸得不能用，更不能喝。岛上的淡水，都得从陆地用船送上来。在岛上，用水洗澡，那简直是奢望。一盆水，洗了脸擦身子，擦了身子洗脚，洗袜子，最后还要留着养花种菜。在岛上三年，我从未痛快淋漓地洗个澡。

你一个高中生，不知道海水是咸的？

知道，我知道不能喝，没想到不能用。

湘江边是我们偶尔偷去的地方。因为往届有学员曾在那儿淹亡，学校管得紧。这个周末，我喊上李大林。他不爱动，怕出汗，我生拉硬拽。到江边，我指着奔涌的江水说，看吧，这么多的水，都白白地流淌，还差你洗澡的水，差你洗衣服的水？近水楼台先得水，向阳花木早逢春，我一边卖弄文采，一边说，我们学院不缺水，整个黑石铺不缺水，你就放心大胆地用吧。学院的水管，连着湘江，要多少有多少，不"水浸金山"就不错了。

我看见李大林那双深沉的眼里射出贪婪的光。他有心思的时候，从不说话，一贯喜欢用眼睛表达内心情感。他说，他生活在那片缺水的原上，他们几乎不爱说话，眼神迷乱，不喜欢用语言交流，他们不允许唾沫星子胡乱飞溅，在海岛也一样。

地球上最后一滴水，也许是我们的眼泪，他套用一句公益广告语。他双眼进入迷茫状，好像惧怕地球上最后一滴水的出现。

他站起来，独立初秋，凝望湘江北去，突然像喝醉了一样，浑身软绵绵的，两脚打着绊子，差点将自己绊倒在滩头，我急忙去搀扶他。他说，快，快走，我头晕。

我把李大林晕水的事，讲给我们八（一）班的人听，我说李大林因为生活在一个缺水的地方,从小没见过大江大河,见不得江河汹涌,见不得流水奔泻。王正君说,你也信,这是他邋遢的借口。他不爱洗澡,不爱洗衣服,总得给自己找个理由。他在岛上,满世界的海水,湘江的水,就把他吓晕了?

说的也是。

王正君说,把他拉到水房,把他的头按进脸盆,把他的衣服剥了,强行让他冲澡。就算他晕水,这一关,总是要过的。一个军人,这么怕水,还用什么高科技,水枪就把他打败了。

他也想到了水枪。

说是强行,其实是以玩笑的方式进行,除了李大林,所有的人,都笑嘻嘻的。大个子王守富反剪了李大林的手,王正君围上来当帮凶,何其撑抄起李大林的双脚。我们把他抬到水房。

我们褪去李大林的衣裤,把他扔进盥洗池。那池子不宽不窄,正好将他塞进去,他便像一只褪了毛的白条猪。有人早已打开水龙头,三支水龙头水枪一样刺向他,一支直奔头部,一支射向小腹,一支扑打双脚。他挣扎着,吼叫着,干什么?放开我!粗俗,流氓,人身攻击……他的声音有着陕甘宁一带浓重的鼻音,因而不那么尖利,它是浑厚的,失去了它应有的威力。我们不理他,只当他是浑身舒坦而发出幸福的号叫。

李大林一口一个"流氓",我们哄笑。在这男人的世界,怎么撒野,也算不得流氓。何其撑干脆拧开那根冲地面的橡皮水管,当橡皮水管像水枪一样,射到他的胸膛时,他像中了子弹一样,晕倒在水池里,死过去一般。

我们这才知道,他不是装的,他真的晕水。我们急忙把他抬回宿舍,放在我的下铺。掐他人中,做心肺复苏。王正君喊,赶紧人工呼吸。没人应他,没人愿意去亲吻这样一只很少洗漱的充满烟味的嘴,包括王正君，只见呼声，不见行动。

李大林慢慢从晕睡状态中醒过来。他愤怒的目光射向我们，最后落在我身上，仿佛我是他仇恨的靶心。

我们散开去，自此没人管他洗不洗澡，洗不洗衣。他就是不刷牙不洗脸不擦屁股，也没人在乎。

管他呢，只要他身上的蛆，莫爬到我床上来，王正君说。

我们自此对他习以为常，见怪不怪。

但李大林终没逃过"水劫"，学院开了游泳课。那天，当我们在学院的游泳池，像被驱赶的鸭子，纷纷跃入水池时，李大林完全把自己当成一个局外人，仿佛面前的世界，与他无关。他甚至连八（一）大裤衩都没有换。游泳教员气得一脚把他踹进水里，让他像一只肥鸭在水里扑腾，直到他喝了第三口水时，才下令让他的两个助理，也就是救生员下去捞人。他们并不把李大林捞上岸，而是架着他的胳膊，让他练浮水。那天游泳课后，李大林被游泳教员留下，单独"加戏"。

我们不知道李大林遭遇了什么，反正他回到宿舍时，像是到阴曹地府走了一遭，一贯黝黑的脸苍白无血。他一声不吱，并且放弃了那天的晚饭。以后每次游泳课，他都被留下"加戏"。直到后来他同我们一样，拿到游泳课的结业证。

让我们备感意外的是，李大林这样一个有着浣熊般缓慢节奏的人，竟然是整理内务的高手，一分钟时间，他那床被子就像豆腐块一样立在他的床头。他是上铺，叠被子时要跪在床上，难以施展，倘是下铺，他的速度当更快，质量当更高。而我，吭哧瘪肚四五分钟，那床被子还像发面馒头，气鼓鼓地立在那里。我恨不得找把刀，把它那鼓胀的部分削去。

上午上完课，我们回到中队，我杵在天井里，看着南墙的黑板上赫然写着我的名字,只觉一瓢雪水从头顶倾泻而下,名字后面,一个"-"。我的名字下面是李大林,他的名字后面跟随的是一个"+"。

这是内务卫生评比结果。减号是扣分,黑色标识,加号是加分,颜色鲜红。

李大林,身居上铺,内务竟然弄了个中队最佳。我望着李大林名字后面那个红色的加号,它像一枚烧红的十字架,灼烫着我。而我名字后面,那黑色的减号,像黑夜里的一把剑直刺我心。

我看中队干部是别有用心,一个上铺,一个下铺,一个上天,一个打入地狱。

我茫然地走进宿舍。我看到我的被子,标准的确不高,但也绝非不可接受。再看李大林的被子,方方正正,它不像是手工折叠,更像是机器切割而成。

没有比较,就没有伤害!我被子之惨状,完全是让李大林的被子比下去的。睡他的下铺,与他纠缠在一起,以为是缘,原来是冤、是怨。

晚饭后,罗厚兵把我叫到宿舍楼后,我们站在一白杨树下。罗厚兵说,赵多,你的被子得下点功夫了,队长教导员说了,这几天要狠抓内务卫生,可能要连续检查。连续扣分达三次,或许会被勒令退学。他的口气语重心长,像位长者。我知道他是危言耸听,好不容易招上来一个军校学员,因为被子叠不好,就勒令退学?不过我也清楚,这是能否继续留在学院的一个重要参考。各中队每届学员里,都会有三五个退学名额,以示军校的威严,如果别的方面,学员都表现得让队领导找不出毛病,那被子叠不好,就是大毛病了。罗厚兵的话让我一夜没睡踏实,身体在床上烙饼似的翻动。睡在上铺的李大林,真是心宽体胖,丝毫不受干扰,呼噜打得震天响。倒是住我对面的王正君,冲我喊叫:你要是睡不着,你就出去跑步,围着操场跑,跑二十圈三十圈。要是还睡不着,你就打手枪,子弹一射,疲惫而畅快,立马就能睡着,比吃安眠药还管用。我知道他说的手枪和子弹,骂了句,庸俗!

清晨起床,叠被,越想叠好,越叠不好,整个一个发面馒头。我拽开被,重叠,还是不行。李大林说,你让开。他把我推搡到他身后,站在我床前,弓着腰,将我叠好的被子打开,像铺床单那样,将被子铺好,抹平。然后将被子三折,双手如刀,在折成三折的被子上砍三下,砍出六道印,他再将被子叠起,右手食指往几个被角缝里一抽,往外一带,动作之快,像手指被烫一般,好像我的被子是烧红的铁块。而后,他的食指和拇指在被子边沿弹钢琴似的,边弹边移动,那被子就出了棱角,那棱角锋利得像刀,我都不敢用手去碰它,担心它把我的手指划破,流出血来。

李大林说,叠被子,从第一步开始,就不能敷衍,基础不牢,地动山摇。他的话,把我拽回三年前,那是我还在新兵连,那时我们的班长也是这样对我说的。只可惜我是后勤兵,赶上老兵退伍,炊事班缺人,我新兵连集训未满,提前被要到炊事班,成为后勤兵中的后勤兵,内务卫生不像战斗班要求那么严格,我叠被子水平,就一直没上去。

该着我命好,半路杀出个李大林,睡在我上铺的兄弟。

自这个清晨开始,每天这个时候,班里战友忙忙碌碌,我坐在马扎上,看李大林给我叠被,好像我是地主,他是我的长工,或者说,我是师父,他是徒弟,那种感觉,真是过瘾。李大林很快就让我评上了中队"最佳内务",让我把上次丢的脸找了回来。不过,这也气坏了班长王守富,他说他要向中队领导告发,他说我和李大林是在合伙欺骗组织。李大林说,你不说这话,没人会忘记你是班长。赵多的被子叠得像发面馍,你非得让中队干部认为他作风稀拉,连续扣分,把他退回原部队去?三个月强化训练结束,我们成为正式学员,我就不管他了。

李大林的话使我内心波涛汹涌,但我压制了我的眼泪。

3. 考核季

学院对我们全方位多角度考核的序幕,像一张黑色的大网悄然拉开,与考核挂钩的,是末位淘汰制。这个末位,并非最后一名,也许是倒数前三,也许是倒数前五,每个中队都有。那些体能跟不上、文化素质差、身体不合格的人,将被"打捞"出来,"扔"出学院的大门。

考核分身体复检,文化复试,军体考核,时间长达三个月,这一切,其实在一周时间内就可完成,院领导在新学员入学动员大会上说,学院宽容博爱,给新学员足够的时间和机会,但几乎所有的新学员都认为,时间越长,精神上越折磨人。

这分明是拿钝刀杀人啊!王正君仰天而叹。

李大林专业好,文化课也不错,他担心体能,更怕器械。班长王守富说,赵多,你与李大林组成对子,互帮互助,手牵手,心连心,传帮带,共命运。我面有难色。王守富说,怎么,不乐意?他可是帮过你的。

他的话让我周身陡起一股寒意,我以为我偷换上下铺名签,被李大林保下的事他知道了,还好,他说的是三等功,他说,你知道吗?你那个三等功,应该是李大林的。我说,知道啊,整个八中队都知道。他说,知道就好,李大林就交给你了。

我陪李大林去操场。王正君追出来,碰了一下我的肩,朝李大林的背影努了一下嘴,说,注意风向。我明白他所指,他让我躲避李大林身上的气味。我们都纳闷,咱们饭堂从未做过羊肉,这味道在他身上,怎么就如此根深蒂固。

李大林回头,看我和王正君在他背后嘀咕,脸上不悦。王正君赔笑,解释说,呵呵,我告诉赵多儿注意安全,保护好你。

李大林说，一个副班长，还挺拿自己当个官。知道为什么选你当副班长吗？因为你适合站排尾。王正君停下他的脚，立在原地，他努力地伸着脖子，像是水鸭在努力吞咽一颗田螺。

李大林站在器械旁时，我在他身边保护。一股汗酸味几乎将我熏倒，幸亏有风，我站在上风向，这样味道就淡了许多。我后来对王正君说，你他妈的都成精了，连风向都考虑到了。王正君说，我们是炮兵，射击指挥专业，风速风向是必须要考虑进去的。

李大林并不练，他在器械旁静默几分钟，像是在祈祷，而后，他坐在沙坑边抽烟。他说，赵多，你练吧。我说，我又没事，我都能过，我是来陪你练的。李大林说，那玩意儿，越练越害怕，还不如不练，到时候眼睛一闭，是刀山是火海，是死去是活着，就那么一哆嗦。

他说的似乎也有道理。我说，那咱们回去吧。他说，坐一会儿，抽两支烟，回去太早，班长会说我态度不好。能力是一回事，态度是一回事。我说，你坐着不动，只顾抽烟。你这态度，是好还是不好？他说，你不说，谁知道？

他问我，你要不要来一支？我说，不，我从不抽烟。

自此，每晚自习后，我都陪他到器械场，时间半小时。他说是练器材，其实是抽烟。我与其说是陪练，不如说是陪聊。

体育分跑和跳，外加器械，器械包含单杠、双杠和木马。器械三项至少有两项合格，器械才可视为合格。

李大林说，完了，我可能要成为这个学院的过客。说完，他恢复成可怜的老光棍模样，独坐宿舍一角，好像是在躲避，但谁都知道，躲避不是办法，我们必须面对，别无选择。

罗厚兵说，考都考进来了，还怕复试。李大林说，考学时，对海岛兵放宽了政策,再说,当时为了改变命运,拼了老命。现在,那股劲泄了,拼不动了。

这次百米考核,我与李大林同分一个小组。我一口气冲到终点,转过身来看他,他才过跑道中点线,一双胖腿像是粘在一起,膝盖以下,才看出分了叉。那不像是两条腿,更像是一条鱼的鳍。快到终点时,他明显跑不动。他努力地摆动他那对粗胳膊,双脚却跟不上手的节奏,整个人看上去像一只受惊的扑腾着的肥鸭。终于过了终点,他歪倒在地上,大汗淋漓。他朝天甩出一句鼻音很浓的脏话:百米,操你大的尻子!终点线处的考官忍不住笑了。一笑泯恩仇,紧张局势得以缓解。李大林见考官笑了,胆子大起来,说,教员,我是海岛兵,那个岛很小,根本跑不了百米。速度太快刹不住,就会冲到海里去。再说,就是能跑百米也不敢跑,跑一身汗,没水洗。喝的水都没有。

我听见李大林的声音震颤,像是哭了,但我不知道他是不是真的哭了,因为他满脸是水,看不出是汗,还是他的眼泪。我们几个早到了终点的学员,都把恳求的目光投向考官,希望他能放李大林一马。我看见考官右手一挥,说,我们学院大,跑五百米都撞不到围墙。我们学院不缺水,你下去好好练,莫怕出汗。

"下去好好练"对我们考生来说是一道赦免令,他暗示着我们还有下次,暗示这次放过一马。

穿着背心短裤的李大林,立正,向教员敬军礼。他大肚腩挺得像个孕妇。他这个脱了裤子放屁的动作,差点自毁前程。考官皱着眉头,说,这体型,可得练!说着,在他的"合格"二字旁边,添了一个"-"号,勉强合格的意思。勉强合格,要以别科成绩为参考。勉强合格的超过三项,将视为不合格。

单杠三练习考核,李大林将自己吊在单杠上,无论怎样折腾,两只胳膊就是无法将他的身体引到杠的上方。他像是在向我们表演大熊猫爬竹竿。折腾几下，他一屁股跌在沙坑里。顷刻，他像是想起什么似的，突然跳起来，快步往沙坑外走，沙坑里留下两瓣椭圆形的屁股印。

军校有险阻，苦战能过关！李大林大声地吼。他朝自己的手掌上吐了两口唾沫，拍了拍掌，紧握双拳，挺起他软塌塌的胸肌，走到单杠下，再次把自己挂上去。他没有按要领把身体自然下垂，双脚像青蛙腿一样蹬动，好像空气中有看不见的梯子，好像蹬踩空气也能借力。经过一番挣扎，他终于把自己的上半身立在单杠上方，但他最终没能让身体直立起来，更别说将一条腿迈过杠去。

他跌下来，屁股还砸在原来的屁股印上，使那两个屁股印更深更肥硕。

这哪里是在考核，简直是演哑剧。考官笑，又怕我们看见他笑，便转过脸去笑。笑了几声，他克制住自己，问李大林，你哪儿来的？李大林说，浪遮岛。教员说，浪遮岛？那个岛我去过，艰苦啊。巴掌大一个岛，岛上除了兵，什么也没有。岛上考来一个大专生，不容易。下去多练吧。你得减点体重，单杠三练习，不难，减点体重，轻松上杠。李大林给考官敬礼，说，谢谢考官大人！考官笑了，大伙跟着又是一阵乐。

双杠考核时，李大林采取滚动战术，摆臂、坐杠、前摆内转九十度下，他都免去。他将整个身体蜷缩成一只球，就那么叽里骨碌在双杠上滚，他身宽体胖，此刻倒成了优势，这使得他不至于从两杠之间掉下来。他在双杠上滚动，像在地面滚动一样自然，考官还未反应过来，他已滚落到沙坑里了。

器械的下杠动作要求自然落地，他却是自由落体。

憨态可掬，憨态可掬！王正君小声说。他憋住笑，嘴巴咧到了耳朵根。

考官对李大林说，再来一次。李大林说，我做了嘛，我做过了嘛。

他浓重的鼻音让人觉得他不是在用嘴说话，而是在用鼻子。

毕竟人家是考官，回到队列里的李大林向器械走去，考官突然又制止了他。他说，不用了，下去好好练。

关于双杠考官为何突然不让李大林再做动作，事后，我们有几种猜测。有说教官同情李大林的，有说教官认为李大林可爱，放他一马的。王正君说，你们说的都不在点子上，考官是怕李大林受伤。他不往下跳，而是滚，万一脑袋先着地，颈椎受损，造成全身瘫痪，考官吃不了兜着走。

王正君的话刺耳，但不无道理。

考官让李大林下去好好练时，李大林屁颠屁颠地走向队列，三五步路，他竟然还颠出一个屁来。我们哄堂大笑，威严的考官再也控制不住，张嘴大笑。唯一不笑的人，是李大林，他疑惑地看着大伙，好像那屁与他无关。那神情是在问我们，怎么回事？你们乐啥呢。他一脸茫然呆萌，我们又乐了一次。

李大林单、双杠勉强过关，接下来是木马。他最怵木马，木马像一座山横在他的面前，他从未跨越。考前我问他咋整，他说，没事，爬也要爬过去。

他果然就是爬过去的。

那天的木马考试拖到黄昏。夕阳微光映照，木马立在沙坑边，像一匹出征前的战马等待着它的主人。残阳如血，木马悲壮而孤寂。

我脚踏跳板，腾空展臂，像一只鸟飞过山丘，轻盈落地，屈腿，站立。每个人有三次机会，我一蹴而就。我站到一旁，当下一个人的保护。

下一个是李大林。

木马三练习动作精髓是屈腿腾越，"腾"和"越"，这两个字，好像与李大林体形不沾边。

李大林脸憋得通红，冲向木马，在脚弹离踏板的一瞬间，双手在木马上拍打。我忍不住为他叫好,他终于有了腾空飞跃的愿望。然而,他并没将自己的身体腾起来,没有越过木马,而是坐在木马上,"坐马"是跳马的大忌,好在他并非坐着不动,他借助惯性向前爬行,双手在木马上倒腾两三下,之后,像腹中胎儿,头朝下,双手抱膝,跌向沙坑。我一个箭步上前,拽着他的胳膊,哪里拽得动,我的手较之他飞行的身体,就是一只羽毛。奇怪的是,他眼看就要扎向沙坑的脑袋,突然往他的裤裆钻去,最后砸向沙坑的,依然是他那肥硕的屁股。他的屁股砸得沙坑里的沙子水花一样四溅。

李大林坐地不起。我去拽他,他推开我的手,自己站了起来。肥胖,的确是他的自然灾害。他将自己的肉身不顾一切地扔向沙坑,一副赴汤蹈火的样子,无异于在战场,拿肉体去堵枪眼。

这是拼了命啊。

此考官不同于彼考官,他要求李大林再来一次。李大林故技重演,他依然在木马上爬行,依然像胎腹中的婴儿,头朝下,双手抱膝,头向裤裆钻去,屁股扎向沙坑,不偏不斜,两瓣屁股,还砸在原来的屁股印上。

能做到这一点,简直就是特技演员。王正君小声惊呼,叹为观止!

我去拽李大林,他坐起来,一个趔趄撞上我,我感到他皮松肉懒,肌腱无刚。

考官很坚决地在李大林名字后面打上一个"√",我猜想,考官应该是被李大林拼了命的精神感动,有这种拼命精神,别说是考场,战场他都不会退却。

李大林是我们中队最后一名参考人员,李大林过后,他那两片半圆形的屁股印,在沙坑里保留了好几天。周末晚饭后,我与王正君漫步器械场,他发现新大陆似的,发现了这两片屁股印。回到班里,他吟起了诗句:啊,八(一)班,难忘八(一)班,跑道上,留下我们蹒跚的脚步;

沙坑里,留下我们深深的屁股印。

显然,他剑指李大林。其时,李大林正坐在门角的马扎凳上抽烟。我担心他会从屁股下抽出马扎,向王正君的后背拍过来,这是我们惯用的攻击方式。我随时准备拉架。但李大林没有,他只是将烟掐灭了。他灭烟从不借助外力,用食指和中指捏住烟的火星,那样子比拿马扎拍人更让人发怵,似乎马上就要杀人。然后,他将烟屁股扔在脚下后,只是将身体矮下去,双肘挂着膝盖,双掌握脸,静静地坐在马扎上,半天无语,那样子让我备感心酸。我问他,大林,你怎么啦?他慢慢地放下手,那手湿淋淋的,全是眼泪。

王守富说,王正君,你他妈的一张臭嘴,少说两句,没人把你当哑巴。

李大林说,与他无关,我只是觉得那几位考官挺让我感动。

我们面面相觑,李大林貌似没心没肺,实则柔情如水。他以柔克刚,没费吹灰之力,就让我们对他充满同情,对王正君怀着不满。比之他拿马扎拍王正君一下,效果要好十倍。

李大林接着点燃一根烟。按中队规定,宿舍不允许抽烟,队领导让我们互相监督,可李大林不抽烟,似乎没法活,我们就睁一只眼、闭一只眼,只要他知道开窗换气就行,何况烟味,能掩盖他身上那种羊肉泡馍的味道。

按学院规定,文化、体育、军事专业三大项中,任何一项里如有一小项不达标,可以补考一次。两小项不达标,这一大项就不达标。有一大项不达标者,将做退学处理,没有补考的机会。

李大林的单双杠和木马涉险过关,百米有一个"-",这表明五公里越野,他只许成功,不许失败。而五公里越野,恰恰令很多学员谈虎色变。五公里越野同百米一样,在规定的时间内,过了就是过了,没过就是没过，没有任何商量的余地，不像器械，教员评判的标准是有伸缩性的。

五公里考核前，王正君说，李大林，为兄教你一个绝招。

李大林两眼露出欣喜，问，什么绝招？

王正君说，想象你前面有个美女，你是色狼，没命地去追。

李大林说，你才是色狼呢！他情绪沮丧，声音低沉，说，那么累，面前就是真的有个美女，我也没力气追。

李大林那张苦瓜脸，真是让人不忍看。那次我换床铺名签后，他站出来解救我，我从未忘记。我站出来说，我替你吧。到终点时，你报我的名，我报你的名。我体育成绩全优，五公里是强项，到时候就算让我补考，我也能过。

王守富阻止了我们，他说，这是作弊，抓住了，就得"双开"。考试是要带士兵证的。这样吧，我们拉着李大林跑。前半程我，后半程你。代跑不行，是作弊，要处分；带跑是团结友爱，体现团队合作精神，学院支持。

带跑也是有风险的。带跑距离短了，李大林同样过不了关。距离一长，势必影响带跑者的速度，弄不好，两人都过不了，这分寸，难把握。

见我犹豫不决，李大林说，其实也没什么，大不了不及格，退回原部队，年底退伍，也好早点回家搂婆姨。我说，你就那么急着搂婆姨？你老家是不是有婆姨了？你的婆姨一定很漂亮。他脸涨得通红，说我，你瞎说什么？我说，是你自己说要回家搂婆姨的。

五公里考核前。教导员肖啸天亲自站在出发地，为我们吹响冲锋号，他还特地送李大林一句话：军校有险阻，苦战能过关，加油！

我们绕着一个人造湖奔跑。学校为我们选择这样的路线，并不是为了让我们欣赏湖光山色，是怕我们作弊。车把我们运到起点，我们就开始没命地向终点狂奔。因为选择任何一条路线，都将远于沿湖而行，这一招阴险。训练时李大林惯用的抄近道伎俩没法施展，除非他泅渡，泅渡哪有跑步快，何况他晕水。

带跑，是指在跑步人身边陪着他跑，给他鼓劲、打气，控制他的节奏。我们做的，却超越了带跑的本义，直接拽着李大林跑，这是学院不允许的。我们带跑的路段，选在考官的视线之外。

前半程，王守富一直拽着李大林，他身长腿长，是我们八中队有名的长跑高手。跑到二点五公里处，王守富放开李大林，开始他的加速运动。李大林的速度慢下来。他呼吸急促，不断喘气。我在他身边跑。我鼓励他坚持。我说五公里最困难的时期到了，挺两三分钟，气息顺畅，人就会轻松，跑起来自然就快了。我让他及时调整呼吸，三步三呼吸，两吸一呼，吸短气，吐长气，中间停顿。他按我说的做了，但效果并不明显。他一仰脖子，闭上眼，停在那儿，让我先走，他说，我不行了，与其两人都过不了关，不如甩下我这个包袱。我一把抓住他的手。说来也怪，抓住了他的手，如同抓住了自己劫难中的兄弟，责任感滋生，疲惫的身体像打了鸡血，浑身气力凝聚。我身体前倾，双脚最大幅度地蹬起来，越跑越轻快。转过湖湾，李大林挣脱我的手，说他轻松多了，想自己跑。

有一段时间，我忘记了李大林，按照自己的节奏跑，后来，我发现我把他落下太远，便往回跑，去接他。于是，在那天的五公里考场，出现了与目标方向相反的奔跑。当我跑回到李大林身边时，他已经停在路边，抱着一棵梧桐树喘息。不错，是抱着，而不是倚靠。他努力不让自己趴下。我一把拽住他。我说，快跑，快了，还有一公里。他不动。我说，你抱着梧桐干吗，你又不是凤凰？他说，我不行了，你走吧，别把你给耽误了。我说，没事，走！

他死死地抱着梧桐树不松开。还发着牢骚，说学院纯粹是故意整人，现在都用 GPS 系统定位，用电脑指挥打仗，将来的战场，其实就在电脑机房里，没有必要这么练体能。我不理他的牢骚。我说，你说这些都没用。我一记重拳砸在他手背上。他哎哟一声，松开双手。我拽起他就跑。我说，我们得加速。我左手抓住他的右手，奋力挥动右臂，像赛艇运动员在拼命划桨。我用前脚掌蹬地，让身体一次次弹起。李大林同样拼命地划着手臂，同样地跳跃着。他被我的频率所左右，想慢下来都不可能。他被我拖拽，脚倒腾得快起来。我以为我俩在湖边夕阳里奔跑的剪影，一定像两只健美的梅花鹿。我侧头去看，水面的倒影却是那么滑稽，像一只落水瘦猴，与一只海豹在水里戏耍。

　　正是这个画面，让我激情四溢。我被我自己感动了，顷刻间，有如一支兴奋剂注入体内，我活泛起来。我能听见血在血管里奔涌的声音，它们在给我擂鼓加油。李大林好像也过了五公里越野的艰难期，变得兴奋起来。我看到了他脸上的自信，他的脚步似乎也变得轻盈。我看见终点离我不远处，那里用半人高的编织袋围了个"门"，两三个考官和五六个警卫连的兵在那里把守。

　　早已跑到"门"里的战友，隔着编织袋，不断地向我们俩挥手，加油。教官在那里倒计时：一分钟……五十秒……三十秒……二十秒……

　　时间到！考官发出号令，守在"门"两旁一左一右两个战士，就将"门"往里合。我脑子轰地一响，身子就要向地上歪去，但在最后一秒钟，我做出了惊世之举，我就着惯性，把李大林往前一拽，一搡。李大林的身体便像一个麻袋被我推了出去，反作用力使我不但没有扑向正在关闭的"门"，反而向着远离"门"的方向一个趔趄。在跌倒的那一刻，我斜一眼李大林，我看见那两个兵在将"门"合上那一刻，做了瞬间的停顿，正是这一瞬的停顿，李大林才在教员宣布"时间到"的长长尾音中，像一只大黑鲨被大白鲸吸进它那宽阔的大嘴里。

"门"合上了，我跌倒在"门"外。

我闻到浓浓的血腥味。我看到我痰里的血丝。我累得吐血了。如果再坚持一百米，那血肯定会喷涌出来。

我等着补考。

一个星期后，五公里越野补考的名单里居然没有我，我明明被关在了"门"外的。王守富说，一定是你舍己为人的精神感动了主考官。

我不知道是不是，我只觉得浑身说不出的轻松，愉悦，自豪。

第二天计算盘考核，实打实的专业课。我对数字不敏感，计算盘是我的弱项。好在有机可乘，有空可钻。我们考试时的座位，有很大的随意性。集合前，我们列队，值班区队长整队，把我们带向考场。在考场门口，我们立定，听到"进"的口令，我们按顺序进入，从前到后，站成一列纵队。这列纵队满了，再从前至后，另起一列。待所有人进入，站好，区队长下令，我们统一坐下。这座次看似严密却有一定随意性：你想坐在谁的身后，在整队走向考场前，提前站到他身后去。

那天天气很好，不太热，风似有似无。在中队大院里列队，我就跟着李大林，跟得很紧，就像他的尾巴。他的屁股往哪儿调，我就往哪儿站，唯恐被他有意或无意甩掉。倘若恰好李大林坐在该纵队的最后一位，那我只有坐下一纵队的第一个位置了。如果是这样，我的如意算盘就落空。好在这次有惊无险，李大林是该纵队倒数第二，我稳稳地坐在了他的身后。天时地利，就差人和。凭我这么多天在器械场给他"陪聊"，凭昨天五公里越野，我把自己舍出来帮他，他一定会帮我。李大林在身体往下坐的那一瞬间，斜眼看了我一下，那眼神意味深长，似乎在暗示我什么，我会心地一笑，感叹他不愧是我上铺的兄弟，心有灵犀。

一共二十五道计算题，每题四分，共一百分。用计算盘推算出答案，要求速度，还要有精度。我本来就慢，还怕算错，为了保证精度，我计算得很慢。但我不自信，不敢把答案往答题纸上写，我装模作样地把答案写在草纸上，只等李大林递给我精确的答案。李大林在岛上寂寞的时候，就拨弄计算盘，他的计算速度比计算器算出来的还快，精度也高，一个密位都不差。计算盘的推算，不只在我们班，在整个中队，他都是顶尖高手。

我知道作弊有风险，要是被监考教员逮着，我们将双双落马。考试不及格的，可以补考，一旦发现作弊，将被勒令退学，没有商量的余地，可我还是怀抱侥幸心理，渴望闯关成功。那时候，我们的教室还没有监控器，只有两个监考教员。我幻想李大林瞅准时机，以迅雷不及掩耳之势，将字条扔在我桌上，我伸手把它压在掌心，找机会悄悄展开，之后就安全了，就可把字条当自己草稿纸，大明大白地誊写。

我等待着。

李大林从他坐下那一瞬间，斜视我一眼后，再也没有给过我任何眼神。时间过半，我越来越着急，两位考官来回走动，并没有盯得特别紧。当我肯定他们没有盯着我时，我用脚踹了一下李大林的椅子，他竟然完全装作没有感觉。

李大林是第一个交卷的人。交卷往外走时，怕影响别人，一般都是走到教室后面，再从侧面离开。我以为李大林交完考卷的那一刻，经过我身边时，会把字条悄悄扔在我桌上，没有，他走到我身边时，一粒尘埃都没给我留下。

那一瞬间，我像落水的人要抓住一根救命稻草，我用手去拽他的衣襟，他屁股一扭，躲过了，仿佛我的手只是树枝，刮蹭了他一下。那一刻，他肥硕的屁股竟然扭动得那么灵活，像一堵墙的移动，带起一阵风，把我的心彻底吹凉了。

指望不上，我只得把刚才做的不太有把握的答案往卷纸上抄，剩下时间，就靠我自己。

那天下午，我不知道是怎么走回中队的，我脑子里就像一张白纸，写满了"忘恩负义"这四个字。

回到宿舍，我不理李大林，把他当作我身边的一堵墙。他从我身边走过，或者，我走过他身边时，我屁股一扭，躲过他，就像他在考场扭屁股躲着我。我故意做给他看。我们就这么冷战了两天。那两天时光，对我来说，尤其漫长，我不想理他，但怎么可能？他可是睡在我的上铺，白天装着看不见，晚上没法装。

体检结果出来，中队一百多号人，全部合格。合格通知下发的当晚，王正君就把一副近视眼镜架在鼻梁上，趾高气扬，好像全学院的人都被他骗了。而一旦踢球，他把眼镜摘下来，他传得比谁都准，看不出他是近视。我们怀疑他那副黑色圆形玳瑁镜框的眼镜，仅仅是一种装饰，因为那张圆圆的没有棱角的脸，戴上眼镜，的确要可爱得多。

我与李大林冷战那几天，与王正君打得火热。

周六晚上无课，李大林从自习教室拎来作业包，掏出计算盘，拽个马扎坐在我身边。他说，我出题，咱俩同时推算。熟能生巧，反复练，成百上千次地练，肯定没问题。

我噌地一下站起来，脸转向窗外。我说，我不练了，我没有必要练，我只等着退回原部队，年底退伍回家种地去。

李大林微黑的脸瞬间成了猪肝色，他木然地坐在那里。

三天后，用计算盘计算火箭炮射击诸元的成绩出来，我精度六十分，超时，总成绩不合格。我与李大林友谊的小船就这么翻了。

什么同学，哥们，上下铺的兄弟？狗屁！我说。他在他报到的那个晚上拯救了我，我在他五公里越野时帮他，现在扯平了，不欠他的了。从此，他走他的阳关道，我过我的独木桥。

这天下午是英语课。英语老师万山红没让我们上教学区的教室，而是在课前，提前来到我们中队。她让我们上自习教室。她将我们复试的英语试卷发给我们，她把选择题的答案写在活动黑板上：ABCD、ACBD、BDCA、BACD……之后，她拿一个字条，她说，是马德礼递给王守富的字条，上面写道：对不起了对起不了对了不起不对起了……直到"我不能给你答案"。英语老师说，这是他们的暗号，被她破译，A所对应的字是"对"，B所对应的字是"不"，C所对应的字是"起"，D所对应的字是"了"。英语试题，全部是选择。二十五道题，每题四分。监考教员说，按照这么对应，马德礼给王守富的答案，完全一样，几乎全对。

我们这才知道，在考场，英语老师收缴了马德礼递给王守富的字条，我们当时忙着做题，并不知晓。马德礼是我们中队考分最高的。他原本可以读本科，他说他家穷，想早点毕业当军官，挣工资，于是就报了专科。

马德礼也是实在人，故意错上几道题，老师的证据也就不那么确凿。王守富也是贪婪，故意抄错几道，老师怕也无话可说。

我们事后议论我们的英语老师，指责她太阴险，马德礼的字条刚递过去，她是看见了的，她不制止，把他们的作弊行为掐死在萌芽之中，她故意等王守富把答案抄在考卷上，让他们的违纪变成现实，她才出动。

马德礼不承认，说他真的只是想帮王守富，但没有机会，是觉得对不起对不起，直说对不起，情绪激动，又懊悔，就写乱套了，至于与答案ABCDACBD等重叠，那纯粹是巧合。

年轻的英语教员不作辩解，扬长而去，高挑傲慢的身影，配上半高跟军用皮鞋叩击地面的橐橐声,引得无数学员回味。教导员肖啸天向着背影追过去,无奈为时已晚,通信员已将学院的处分决定取来,马德礼按勒令退学处理,而王守富却平安无事。

据说这么处理,有一个很充分的理由:每次新学员开学复试,作弊行为屡禁不止,学院不处理抄袭者而大力度处理被抄袭者,就是要从源头上掐死作弊之风,马德礼行侠仗义,中了枪。

马德礼走的时候,我们应该送他,应该流泪,应该失声痛哭。但我们没有。我们这么冷漠,似乎是在照顾王守富,怕触及他的痛处。好在马德礼与我们共处的时间并不长,深厚的友谊还未结下,我只花了一个早操的时间,就忘记了他。而黄昏逼近时,湘江的风越过学院围墙,吹在我的脸上,我心底莫名地涌起一股忧伤,我知道,这与马德礼的离去有关。他用他的离去向我证明,李大林在计算盘考试时,对我漠然视之是对的。否则,李大林或许也会被学院开除,果真那样,军校三年,我精神上将备受折磨。

李大林看似个马大哈,其实是一个精明人,大是大非面前,他并不马虎。

我凑近李大林,让他告诉我怎样把计算盘转得飞快,他不计前嫌,拽出马扎,在我身边坐下,拿出计算备用盘。三个晚自习后,我深获计算盘推算真谛,在一周后的补考,我得了六十五分。

4. 野外课

军事地形课,野外。

"大解放"穿桥而过,把我们拉到湘江对岸的山地。车轮扬起尘土。尘土突然像爆炸后的蘑菇云,我知道,车停下了。它按计划,把我们扔在这深山野地，绝尘而去，去下一个目标点等我们，这中间的距离，我们得步行。

我们在山水间跋涉，按图索骥，找点。我浑身酸软而疼痛。黎明即出发，现在是正午，我饿了。我拿着中队分发的面包、火腿肠，却并不想吃。被米饭养大的我，不喜欢这些洋玩意儿。

李大林举起望远镜远望。指北针、地图、计算盘，他都用上。他忙而不乱，这与他平时浣熊状态判若两人。我们野外图上作业，都是两人一组。多人一起会有滥竽充数之嫌，一个人吧，深山野地，又不安全。两人一组是最常见的野外训练组合。我选择与李大林为伍，是我厚着脸皮请求的结果。李大林在无边无际的大海上，能准确地给射击分队的射击目标定位，何况在这参照物如此明显的山村。我跟着他，很快完成十个点的找点任务，拿到藏匿在那十个点下的字条。我们大功告成。

离去集合点集合的时间还早，我们就在山林间游荡。李大林不想游荡，他想躺在树下的野草上睡觉，我说，我饿，想到附近村子里找吃的。他不情愿地跟着我走，走得缓慢，像旱地里的一只肥鸭。

乡村的狗想咬我，我吓得手舞足蹈，驱赶着狗。狗再次扑来，一个女孩吆喝一声，那狗停止了吠叫，垂下尾巴。

是一个湘妹子，很年轻的。她说，你这个当兵的，真是胆小。幸亏是狗，要是敌人，不把你吓死。我说，要是敌人，我一枪就把他毙了。可是，这狗，我没办法嘛。

她捂嘴一笑。

李大林逗她说，小姑娘，能否给我一个橘子尝尝。她摘下一个橘子，说，行，给你吧大叔。那橘子抓在手中，那手伸过来。李大林满脸通红，自言自语道，我长得老相，也不至于叫我大叔吧。山里清静，山里姑娘耳朵灵，听见了。说，你多大？四十岁总有吧？我爸才三十八，你总比我爸大吧。李大林不吱声，手捂胸膛，仿佛这女孩的话是子弹击中了他。他快步逃离这片橘园。

女孩也摘了几个橘子给我。她说，哎，吃橘子，充饥，又解渴，吃吧。她也不管我要不要，就扔过来。我只好接住。她玩戏法似的一个接一个地扔，我去接，手忙脚乱，好几个没接住，掉在地上，沿着地沟滚。我急忙逃跑，再不走，这个火辣辣的湘妹子，怕会有更损的招数来捉弄我。

转过身，李大林往回走，他说，咱们不能白吃人家的，怎么能这么拍了屁股就走。他的军挎里有一条白毛巾，纯白纯白的，部队发的，上面有一个红色五角星，很亮堂，今天天不是太热，它没派上用场。他就把那条毛巾团成团，扔过去，像她扔橘子一样。毛巾在空中散开，像一片云飘向她。她张开双手，接了。

她笑。她说，你不用吗？李大林用很浓的鼻音说，有，我们用不完，每个月都发。其实我们每季度才发一次。我们不爱用白毛巾，两三下就变黑了，不好洗，就攒下了。

那是个阳光灿烂的上午，阳光带来温暖，天空碧蓝。远处的山峰上方飘荡着白云，我心中飘荡着那条白云样的毛巾。我懊悔，我军挎里也有这样一条毛巾，我怎么就没想到送给她。

李大林看起来像个马大哈，其实精明着呢，我们都被他憨厚的外形蒙骗了。

这是春天的野外，溪沟的流水很清澈，蜻蜓和柳絮在空中飞舞。我们把手伸进溪沟，溪水带给我们清爽、舒坦。有小鱼在手背上滑过。

我们坐在溪沟边吃橘子，那个妹子所言极是，橘子甜，解渴，也充饥。

时间过得快，我们不得不回返。我们走在树林间，我们穿出林子，再次看见了阳光，看见了江水，心里豁然亮开。鸟声如洗。眼前是一片仙境一样的世界。大自然如此之美，美丽的景色，在我眼前是虚无的，缥缈的。那个清秀女孩的笑,还有她嘲弄我的样子,一直在我眼前,也是虚无的,缥缈的。

很长一段时间,我记得那个"橘子妹妹"鹅蛋形的脸,那尖下颔。我甚至在一个星期天,假言有事,请假外出,我其实是想去找她,到她的那个村子,再装作是巧遇。但是,这只是我一厢情愿的胡思乱想,到她的那个村庄,要绕道,坐车过桥,或者到黑石渡坐船过江。我不知道坐什么车,我也不知道到江的那边后,怎么走向她的村庄。那个橘子妹妹,便只能出现在我的记忆里。

或许缘不该尽,在一个星期六的正午,我又见到了她,她在黑石铺摆摊卖橘子。我看她轮廓有点像,但没敢认,因为那天我一直被她追赶,甚至被奚落,并没记住她具体的样子,只记得个大概,那是一张白净的脸,尖下颔,眉眼的确没看太清。

我对自己说,也许是轮廓有点像她的另一个女孩罢了。

是她先认出了我。她说,哎,当兵的,吃橘子。我一听她这一声"哎",就想起来了,仅一个字的发音,却那么清脆,明亮,像被泉水洗过。她身边的那只狗还在,它还记得我,摇头晃脑地跑到我跟前,但不再是追咬,是友好地摆动尾巴,向我打招呼。

她问,跟你一起的那个大叔呢?她说到大叔时,笑了,我也笑。她说,上次得罪了他,你给他带几个橘子去,这橘子熟透了,比上次的好吃。

她用塑料袋装了七八个橘子递给我。我心里不快。她都没让我吃橘子。我的不快表现在脸上。我就是这样一个人,有头发丝那么细的不满情绪,都会在脸上像青筋凸现出来。她看出来了。她又拿了两个橘子,说,这是给你的。

我转身走,她补充道,告诉你那个朋友,他长得不老,我逗他呢。你告诉他,我叫他大哥。

狼多肉少，这十个橘子拿回宿舍，一抢而光。我把遇见"橘子妹妹"的事告诉李大林，我说，她改叫你大哥。李大林放下吃了一半的橘子就往外冲。我紧跟他身后。在大门口，哨兵拦他，向他要请假条，他双手一甩，朝他们吼，我不是学员，我是军工。东院政委家的下水道堵了，让我马上去捅开。

李大林长得黑，胖，显老，只穿一条军裤，一件衬衣，与学校里掏下水道的军工相似，哨兵信了。

李大林与橘子妹妹唠了一些啥，我不得而知。我能感觉到的是，李大林自此像换了一个人，他不再一脸低沉，对我们的嬉笑耍闹、插科打诨，他偶尔也会参与进来。他不经意递上一句话，会让我们暗笑。

对李大林的变化，我们都感到莫名惊诧。他们不知其因，只有我知道，那个橘子妹妹是他给自己在精神上找的暂时的栖息地。我知道，他们不会有结果。

初冬的时候，我再去黑石铺。我直奔那个橘子摊。我没看到那个湘妹子的身影，整个黑石铺空旷而荒凉。黑石铺，已进入潮冷潮冷的时节。我回到八（一）班，遭到他们的谴责，说我浪费一个外出名额，却只不过到黑石铺放了个屁。

粗俗！我训斥他们，与他们横眉冷对。

5. 兰花花

李大林的丑姑娘来队的时候，我们正围坐在一起谈论爱情。我们谈论爱情的时候主要谈论姑娘的美丑。我们谈论完美的姑娘，就谈论丑的。我们对丑女已经有了心理准备，但李大林的那个兰花花的到来，还是把我们吓了一跳。我们第一感觉是，那是一个老相、皮肤粗糙黝黑的厚嘴唇姑娘。她跟随李大林来到我们八中队时,我们都以为她是李大林的姐。

事实上,李大林也叫她姐。

李大林很快从对橘子妹妹美好的遐想中,陷入面对丑姑娘的痛苦泥潭。他介绍说,那是他姐,可那个黑皮肤姑娘抢着说,我是他的婆姨。于是,在厕所里,李大林告诉我,她的确是他的未婚妻,但与爱情无关,他正忙于摆脱这种没有爱情的婚约带给他心灵上的伤痛。

丑姑娘有一个好听的名字,叫兰花花。当时,门卫来电话,让李大林去接亲属,李大林却是去阻拦,他不让她进到学院里,更不让她到中队来。兰花花就在门外喊,用"信天游"喊,一声亲哥哥一声亲妹子,惊得路人驻足,形成拥堵之态,貌似看猴戏。李大林怕事闹大,就把她带进来了。

兰花花从李大林对她的态度中知道李大林的心变了,她不同李大林纠缠,坚持要找当官的。教导员肖啸天听见天井里一个浑厚的、带着浓重鼻音的人说话,问了句:哪路汉子?仔细一看,是女性。他接待了兰花花。兰花花从怀里掏出一封信,交给教导员。她叮嘱教导员,莫把信给李大林,给他,他要是撕了,烧了,她就没证据了。教导员说,不会的,你把我们军校学员当成什么人啦?

是李大林他大他娘的信。他大他娘识不了几个字,让人代笔,说是让兰花花过来与李大林成亲。信上说,兰花花的大快不行了,惦记着这门亲事,不放心,若不趁他还有口气,把这亲事办了,他死都闭不上眼睛。

教导员说,学员不让结婚,不让结婚就开不了结婚申请,没有结婚申请就不能批准结婚,不能批准结婚,就结不了婚。

兰花花一屁股跌坐在教导员办公室门槛上,放声大哭,一句哥哥亲亲一句妹妹疼疼,教导员好不尴尬,命令李大林自己解决,解决不好,带着你的妹妹回家种地去,愿咋亲亲咋亲亲愿咋疼疼咋疼疼。教导员绝不是危言耸听，学院领导最烦"陈世美"，开学动员大会上，院长亲自讲过这个问题，说有的人，在农村时，图一时欢快，把姑娘睡了，考上军校了，快成军官了，忘了本了，不要人家了。对不起，发现这样的事情，有一起处理一起，没得说的，哪儿来还回哪儿去！

李大林不知道怎么解决这棘手的问题，只能坐在门角里独自抽烟，那样子，让我第一次对他有了同情。抽到第三根时，他把烟屁股一扔，站了起来。他站起来那一刻，有一缕阳光透过窗户照在他的脑袋上，数根白头发从黑发间钻出，它们似乎是被这三根烟瞬间熏染而成。我突然有些心疼他，当然，这种疼与兰花花那种"疼疼"不是一回事。

李大林给了我一个眼神，然后去了厕所，他这是有话要单独跟我说。我跟了过去。我们没有私人空间，十几人一个宿舍，一个区队一个教室。在中队，厕所是我们说秘密的唯一场所。

我跟着李大林的身影步入厕所时，王正君说，大林，莫怕，就说你不认识她，打死都不承认，就说不知她是哪里来的精神病。

不识相，李大林是找我说秘密的，他却跟过来火上浇油。相比较，我比王正君要冷静。我说，大林，这事不能蛮搞，得冷处理，拖住她。

厕所空气污染严重，不是久留之地。李大林没有撒尿，碍于王正君，也没同我说什么。他回到走廊，兰花花已转移阵地，由原来的教导员办公室门槛，来到我们八（一）班。李大林走向兰花花，他拽着她的手。也怪，李大林拽着她的手，就像点了她发声的穴位，她不哭不闹。

兰花花跟在李大林身后，去了学院东校区招待所。

教导员给李大林一晚上的假，让他去摆平"家事"，有点纵容的味道。兰花花在招待所等他。李大林让我陪同，我说，我才不跟你当电灯泡。李大林说，都这个时候了，你还开玩笑。我就跟着他走。他走得很缓慢，两腿像灌了铅，沉重而缓慢，迈的不是一个军人的步伐，好像他走向的不是招待所，而是刑场。走了一段路，他停下来，拐进路旁灯光照不到的林子里。他倚着一棵树，叹着气。我说，你既然这么痛苦，狠下心来，踹了她。他说，说得轻巧，九中队那个学员的事，你又不是不知道。

我当然知道，开学不久，学院就通报了他，入伍前，他把他们村的一个姑娘睡了，接到军校入学通知书，就把人甩了，那个女孩告到学院，他被勒令退学。

早知今日，当初莫入。我说着粗话，逗他乐。他并不乐。我问，你真的把她睡了？李大林点头，又摇头。我说，你到底是睡了还是没睡？他说，稀里糊涂。他说，那是他三年士兵生涯中唯一的一次探亲，一到家，他大就给他张罗亲事，就是这个兰花花。兰花花名字好听，长相嘛，你也看到了。兰花花家与我家隔道梁，两家熟悉。我不同意，她那么难看。我大要我同意，他生气，骂我，还拿木头棒子敲我。我大说，咱家欠着人家的哩，我才知道，我走后，我娘就病了，兰花花像亲闺女一样伺候我娘。我说，这是两码事，欠她的情，我还，但不能用这种方式，不能牺牲我一生的幸福。我大举起烟斗就敲在我脑袋上，敲起一个大血包。我大说，你幸福个尻子，像你哥一样打光棍你就幸福？我只是哭，流泪，不出声。那天下午，兰花花过到我家来，帮我家收苦荞。我们俩收割，捆扎，往驴车上装。父亲驾车。兰花花像男人一样，将一捆一捆的苦荞举到驴车上。有一捆很重，我去帮她，碰着了她的手，她冲我笑，说，你摸我的手哩，我戴着手套哩。她说着，就摘下手套。她的这个样子，让我浑身起鸡皮疙瘩。

我往家逃，我大举着铁叉，像举着一把兵器，冲我喊，你干啥咧？三年了，你没给家里干过一天活儿，没给地里浇过一滴水。你哥没媳妇，破罐子破摔，好吃懒做。我的身子骨老了，你娘是个病秧子。三年了，全仗着兰花花。你这就想走，你是不是俺的娃？我大说完，竟然蹲在地上号啕大哭。我大这么一闹，我就不敢走。我接着干活儿，兰花花有意无意碰我的手。那个晚上，我大朝我吼，我娘朝我哭，都说让我应下这门亲，家里穷，哥是光棍，名声不好。我娘又是个病秧子，一年四季吃药，这亲事我要是不应下来，将来怕是要打光棍。我说我不欢喜她，我娘流着泪说，什么欢喜不欢喜，能暖个被，生个娃，传个种，留个后，就行啦。儿啊，你非要我们老李家断子绝孙？

那个夜晚，她留下来，住在我家。她跟我娘睡。后来，她跟我娘说，我把她亲了。事实上，是她趁我不注意，把我亲了，啃了。我第二天在家发呆，不敢出屋，第三天，我爹又拿长烟斗敲我的头。我流着泪去了她家，见了个面。整个原上就都知道我俩好上了，是"一对对"了。

我想，就这样吧，也许命该如此。我虽然读过两年高中，但眼睛视力不好，肚子天生就大，军体素质也差。你们说我像企鹅，我不爱听，但我心里清楚，我的确像企鹅。一个"企鹅"，在部队能有啥发展？只等年底回家。一看到家里这个样子，我心都凉了。我怕真的是要打光棍哩。我就想，先同兰花花处着再说吧，好歹不会当光棍。

我借酒消愁。那个夜晚，我喝了很多酒，不省人事。我早晨醒来，浑身赤裸，兰花花就躺在我身边，她说我睡了她。她还哭了。她哭的样子好假，那是鳄鱼的眼泪。

我问，那你到底睡没睡？李大林说，我也不知道。我说，你睡没睡你自己不知道？他说，就算睡了，也是她把我睡了，我什么也不知道。

李大林的话，在我脑子里飘荡很久，我觉得他的话，不太符合生理逻辑。

李大林说，兰花花说我把她睡了后，就哭着找了我娘，这亲事，不定也得定了。我探亲归队后，连长通知我去陆上考军校。我体能不好，我知道我这样子考不上，连长说，去吧，考不考得上是一回事，不去考，就是另一回事，好像我们连队一个文化人都没有。

我就这样去了，类似于出公差。没想到有政策给高原、苦寒地区和海岛考生放宽，我就考上了。听说我考上了，兰花花家缠得更紧。一想到要跟这种人生活一辈子，我的心就像石头一样，又冷又硬。到军校后，正准备写信吹灯，一看学院这阵势，就想，还是拖一拖再说吧，哪知，她杀到军校来了。

我说，不行你就当没考上吧，就当你还是个农民，这样你心理会平衡些。李大林说，可事实是我考上了。考上了，心就回不去了。

我一时没有更好的主意，只能陪着他唉声叹气。

李大林起身，拍了拍屁股，说，你回吧，我一个人去。我说，能行吗？他说，怕啥，她还能把我吃了？

我回到中队，灯光已经熄灭，天井像一只巨大的黑洞，瞬间将我吞噬。

八（一）班的人，都没有睡，都等着李大林，议论李大林，话题是李大林会不会把那个大个子兰花花睡了。

不知什么时候，李大林回来了。他爬上我的上铺，像烙饼似的，把床板弄得吱呀响。这是我记忆中他第一次失眠，他影响了我，我苦不堪言。

黎明时分，兰花花悄然离开了黑石铺。

这天晚上自由活动。自习教室见不到李大林，宿舍也没有。我担心他，去室外找。在宿舍楼后，我看见一点火星，在操场一角忽明忽暗，我走过去，是他，在器械场抽烟。

我坐在他身边。他头也没抬，他能感觉到是我，就像我感觉到是他。抽完那根烟，他把烟头往地下一扔，叹息道：算求，女人嘛，就那回事，黑地里，都一个尿样。他说着，笑了，自嘲的语调。微暗中，他的牙白得瘆人。

这么说来，他同他那个丑女人睡到一块儿去了？我疑惑地望着李大林。我问，你真的把她睡了？

李大林平静地说，兰花花说了，只有睡了，种下种了，她才真正是我的人，我就甩不掉她，她就不闹，放心地回家去种地，去伺候我娘。你知道，我娘瘫痪了，我哥又没个女人，我大身体也有病，没人伺候。兰花花说了，不睡，她就不走，就一直闹，说要闹到院长那里去，把我闹回农村种地去。我就想，算了吧，睡就睡吧，就当做梦。早睡早利索，免得夜长梦多。

第二天清晨，李大林向我们整个八（一）班宣布，他决定与丑妹子兰花花正式确立恋爱关系，毕业后就与她结婚。他说结婚是为了忘却。因为他如果甩了她，这辈子，他就忘不了她。娶了她，在精神上，就彻底抛弃她了，不再与她纠缠了。纠缠的只是肉体，而肉体的纠缠较之精神上的纠缠，其痛苦程度要轻得多。李大林还说，人们总是在诅咒黑暗，黑暗其实是爱情的庇护神。当我们没有爱情时，至少我们还有性，而性，需要黑夜来遮丑。

我们面面相觑，目瞪口呆，怀疑这番话是从他嘴里说出。王正君说，好家伙，被性洗礼，一夜之间，脑袋开窍，思想升华，成哲学家了，难怪男人都急着找女人，是个女人，就能改变男人。说着，唱起陕北"信天游"：

> 青线线那个蓝线线，蓝个英英采，
> 生下一个蓝花花，实实地爱死个人。
> 实实地爱死个人。
> 实实地爱……死……个……人……

他摇晃着他的圆脑袋，反复唱"实实地爱死个人"。众人笑，李大林不笑,他脸上的肌肉像被冷冻过一样僵硬。

王正君的嘴,损李大林,也损我,有一天,我想"借刀杀人",我避开众人,对李大林说,王正君总拿你开心,你就这么无动于衷。你该教训一下他。

李大林说,一个小屁孩,不跟他计较。

我愣在那里。我不知道他这种态度是宽容,大度,还是麻木。

黑石铺的黑夜来临。夜风如水,洗我浮尘。

元旦悄然而至。元旦晚会,我让八中队的人记住了我。没接受过一天舞蹈训练的我,跳了一曲独舞《黄土高坡》。我穿着大红绸裤,白色坎肩,在音乐声中,艰难地爬行,痛苦地在"黄土地"上打滚。我跳得不专业,但很疯狂,教导员说我是天生的舞者。我知道,此话当不得真。

王正君说,跳得真好,我仿佛看见黄土高原上,一只在沙地上打滚的红毛叫驴。

他自然挨了我一脚。

出乎整个中队人的意料,一向习惯沉默的李大林,那晚自告奋勇,唱了一曲《兰花花》,他声音高亢,鼻音浓重,唱得撕心裂肺,把我们的眼泪都唱出来了。我们不知道他唱这首歌的目的,是表达他对他那个兰花花的思念,还是悼念他们之间那种没有爱情的"交往"。

唱完歌,他独自走出中队俱乐部。他沿着空荡荡的天井往外走。他的身影消失在墙角。我跟过去,他站在体育场边的大树下,月光穿过云层,从树叶间渗透下来。夜晚寂静而忧伤。

我再次看见他手中那一点孤独的星火,烟味顺风而来。我站在离他不远不近处,没有惊扰他。

不久,黑石铺下雪了。黑石铺的雪,不像东北的雪,鹅毛似的,落地有声。黑石铺的雪，在空中是轻盈的，雪落无声，触地就化，悄无声息，像我们正在悄然逝去的青春。

6. 让眼泪飞

我没想到我的射击专业会不及格，王正君也没想到。他说，凭你的表现，石教员让谁不及格，也不会让你不及格。

他不是嘲讽。石竹山是我们的射击教员，我与石竹山都是文艺青年，喜欢写诗，有过几次私交。虽说每科考试，教员都要抓几个不及格的倒霉蛋，可他抓谁也不应该抓我啊。他让我不及格，欺骗了我，伤害了我。王正君说，其实，伤害你的不是教员，是那个甜歌妹子。

这话有道理。那天晚上，学院有一场晚会，甜歌妹子是主唱。学院给各中队下发了通知，学院橱窗里也贴了海报。海报上的甜歌妹子眼神迷离，胸脯白净，撩拨得很多学员魂不守舍，当然也包括我。恰好这个晚上，射击教员石竹山给我们"串讲"。"串讲"是我们学院的"行话"，就是将明天考试内容通讲一遍，今晚若认真听课，明天考八十分不在话下，至少及格不成问题。

我们明天考试的内容，是射击指挥专业理论部分。

我却冒天下之大不韪，去看甜歌妹子的演唱会，而且是全中队唯一前往的人。一个人在宽阔的水泥路面往学院大礼堂走时，我备感豪迈，像一位勇士走向战场。

我喜欢甜歌妹子，喜欢她的歌。但我最终决定前往，还是仗着与石竹山的特殊关系。三年军校生活，我们中队一百四十多人，不少人的名字，他叫不上来，却在我们入学第一堂射击课后，记住了我，我也记住了他。我自此也没忘记他。三年军校生活，我们数次谈诗论文，关系不错，他帮我过关，应是情理之中。

事实证明，我对我们的关系判断是错误的，当我知道这个错误的结局时，为时已晚。

李大林的射击专业好。为了万无一失，我去看演出之前，找到他。我说，今晚石教员串讲的内容，我看完演出回来，你给我讲一遍。他说，你一定要去？我说，机不可失，失不再来，我迷她好几年了。他撇了一下嘴，做了个不屑的表情，而后，他说，好吧。

看完演出回中队，李大林并未等我，他鼾声雷动，是班里睡得最香的一个。他一直是这样。太晚了，我不忍心喊醒他。第二天清晨醒来，我起床，站在床头，直问李大林，昨晚你没等我？他说，我一直在等你呀，我都没脱衣服，等你喊我，你咋不吱一声。他说话的同时，翻转身。他果然穿着长裤和背心，那被子在他里侧，并未完全打开。

他说，放心吧，题不难，考六十分不成问题。

我说，你就到自习室给我讲一遍吧。这时，哨音响起，是出操时间。偏偏赶上会操，我俩谁也不敢缺席。李大林安慰我说，算了，三十分钟的操课时间，又能干什么？正常考吧，放心，石教员会放你一马。

事实是，石竹山并没放过我。三天后的一天，漫长的一天。上午，宣布射击考试成绩，整个中队，只有我一人射击理论不及格，将在一个星期后补考。这意味着，同学们都离队后，我还得留下来。整个中队一百多号人，只我一人留下补考。

我的脑子全乱了，而我们光辉的八中队，一切都正常进行，所有人，到大礼堂参加毕业典礼，亲自从院长手中领取毕业证。我要补考，还不能算毕业学员，不能去。他们走了，只有我和我们八中队唯一的一个兵，在这个空荡荡的大楼里。他值班，我呆坐在宿舍。我们八（一）班的所有同学，在我的脑海里，一个个地登台，面对院长，敬礼，领取毕业证，再敬礼。院长回军礼,那么近距离。他们来去的脚步声,在我臆想里走着,如同踩踏着我的脑神经,我说不出的难受。

黑石铺的天,热浪滚滚。

值班员通知我,石竹山往中队来电话了,从明天起,我开始接受他的补课,一对一教学。

他说的是明天,可在中队,我一刻也待不了。我想去黑石山。我难受的时候,就想爬山。

我走到黑石山脚下,买了两瓶啤酒。我像喝饮料一样,一边喝着啤酒,一边沿着那条曲曲折折的蛇形路往上去。我上到最高处,坐在那块大黑石上。它状如一只青蛙,有人叫它金蟾,有人叫它癞蛤蟆,这并不重要,重要的是,坐在它脖颈,能看见两三里外的湘江,水在大地上奔流,像一只银色布带,在风中飘动。回转身,能看见黑石铺,黑石铺的全貌尽收眼底。黑石铺往南,是我们的炮兵学院。

山顶的风,有着一丝凉爽。我不胜酒力,酒让脑子晕乎乎的,而山风努力地要让它清醒。它努力地让我往回走,一个人在这悬崖上坐的时间长了,有一种想飞身而下的欲望。我怕我控制不了自己。

忽然听见有人喊我,赵多!我定睛一看,是李大林,他从松林间的小路钻出来,浑身是汗,气喘吁吁。他惊骇地睁着一对大眼睛看着我。

我知道他担心什么。那一刻,我的眼泪涌出来。眼泪行走在我的面颊上,让我回到现实,让我感知:我真切地活着。而且,我应该活着。

一切都会过去的,他说。声音像洗过一般,湿淋淋的。

我再也控制不住,任凭眼泪在山顶的风中,像雨一样飞洒。我相信,有一滴泪,一定伴着这山风,会飞到黑石铺,飞到我们学院,飞到我们八中队。那滴泪,或许比我留在军校的所有足迹,有着更深的印痕。

泪一流,浑身轻松,脑子也清醒了。

只有我和李大林，他们都走了，宿舍越发地空荡荡。李大林，我问他，你为何还不走，他说，他学院这边还有些事没处理完，好像是档案里缺件，需要补，但他并不上学院去，而是陪着我。我问，你莫不是找借口留下来陪我？他憨厚一笑说，我没那么伟大。但我感觉到他是故意留下来陪我的。我心里酸酸的，很感动。我上去与他拥抱。人在失意的时候，是多么需要一个怀抱啊，可他像一面厚厚的墙，我怎么也抱不紧他。

我让李大林把被褥抱下来，找个下铺，他不，他坚持睡在我的上铺。他说，习惯了，就像习惯了抽烟。这种比喻似乎并不贴切。我不去细想，他愿意，随他去。

我后来好几次做过这样的梦。梦见我去某个地方培训，我俩住在同一个宿舍里，人多，我们争抢着床铺。他总是落后，没抢着下铺，他总是睡在我的上铺。

第二天，李大林留下陪我的事，得到了证实。他不仅是留下陪我，还负责看着我，据说是怕我跳楼。前年二中队一个学员，也是射击考试没及格，留他补考，他灌下一瓶"白云边"之后，像一片白云，从四楼飘然而下，成为植物人。

我说，你不用看着我，我没事。我说着，掀开被子，往床上一钻，结果用边过猛，把褥子蹭跑了，床板上露出无数照片，都是八中队熟识的同学，我眼睛一热。我觉得他们冷漠，不辞而别，原来他们是怕我难过，都用这种方式，留下他们的纪念。每一张照片都有签名，有赠言。

看着他们的照片，思念像秋日的晨雾，扑面而来。离别，真的是思念的开始啊。

整一周，除了每天给我一对一上课，补考前一天晚上，石竹山教员还给我串讲，一直讲到十点多。第二天，天空晴朗，有风，我心情舒畅。

我们坐在一间大教室里，做着理论题。我说是我们，而不是我自己，因为补考的人，竟然有十几个，只不过我们中队只我一人罢了。我考试的时候，李大林像一位家长，一直在教室外徘徊，似乎比我还紧张。事实证明，串讲是有作用的，有多达百分之八十五的原题，出现在试卷上，这样的考试，如果还过不了关，那只能说考者脑子有问题。

窗外的白玉兰纯白地开着，香味令我莫名兴奋。

交卷后，我和李大林钻进路旁的一片风景林，沿着树林中若有若无的小路回到中队。

7. 难说再见

这是我和李大林在学院待的最后一个夜晚，我们从天窗爬上宿舍楼顶。我俩坐在房顶，仰望星空。星光越来越明，体育场的灯光就显得暗淡了，最后融到黑暗中去。夜风吹走了空气中的闷热，黑暗使人感到凉爽。

李大林抽着烟。我不抽烟，我看着他抽。他总是像跟烟有仇似的，一根接一根，凶狠地抽着。烟就像一只孤独的萤火虫，暗了，明了；明了，暗了，无声息。他不说话，我也不说话。他制造着"萤火虫"，我看着那闪光，各人想着各人的心事。我想袁晓燕，想我即将去当排长的那个海岛。李大林在想什么？他在想他的那个兰花花吗？我不知道。

早在毕业前半个月的时候，学校摸底我们的去向。我想上西藏。我那时已经热恋上诗歌，痴迷文学。"我就是那个叫马原的汉人，我写小说。"这句话深深地吸引了我，让我觉得西藏是文学的天堂。李大林却连写五封血书，而且那写血书的血，真的是他手指上流出的，不像我怕疼，从厨房偷来鸡血。他当着全班人的面，用血淋淋的手指书写。而后，他左手捏着血书，举着右手食指，去教导员办公室递呈血书。他的血吧嗒吧嗒滴落在教导员办公室的地板上。

他赢了。

我去不了西藏,便申请去海岛,就是李大林待的那个浪遮岛。

> 浪遮岛,你听见我的心跳了吗?
> 像温柔的海浪
> 轻轻地拍打着礁石
> 浪遮岛
> ……

这是李大林当新兵时写的一首诗,就在他的日记本上。尽管这首诗的命运不济,没能像《战士第二故乡》那首诗那样被发现,被传唱。但是,它吸引了我。

很多人找关系,想到离家乡更近的部队,或者回原单位,李大林却坚决要去西藏,那么高,那么遥远,空气那么稀薄。他是在努力摆脱,想远离他的那个兰花花吗?

他问我,你会找一个什么样的媳妇呢?到时候给我邮张照片。我说,我歪瓜一个,裂枣一枚,能找啥样的,一定是个丑妹子。他说,再丑也不会比我的女人丑。我说,可能吧,但是,要想找到你媳妇那么执爱的女人,也很难。

他说,算了,不说女人,我们没有爱情的时候,还有很多别的东西。

别的指什么,他并没有说,他恢复成一贯的沉默。经过三年军校生活的磨砺,他看上去更成熟,更稳健,像中年男人。

我俩买的都是晚上的火车票,太早的没座位。现在是上午,时间还早,李大林说，我们到江边散步吧。我们行到黑石渡时，已是正午，渡口行人稀少，阳光直射如火，江鸟都飞得不知去向。整个渡口萧条冷清。

我们下水。我知道李大林的水性，我让他就在浅水湾，他点头表示赞同。他脱衣裤，保留了八一大裤衩。江风吹拂，大裤衩像一条裙子，裹在他肥胖的小腹和粗黑的大腿上，看上去甚是滑稽，我忍不住笑了。我坐进水里，然后站起来。听浪涛在身旁吟唱。远方的风，吹着我半裸的湿淋淋的身体，很惬意。我躺进水中，仰望蓝天，自由自在。那种感觉真好。浅水湾微波荡漾，我随波逐流，好像是躺在摇篮里。也不知过了多久，我感觉自己在水里睡了一觉，等我翻身从水里站立起来时，发现李大林不见了。我大喊，岸边无一人影，周围没有回音。他莫不是被水浪冲走了？我细看，他在离我很遥远的水面，往更遥远的地方游去。

我惊骇地望着那越来越小的他，虽然他现在不晕水了，但他水性不好，这对于他，简直是自杀性的游玩。我向他快速游过去，就在这里，我感觉到了风，一股很强的风。接着起了浪。那浪有一米高，不断地打向我，一次次将我的脑袋淹没，我无法前进。几个浪头之后，我再看李大林，他越来越小，缩成一个黑色的点，那是他的脑袋。很快，他的脑袋也看不见了。

我向那个黑点消失的地方游过去。因为在水里，人的视线低，几百米宽的水面，像是海一样，大得无边无际。浪叠打过来。我害怕了。我停止前游。我上到岸上。我想到了死亡。我想，我不能死在这里。我们两个要是都淹死在这里，连个报信的都没有。我们的尸体，就只能喂鱼。

我胡思乱想。我想了很多。我想，即便我游到他身边，他也溺亡了。我要么找不到他，要么看到的是一具尸体。我甚至可能连我自己都看不到，因为我很可能也变成了尸体。

我这么想，无边的恐惧，像江风一样将我包裹。四野无人，上游不远处，废弃的黑石渡空荡荡死一般沉寂。

我向学校奔去，我首先想到的是找中队干部，队长或教导员。

队长和教导员跟着我往江边跑时，李大林穿着半干半湿的衣服，出现在我们不远处。队长和教导员远远地站着，他们大口喘息，脸上的表情却是松弛的。

我走向李大林。紧贴在他身上的衣服，暴露着他浑身松软的皮肉而不是肌肉，唯有他裆部凸现着的一嘟噜，彰显着他的雄性。

他眼睛红肿，我不知道是因为江水的浸泡，还是他眼泪的侵蚀。他像我一样哭过吗？我怀着惊慌、恐惧和惭愧望着他。我脸烧灼般的疼。我没做任何解释，此刻，任何解释都是苍白的。事实很明了：我跑去找中队干部，同时也是因为惧怕，抛弃了他，我抛弃得如此干净，没敢下水去寻。我想，他不会再理我了。我不做解释，任何言语只能越抹越黑。

他走向我们。我有心理准备，我等着他暴打我一顿，即便他扇我耳光，我都不会躲闪，更不会还击。

他却给了我一个拥抱。他抱得那么紧，那么真切。他真的是李大林，而不是他的魂魄。我感受到了他的体温，他内心的震颤。他说，我以为你已经走了，到了车站。你没有，你真够意思。

我说，你不要这么说，你这是讽刺我，往我伤口上撒盐。他说，我说的是真话。我问他，你为什么要在最后上演这一曲？你就是为了考验我吗？你拿生命来考验？他说，不是上演，是真的，这一关是必须要过的。

哪一关？

面对？

面对谁？兰花花？

他说是的。他说，真的不敢面对，但我从来没想到死，我只是想跟老天赌一把。我问，怎么赌，拿命赌。他说，也算是吧。他说，望着湘江的水，我突然特别想江那边的橘子妹妹，疯了似的想。我就疯狂地往那边游。我对自己说，如果我能游过去，是天意，我就去找她。我发现，我游不过去，再往前游，就是个死。当时一个浪打来时，我差点被拍在水底。我好不容易钻出水面，我没有死。这时候，我在波浪声里，分明听见我娘喊我。我就沿着我娘声音的方向游，游着游着就到了岸边。我差点死了，但我还活着。我对自己说，死都不怕，还怕那个丑婆娘。

我真没想到，憨厚的李大林，在军校最后时刻，还动了这心思，想寻橘子妹妹。

我突然想起，他说他的那个兰花花是来让他种上他的种子。我问，那次来，兰花花怀上了吗？你是不是已经有儿子了？他愣了一下，没有回答我。我不再追问。

生命与生活无关，顾城的诗，他说。

是的，这是他的诗句，但他死了，我说。

可我还活着，他说。

我惊讶于他竟然喜欢读顾城的诗。他是我们八（一）班最不喜欢看书的人。当我们坐在床前的小马扎上捧着书看时，他总是坐在离门最近处，将门敞开抽烟，或者干脆坐在临近窗户的那只床头柜上，打开一扇窗，抽着劣质的烟。他总是抽得凶猛，像是跟烟有仇。

我心有余悸。我说，你要是真的淹死了，不敢想象。他说，生命与生活无关。我说，生命与生活怎么能无关呢？生活是生命创造的啊，生命是在生活中得以体现。

他否定了，用动作，而不是语言。他摇了摇头。我这才发现，不知不觉中，他瘦了，体质上去了。回想前段时间的军体毕业考核，他都顺利过关，与他入军校复试时，判若两人。三年时间，真的能改变一个人啊。

黄昏时,我和李大林背着背包,向黑石铺走,走到学院大门口,我回望,操场像一口墨绿色的池塘,那里盛装着我们许多故事,欢乐、感伤,都被它收藏在这方天地。

回望学院大门,我想起渠明区队长接我的情景。三年了,似在昨天。我们入校三个月强化训练后,他去了教研室,当了教员,却没有教授我们八中队的课,我几乎忘记了他。他在我脑子稍纵即逝。我抬眼,不远处有个身影,很像是马德礼。听说那年他被退学后,第二年仍然考取了我们学院,还是本科。他一直躲着我们,所以那次之后,我再没见过他。

我不去追那个身影,相反,我放慢了脚步。我和李大林走在黑石铺的石板路上,走向1路公共汽车站。路两旁是高大的白玉兰,肥硕簇拥的树叶,带给我们夏日的阴凉。还有白玉兰花,幽幽地香着。花香让我产生了错觉,让我觉得,春天正在向我们走来。

乌兰木图山的雪

1. 等待一场雪

等待一场雪。

武部长说，没有雪的冬季野营拉练，不叫拉练。老天似乎与武部长赌气，头顶积攒着深灰色厚重的雪云，就是不落雪。我们等得不耐烦，回各自宿舍休息。清晨醒来，院子里白茫茫一片，大地真干净。武部长下令：集合，准备出发！

煤城地处辽西。这次冬训，我们柳河区人武部作为煤城军分区下属单位，成立柳河冬训分队，代号"煤柳201X—04"。"04"为春夏秋冬之排序，一目了然。

我们柳河区新任部长姓武，名维夫，孔武有力。我们喊他武部长。人武部部长姓武，老百姓喊起来顺口，叫得亲热，好像武部长是柳河区这个大家庭的一家之长。

武部长要求集合时间二十分钟，这是一个合理的时间，毕竟是"整装待发"，要提前准备好行囊。一刻钟过去，五个军官（含武部长自己）背着行囊全部到位。职工还没入列，胖子刁明正背着背囊，以百米冲刺的架势，老牛拉破车的速度，奔向队列。

就在武部长下达出发口令前半分钟，胡文职才走进队列。他像是掐着表来的。他的背囊有些松散，样子像逃兵。倘是别人，比如军官，哪怕是职工，武部长是要骂人的，至少要训斥两句，偏是胡文职。

胡文职是文职人员，这个称谓很拗口。胡文职本名胡春明，后勤助理，半个月前，一道命令，他脱去军装，套改为文职人员。军装的光环没了，身上似乎没了亮色。他很不适应，此刻，他有点小情绪。

我们的政委姓柳，我们叫他柳政委，老百姓以为是柳河区政委的简称，不知道他有一个很诗意的名字：柳成荫。柳政委面临退休，现在基本退居二线。这次冬训，他很少决断，不轻易发言。谁都不想在最后关头出纰漏，柳河区人武部的家，就让新上任的武部长当着。他柳成荫，只想平安着陆，用他自己的话说，只等办完退休手续，自己"成荫"供自己乘凉歇息。

车辆编队完毕，其实只有四辆车，一辆一四一大解放，一辆北京二〇二〇，一辆指挥车。还租用了地方的一辆面包车，基干民兵乘坐。武部长凝视着这车队，这人，颇有瞧不上的意味。他原是装甲步兵团团长，军改一纸命令，装甲步兵团撤编，他调整到我们人武部。不难想象，装甲步兵团外出驻训时，那气势，那规模，那精神状态！他内心的失落，在他脸上显露出来。他看着胡文职像一只熊猫爬竹竿似的缓慢地爬上一四一，一声令下："下车！"

军事科长徐超群整队，包括基干民兵十余人，站成两列，武部长站在队列前，他到底骂了人。他骂人，不带脏字。他说："来了的，像鸟，叽叽喳喳；没来的，像羊粪蛋，稀稀拉拉。这样的部队，能打仗吗？吃不了苦的，站出来，可以不去！"

没人站出来。队列里鸦雀无声，无人说话，但内心里，怕是什么都说了。至少我在内心里反驳了他：你真的指望人武部上前线去打仗？

以前的武团长现在的武部长武维夫，大学本科是步兵专业，后读军事指挥专业研究生，是野战部队年轻的团职军官，装甲步兵师指挥官后备人才，未来不可估量。"不想当将军的士兵不是好士兵"，武部长正全力地向他遥远的将军梦迈进时，军队改革，一切都变了。他被调到人武部，一个地方部队。他手下的兵，以民兵居多。但倔强的武部长，不相信这是他最后的归宿。

武部长爱面子。按冬训计划，队伍步行走出市区，制造人武部练兵气势，武部长嫌这样寂寥的队伍不威风，决定把队伍拉到郊区再走。胡文职的两次拖沓，激怒了他。他说："徒步前进！"

他走在队伍最前面。队伍像一条舞动的蛇向远方游走。武部长素质好，年方四十，五公里武装越野，全团干部战士，没几人能跑过他。他能完成单杠八练习，那个壮实的身体，竟然能在杠上杠下，像燕子飞来绕去，把全团官兵镇住了。

此刻，我们服服帖帖地跟在他身后。他气势如虹，队伍看上去就有些虎头蛇尾。

出了营院，往郊外走。天阴沉沉的，风雪抽打着树木，也抽打着我们的脸。这一段路，原本是要坐车的。我们不怨武部长，只是对胡文职有意见，却也敢怒不敢言。当时，上面给我们人武部一个现役军官转非现役文职人员名额，谁都不愿转。最后定的他，虽然是通过综合测评，但大伙还是觉得欠他的。他两次行动迟缓，谁都能看出，他心有不快，或曰不甘。

我们行到九营子时，胡文职落在最后面，这时已近正午。胡文职落在后面倒没什么，关键是刁明都走在他前面去了，这就有些说不过去。刁明，职工，厨师，年高五十八岁，临近退休。

武部长让队伍停下来,由两路纵队变成横列。他站到前面训话,但似乎也不是训话,更像是谈心。"从集合到行军,我很不满意。"他说,"你们知道,我是装甲步兵团的团长,我的目标是旅长,师长,军长。军队改革,我那个装甲步兵团没了,把我塞到人武部。人武部是什么?有人谑称为'民兵小分队'。你们知道,到武装部当主官,等于提前宣布退休。我不甘心,可有什么办法。除了服从,我别无选择。话说回来,'民兵小分队'也是我们中国人民解放军力量的一部分,抗日战争、解放战争时期,'民兵小分队'立下多大功劳。陈毅元帅就有这样一句话:'淮海战役是人民用小推车推出来的。'这些人民,其实就是民兵,全民皆兵。现如今,待遇上去了,武装部的硬件软件上去了,我们不能再自甘当'民兵'了。我们要让我们'民兵'变成正规军,给军分区领导看看,给省军区首长看看,给当地老百姓看看!"

　　风雪弥漫。武部长的话是掏心窝子的,透亮的,因为它诚实。它像一道穿越风雪的阳光,透射过来,触动了我。我看见胡文职将腰很用力地挺了一下。再出发,他很快超越了刁明,接着超越了我。

　　我累出了一身汗,保暖内衣变成了保湿内衣,外冷内湿,很不爽。我从同事的脸上,看到了我自己:满脸汗水,脸上满是疲惫和痛苦。虽然平时一日生活制度表里,有体能训练时间,但大都被公文材料侵占。武部长看一眼我,道:"瞧你这体质,早该拉出来遛遛。"我把胸膛一挺,目光却不敢与他正视,躲避着他"团长式"的目光。成日坐机关,久未出来,第一次这么亲近大自然。雪里传来喜鹊的叫声,清脆如洗。雪使它们兴奋。雪中的空气是清爽的。雪驱走了阴霾,我的心也随之亮开。全副武装,负重前行,是一个减肥的好机会。卫干事却说:"这么行军,减不了肥的,肚子凹下去了,屁股上的肌肉凸出来,此起彼伏,总重量不变。"大伙就笑。排头带队的武部长忍不住也笑了。当我们闹得有些过火时,他便猛一回头,眉毛横下,队伍就哑了。

等待一场雪,等来如此多的事。

2. 在他本

队伍行到他本镇,我们累、冷、饿。他本镇是蒙古族居住地,他本是蒙古语"富有"的意思。有人问:"为什么不给饭吃?武部长不是说,在他本镇吃饭吗?"说话的人声音小,武部长耳朵尖,听见了,回复说:"我们是在他本镇上吃呀,吃咱们的压缩饼干。"刁明说:"我以为是去饭店或老百姓家,武部长你可是说过,他本镇羊汤有名。"武部长笑道:"我说他本镇羊汤有名,又没说要喝他本镇羊汤,这叫兵不厌诈。"第一个白天,是不给饭吃的,进行耐饥饿训练。几乎所有的人,都懊恼不已,出发前,咋就不知道买几包方便面几根火腿肠带上。这下可苦了,光行军不吃饭,还不得累屁了。武部长说,人武部的干部,都快成大爷兵了。哪个体重不超标,饿一饿,正好减肥。

我们不愿吃压缩饼干,觉得难以下咽。武部长说:"看来还是饿得不狠。"他带头拿一块在手中,龇牙咧嘴咬了一块,喝了口水。我们只得一人拿了一块,送到嘴边,咬不动。武部长盯着我们说:"就是块石头,也要把它咬碎,咽下去。若在战场,这块压缩饼干,或许决定一个战士的生死。"

我们在镇外一片僻静处安营扎寨。他本镇是辽西小镇,军事位置很重要,这里山多林密,两山夹一河,河畔是公路。周围部队野营拉练,都会穿镇而过。

他本镇河畔多石,质地成弱碱性,羊吃草之余,喜欢舔食泥土,这就中和了羊体内的酸性。羊肉味鲜,营养价值高。他本羊汤,更是名扬东北大地，与大巴镇的驴肉、化石戈的小米，并称辽西"三宝"，清朝时，是贡品。

以前拉练是兵马未动，粮草先行。先遣部队提前去搭帐篷，准备水电。人武部人少，没有先遣部队后续部队之分，除了一个年轻的王明阳参谋留守，二十四小时值班，其余都在这儿呢。人少，就得多专多能。幸运的是，雪停了，风也停了。在雪地里搭帐篷，不太费劲，还有另一番景象。

冬日的阳光，白亮白亮的，像一只被罩着的灯，不那么刺眼。但雪还是架不住太阳持续的温热，慢慢化成水，与土成泥。冬季陆战靴经折腾，保暖，防水，只是重。泥水折腾它，它就用它的重量来折腾我们。但它依然是我们的好伙伴。

眼前出现几面军旗，有队伍向我们走过来，又从我们身边走过去。从装备看，应该是一支装甲步兵部队，有步兵、坦克兵、工兵。他们身上背着沉重的背囊。有一个小兵，出列，走到一棵树跟前，雪地无法放背包，他将背包挂在树枝上，依着树干整理军装。他背后的迷彩服变成了黑色，是汗水的浸润。然后，他追上队伍，报告入列。我从那个小兵的身上，看到了我自己。多年前，我就是那个样子，紧张、急迫、有些慌乱，青涩得可爱。我后来考上南方一所炮兵学院，再后来，成了现在的我。

队伍远去了，消失在白色的天宇，整个世界静下来。看得出，他们也是等待这场雪，他们也喜欢在雪地行军。

没有时间休息，我们从运输车上取了笤帚、锹镐，扫雪，平整土地，搭帐篷。帐篷搭好，是一个钟头后的事了。接着安放行军床，折叠式电脑桌椅，发电，打开电脑，连上无线局域网。人已疲惫不堪。饿得不行就吃块压缩饼干，聊胜于无，不至于饿得吐酸水。

通信员机灵，偷偷去附近一家小商店买点吃的，没带钱，守店的老头不会使用微信,说,你们先拿去吃吧。通信员拿了面包、火腿、咸鸭蛋,分给想吃的人。我没要,连续两餐干粮,我都快吃吐了。现在出门都依赖手机,带现金的人少,我们东拼西凑两大把零钱,让通信员给老头送去。当然,这一切,都是瞒着武部长的,他正在指挥车里,用无线网络向上级汇报行军情况。

半个钟头后,行军灶上的行军锅有了动静,接着闻到米饭的香味。刁明开始炒菜。菜的味道很香。米饭有些硬,但勉强可以吃。在规定的时间,完成这样一次野炊,也算是经受住了考验。

按上级要求,此次冬训路上,只能有一餐可在老百姓家吃,武部长说:"那就选在今晚吧。"他让司机开着那辆动静很大的"北京二〇二〇",带着通信员,到镇上给每人买回一大碗羊汤。大伙围在一起吃羊肉,喝羊汤。武部长自己却不喝,他将碗捧在手里,就这么看着,像在进行一种祭奠仪式。他说:"去年冬天,我在装甲步兵团带兵训练,我们从本溪拉练到他本镇。兵们那么辛苦,那么累,那么可爱。他们私下议论他本羊汤,有的小兵都差点流了口水。我当时多么想让每个兵喝碗他本的羊汤,可是,训练经费里没有这一项预算。几百号兵,我自己也请不起。我当时心里挺难受的。有的老兵,来自广西云南四川农村,还有大凉山的兵。他们退伍后,恐怕一辈子不会再来这个地方,喝不到这地道的他本羊汤。"

武部长的声音湿淋淋的,像被水洗过。他想他的兵了。他说:"今天人不多,十几个人,我请得起的。来,喝吧。"

大伙呼啦啦很响地喝着羊汤。

整个行军途中不准沾酒。武部长却闻到了一星酒味,他转过脸去寻,看见刁明正吮着行军壶,那动作,一看就不是喝水,是品酒呢。这要在他那个装甲团,是要挨骂,甚至要给处分的。

武部长了解他们这些老职工,他们大都是以前的老兵,转业后,因为对军营还有感情,在安排工作时,选择了人武部,可以说在军营奉献了一辈子。他们爱军营。他爱这些"老兵"。他们敏感,那么大年龄,是职工,不是军官,待遇较军官差,偶尔心理会不平衡,他得呵护他们,爱护他们,必要的时候,还得偏袒他们。他们也懂,响鼓不用重槌,关键时刻,能顶上去。

这是武部长第一次带他们到野外来。他找了一只纸杯,递给刁明,说:"想喝就喝一杯吧,喝口酒,暖暖身子。"

刁明的手僵在空中,那水壶一直被他举着。而后,他像是想起了什么,走出帐篷,将酒倒在雪地。酒融化了雪,灯光下的雪地,像多了一条爬行的蛇。他回到帐篷,从行军水桶里,舀了一勺水,把那行军壶冲洗了,灌上开水。他说:"白天行军的时候,渴得不行。"那言语和表情都极真诚,不像是在与武部长赌气。

徐超群坐在指挥车上。他戴着耳麦,看图、计算数据,向上级报告,准备作战文书。

宿营。帐篷里如冰窖,生火炉取暖。想用电暖气,只能用发电机,发电机声轰响如雷,人没法入睡。用火炉,木炭烧得旺,怕煤气中毒,窗户布帘被掀开,冷风灌进来,我们在冰火两重天里,半梦半醒。风很大,吹动着帐篷,像海浪拍打着船舷。火炉到底让帐篷里的温度慢慢高起来,但有人还是怕冷,不敢脱衣服,穿着棉衣,裹着棉被,就那么半卧着。武部长进来查看就寝情况,训斥我们一通,让我们立刻躺下。

"休息不好,怎么打仗?"他叫喊着。我们就躺下了。我们听见武部长脚步声远去,他上了指挥车。

到底经不住煎熬,我们慢慢睡去。

远处一声公鸡的鸣叫,撕破夜的宁静,黎明伴着更深的寒冷到来。

我们在终于被体温温热的被窝里短暂停留,穿衣,走出帐篷,对着微亮的东方撒尿,哈着冷气。经过一夜的沉寂,雪更加洁白,整个世界越发静美。

炊事班端上馒头,就着咸菜,我一气造了六个。我本来不爱吃面食,可饥不择食,吃得太快,差点噎着。

正午时,才知吃六个馒头太少,原来午餐没现成的饭吃,搞野外生存训练。这不在训练计划里,是武部长临时"加戏",要检验我们"是骡子是马"。武部长很享受这样的临时加戏,新鲜,刺激。

我们跟在武部长身后,到林子里找食吃。我们假装很拥护他这出临时戏,实则是消极抵抗:贼冷的天,兔子都不出来拉屎,上哪儿找吃的,还不让生火,难道让我们茹毛饮血不成。得,你部长能耐,我们就跟着你走。

我们就在林子里散漫地迈着步。找不找得着吃的,我们并不在乎,一餐两餐不吃,饿不死人。

不远处有一只灰白色的羊,徐超群说:"咱们逮着它,到山沟里,杀了喝羊血,也不至于饿死。"武部长说:"谁敢薅一根羊毛,我就把他的军衔薅下来。"

于是我们就寻找野兔。仿佛杀死一只相对弱小的生灵,就不那么残忍。

兔子的脚印是梅花状的,我们就在雪地里寻找白色的梅花。有人找到了,沿着它们排列的方向寻找,有人说,那是小狗的脚印。也有人说,那是鸟的爪痕。

像一场闹剧。

武部长在一侧看着我们。他是在观察,现在还不到他发表意见的时候。但他的脸色,已经分明流露出不满。刁明老大哥比我们明事理。我们遇到领导不高兴,就沉默,莫惹他。刁明不一样,他会趁机做一些让领导满意的事。

枯黄的草,从薄雪里钻出来。刁明蹲在雪地,识别那些草。他拔了一些草根。草是枯黄的,但根还活着。哪种有毒,哪种能吃,他知晓。能吃的草根,他抓把雪,将草根"洗"了,放在嘴里嚼,咽下去。他太夸张了,一两餐不吃,饿不死,何至于吃草根?武部长支持他。他蹲下去,捡了根刁明说能吃的草根,嚼了,吞咽了。领导带头,我不敢不效仿,塞一根"洗"净的草,放进嘴里,实在吞不下去,只不过咽了几口汁水。

刁明望着一株野槐,我急忙跳开去,说:"你可别让我们啃树皮,我可没长着一口啃树皮的野猪的牙。"我的话惹得武部长笑。他向来绷着个脸。他一笑,我们就都轻松了。他说:"走吧。"他的语气缓和下来,虽然同是命令,却是当话说出的。我们就跟着他往山尖上走。我不是想找吃的,我知道这样的冬日,没有什么吃的可找,我只是想上山顶,登高远眺,来点雅兴。分组行动。胡文职说我有一只狗的鼻子,有寻食物的特异功能,要跟着我走。我知道他,他想同我去溜达。我喜欢文学,偶尔吟诗作赋。他喜欢看风景,我们能玩到一块儿。我们到半山腰,果然找到了野兔。一只,它挣扎着。我起先以为它受了伤,不能行走,走近了,才发现它的一只后腿被套在一个细钢丝圈里,是猎人下的套子。我仔细看,周围这样的套子还很多。胡文职蹲下身去解兔子,边解边说:"这下好了,找个地方烧把火,烤了,够我俩吃。"野外生存训练这一项,我俩准过。我喊道:"小心被咬。"胡文职被烫似的直起身,退后一步。我戴上手套,把兔子解开,一甩手,兔子惊骇地回头望我,见我真诚放它,撒开腿,跑得无影无踪。胡文职埋怨我。我说:"兔子越来越少,保护生态平衡。"胡文职见兔子已跑,便不再说什么。我把附近十几个兔夹都收了,将其机关废除。我在做坏事,但我知道,其实是好事。

下山后，胡文职把我放跑兔子的事说给武部长听，宣扬我爱护动物，保护环境，武部长却批评我，毁坏捕兔器是对的，但把兔子放了，不理智。可以不吃，但可以暂时养起来，等到后方食品送到，再放了它。要是真的打仗，遇到供给困难呢？一只兔子，要熬一锅汤，救一个班的人命呢。

看来事情的对与错，是由特定环境决定的。

正午时，省军区检查组来检查我们安营扎寨情况。可天又降温了，发电机被冻得无法启动，几名职工轮流拉拽启动绳，个个满头大汗，仍没听见机器轰鸣。幸好有几台笔记本电脑，不影响上网。徐超群通过局域网，与上级保持联络。

检查组说十点钟来，十二点钟才到，此时笔记本电脑里的电已耗完，电脑全部处于关机状态。几个职工仍在做最后努力，不知谁用力太大，启动绳卡在了轮子里，不能动弹，检查组的参谋干事看了几眼，一言不发，走了。他们走上半山坡，那卡住的启动绳竟然自己断了，因惯性太大，拽动了发动机，省军区的参谋干事回头看了看。徐超群气得踹了一脚发动机，骂了句："你可真幽默，迟不着，早不着，人走了再着。"

这一踹，发动机彻底熄了火，徐超群吓坏了，这下完了，工作白干了。挨饿受冻，落得这样的结局，说不定要被通报批评。徐超群沮丧地立在雪地，满眼怒火地望着发动机，恨不得将它生吞活剥。偏在这时，来了一阵风，刮起地上的雪，在他的脸上冷冷地胡乱地拍。

三五分钟后，一个参谋回到我们身边。他说："我们巡视车上有备用发动机，给你们换一台。器材不好，要及时报告，夏天新配发的发动机呢？"徐超群说："这台不太旧，也一直没坏过，所以为了节约，就没启用新的。"那个参谋说："到时间就得换，军事设施，不同别的。"他并没把这"发动机事件"记录在他随身带的那个笔记本上，看他那脸上的表情，似乎也不会把这事往首长那儿反映。徐超群赔上笑脸，说："领导，晚上留下，喝他本羊汤。"他叫上级参谋"领导"。那个参谋比他还年轻，叫首长不合适，叫参谋吧，又把人家叫小了。徐超群说留领导喝羊汤时，心里虚，语气便不坚决。留不留他们，不是他说了算，得武部长留。武部长不在，到军分区临时前线指挥所开会去了。他要是亲临"发动机事件"，非得把徐超群骂得狗血喷头。

省军区参谋说："晚上不在这儿吃饭，我们还要赶往下一家。"徐超群脸上绷紧的神经松弛下来。

新的发动机声音小，电量足。我们的野外驻地一下子活力四射。

3. 乡村理发员

乡村理发员，性别，女。认识她的这天晚上，我们转移到老百姓家，这是我们训练内容的一部分：一旦战争打起来，难免要与老百姓打交道。怎么打交道，怎么和睦相处，怎么及时与老百姓沟通，获得他们的支援，是需要训练的。

房东对我们格外热情，把那铺炕烧得热烘烘的，还邀请我们与他们共进晚餐，其他人都推辞，只有我跃跃欲试。卫干事向我挤眉弄眼，阻止我，怕我影响军人形象。我其实不是嘴馋，我只是好奇，想尝尝他家饭桌上的干白菜。房东说："这菜简单，就是晒干的白菜，放水里泡一宿，拿出来，蘸酱吃。""这不是吃生菜吗？能好吃吗？"房东说："你尝尝。"我尝了尝，味道不错，粉嘟嘟赛过肥肉片。我吃了小半碗，突然想起"三大纪律八项注意"，不拿群众一针一线，实在不好意思，便跑到小卖店，买了两袋油炸花生米，两根火腿肠，还有一大包五香瓜子，两袋薯片，放他家饭桌上，算是回敬他们。这晚没有特别的任务，就是休息。我们把房东拉过来，围坐炕上。我们喝着房东沏的浓酽红茶，吃着花生米，嗑着瓜子，像开茶话会，很开心。

一个少妇进来，把我们吓了一跳。

房东大叔介绍说，是他儿媳妇，半年前过的门，在村头开了个理发店。他儿媳把自己打扮得很漂亮，化了淡妆，抹了很浅的口红，是那种看似随意其实很精心的打扮。她坐在炕上聊起来，那兴奋样，一时半会儿没打算离去。她的出现对我是个压力，让我紧张。这房东是我找的，房子是我"号"下的。武部长让我提前来时，特别叮嘱，房主家最好没有大姑娘小媳妇，以免惹出是非。我当时问房东大叔，他说只有他们老两口。现在，我要对质一下。我小声问他："她也在家住吗？"他说："她和我儿子，是住在理发店里的，听说你们住我家，对你们印象好，就回来了。店离得不远，他们一会儿还回去住。我儿子在东屋，同他妈唠嗑哩。"

"看你们当兵的，多好，我这辈子，没这个命，没找个当兵的。我梦想嫁个当兵的，到部队开个'军营美发店'。"东北女人就这么直性，表扬起人来，也这么直接。我说："你这么说，不怕你老公有意见，好像嫁他，不尽如人意。"女理发员说："他早习惯了。他自己也后悔当年没去当兵。"我说："这也没什么后悔的，人的命运，说不准，他前几年若当了兵，说不定你们就错过了姻缘，他娶的媳妇就不是你。"她羞涩一笑，说："也是，命里注定，鲜花插在牛粪上，就插不进花瓶。"我说："你就别谦虚了，你老公多帅。他要穿上军装，可比我帅多了。"

她不再吱声，沉默着，眼睛闪着光，可能是在憧憬她老公穿军装的样子。卫干事在一旁捅鼓我一下，说："你可真敢说，'帅'字能用在你身上？"我说："你这人就这样，不会唠嗑，一句话就把嗑唠死了。"

理发员二十五六岁，叫我们大哥。她的公公婆婆，叫我们大兄弟，整个乱了套。没人在意，各论各的叫，非亲非故，没必要捋得那么清。

理发员对我们的装备很好奇，什么都要问一下，比如作业箱、背囊、指北针，干什么用的，都要打听；望远镜，她一定要贴到眼前看。我们的行踪她也打听，有需要保密的，就由我说，打马虎眼。我说话其实并不幽默，只是我夹生的普通话，她一时听不懂，等她终于寻思明白，有一种恍然大悟之感，接着哄堂大笑。

理发员说卫干事的头发长，要帮他理。她说："免费的，义务的。你们当兵打仗，保家卫国，还不是为了老百姓。"卫干事躲开了。她便盯着我，见我有白头发，坚持要给我染发，焗油，我不同意，她说："别看我这店小，一点也不比你们城里差，电磁烫、离子烫，都有。你们不用去店里，到我婆婆他们屋就行。"我有点心动，想去做个离子烫，卫干事制止了我，他小声说："你都老干事了，怎么还这么不成熟，小心她用'皮肤烫'。"我吓得跳开去，尴尬地笑，卫干事也笑。理发员问："你们笑什么？"我回答说："我们说你长得漂亮。"她一撇嘴，说："不可能。"脸上却涌起潮红。

卫干事是我们人武部新招的文职人员，地方大学生。与军官套改文职待遇不一样，但能到人武部，事业编，他很知足。他望一眼理发员，说："但愿武部长别来查房。"

说曹操，曹操到，真是怕鬼就有鬼。武部长的身影，伴着他的声音而入。他的目光在理发员身上扫过，脸就冷下来。我知道他为何不高兴，他认为我骗了他。我向他汇报我"号"的房子时，我说房子干净整洁，老人很好，家里没有大姑娘小媳妇住。现在，小媳妇就坐在我们炕上。我正要向他解释，他不给机会。他说："你们早点休息吧，也不累？！"说着，掀开门帘而去。我追过去，想解释几句，说女理发员不在家住的，无奈武部长大叉步消失在夜色里。这名野战部队的军官，受过特种训练，走夜路我跟不上他。

我就不再理会房东儿媳,那个活泼的女理发员。我们洗漱,睡下。不久,有人敲门,女理发员的声音。我说:"我们睡下了,有啥事明天再说。"卫干事却大声喊:"进来吧,我们已经在被子里隐蔽好了,不碍事的。"理发员推门而入。她抱了一脸盆饺子,热气腾腾的。她说听说我们明天上午就要走,特地给我们包的。

那饺子皮薄馅大,一个个像吃饱了的小白鼠。

我说:"我们吃过了。"其实我们根本没吃饱,肚子还是瘪的。我们刚住进老百姓家,百姓家没这么大的锅。做饭只能在室外,天寒地冻,气温低,那饭做得八成熟,汤汤水水,好无味道。

人以食为天。人是铁,饭是钢。我们这些三十郎当岁的军人,正是能吃能睡的时候,那喷香的饺子,的确诱惑了我。但我不吃。我们有纪律,也爱面子。

"吃吧。"理发员念叨着,"我家也是烈军属哩,我爷爷是烈士,解放海南岛,牺牲在海上,也没见个尸首。我爸年轻时想当兵,小时候受了风寒,身体弱,没当上。现在,我弟弟在南海舰队,是潜艇上的士官。他工作特别,两年没回家。前一阵子说出海,半年没与家联系了,说是保密。有一天我做了个梦,梦见弟弟在海底,发现爷爷的遗骸。"

整个屋子立刻静下来。

理发员说:"我娘家就在隔壁村的隔壁村,离这儿五六里地,每次有兵野营训练,我爸就去找他们,让他们住到我们家。"卫干事说:"没准我们住过你家。我们每年冬训,都要经过这一带,有时是这个村子,有时是那个村子。"理发员说:"也许你们真的住过我家,不过我不认得你们,我以前一直在外面打工。这成家了,公公婆婆身体不好,就不出去了。种点地,理个发,挣点零花钱。日子不就是这么过吗?"

她倒是很想得开,年轻人,谁愿在村子里待着,都往大城市跑。

"你们住在我家,我很高兴,以后训练路过这里,一定还住咱家。"

我们点头说"好"。她说:"唉,只顾说,吃饺子,吃饺子!趁热吃。"我们不吃。她当着我们的面,抽出一张纸巾,去擦拭她的眼睛。她流泪,不避开我们。她说:"想弟弟了。"

我们的心情跟着沉重起来。她擦干眼泪,笑了,说:"吃吧,吃吧。"我们不动筷子,她说:"就算替我弟弟吃。你们都是当兵的,吃我包的饺子,也算我为部队做点贡献。"

我们吃起饺子来,一人吃了三五个。那是我记忆里吃过的最好吃的饺子。我们放下筷子,说不吃了,真的吃不动了,她也就不再勉强,收走了盘盘碗碗,连同饺子。然后,她回来给我们沏新茶。我们边嗑瓜子边唠嗑。她问:"都是当兵的,你们谁认识南海舰队的领导,替我打个招呼,让我弟回来一趟,怪想他的。当兵苦。小时候,我惯着他,他没吃过那么多苦。现在,什么都得他自己做,还得照顾新兵。"她说,"唉,真想他回来一趟,想他想得不行。"

我们这些人,当然不认识南海舰队的领导,但都被她对弟弟的这份感情感动。她是一个好姐姐。我突然觉得,她是那么像我们的亲人。我为我们刚才还拿她开玩笑而后悔,卫干事一定也处于自责中,我看见他脸上的表情凝重。

之后,我们不再说笑,都变得严肃起来。都累了,我们张罗睡觉,理发员的老公骑着摩托,带着她回了村头那个理发店。

一夜无话。

太阳出来,雪化成水。一个被水弄得凌乱不堪的乡村,让我们两腿酸软,双脚是泥。

武部长下令:车辆、人员要全副武装。司机去领伪装网,那么人呢,人怎么伪装？时隔不久，指挥部下令：自己想办法。卫干事让我们折些树枝，缠在头上。他喜欢看网络小说，丛林战争系列。他说小说里的人，常常就这么伪装自己。可树枝上早没了树叶，戴在头上，无济于事。冬天的田野，可能是盐碱化的原因，被风吹，成白色的沙漠状。堆放在老百姓院门口失去水分的苞谷叶，也是白色的。我们就找来几只编织袋，买来透明胶，把苞谷叶粘在编织袋上，往身上一披，引得房东老两口笑。我们正为卫干事的发明创造欢呼时，武部长来了，说我们像是披麻戴孝，不行。但他肯定了我们的聪明才智和发明创造。他说："你们能想到苞谷叶，就已经很不错了，跟我想到一块儿去了。"武部长问："谁想出来的？"我装出不好意思的样子，将头低下去，目光落在我那脏兮兮的冬季陆战靴上。武部长笑道："我一猜就是你这个湖北佬。"大伙都笑。武部长建议我们买些渔网，将苞谷叶撕成一绺一绺的，系在渔网上，往身上披，往帽子上套，这样，往野地里一猫，和枯草混在一起，真假难辨。

　　武部长一走，大伙围上来，要揍我，说我抢了卫干事的功，不地道。我说："天地良心，我说什么了？你们可是看得清清楚楚的，我什么也没说。"卫干事说："字幕都打在你脸上了，你还用说吗？"说着，哄笑着又要动手。我说："别，让房东看见，有损形象。"

　　武部长发了话，我们立即执行，到集市上买渔网。渔网本来三块钱一米，见整个部队都买，一下子就涨到五块。卫干事对店主说："你们怎么能这样？我们可是训练，是保家卫国。没我们保护你们，你们还能安心在这里做生意，发横财？"店主是个中年妇女，羞红了半张脸，说："我以为你们公家买呢，既然你们自己掏腰包，那就两块五吧，两块五卖。"我们买了渔网，找来苞谷叶。武部长一句话，说起来简单，我们去做，却是一件很繁杂的事。我还行，老家有山有水，我在河边织过渔网，手快。其他的几位干部职工干得很慢，卫干事竟然把他的活儿交给我，说他要找村主任做群众工作去。问他啥工作，不说，只扔下一句话，你帮我编吧，我不会亏待你的。抬脚就走了。"90"后的孩子，就这么自我，不分长幼。我不跟年轻人计较，把他的也编了。我歇下手，刚要走，徐超群也要我帮他，我不干，我手指都出血了。我上了村头的理发店，对理发员说："我们徐参谋请你帮他织伪装网。"她爽快地答应了。她对店里两个等着理发的人说："你们等一下啊。"她跟着我往她家走。在路上，我说："耽误你理发，让徐参谋给工钱。"她笑道："哪能要钱呢？我弟他们出海时，遇到困难，也会找渔民帮忙。"她说上几句话，就会把话题拐到她弟身上，让我有点伤感，也有一丝欣慰。她那双纤细的手，灵巧地编着徐参谋的伪装网，披风状，像蓑衣。她干活快，不到半个钟头，就编完了。我让徐参谋掏钱，他蒙了，一脸无辜。他根本不知道给工钱这事。他的窘态逗得我们大笑。理发员知道我们是开玩笑，笑着走了。那笑脸红扑扑的。

卫干事在我们快出发前回来了，他给我一瓶冰红茶，三五颗冻梨。这就是他所言的不会亏待我。这要是在第一天耐饥渴训练中，可谓雪中送炭，可是现在，我不需要了。卫干事就要拿回去。我说："你替我送给理发员吧，她帮我们织伪装网。"他说："不能给她，这些东西，正是在理发店拿的，上面还沾着头皮屑呢。"我说："能不能不这么闹，军人形象，全让你毁了。"他说："我不是军人。"我说："可你穿着迷彩服，戴着文职干部标识，他们看不懂，以为你是军人。"他说："这不是我的错。"

出发前，我们给房东大叔留了电话，同理发员互扫了微信，这更多的是一种礼节，各人事多，萍水相逢，有几个分别后真的联系呢？

再出发。行军在路上，因为有了伪装，便有了战争的气氛，人兴奋起来，走得也快。一路上，碰到不少兄弟单位的行军队伍，他们伪装得也很严实，有用灰白苞米叶密密麻麻裹着身体的，有披着白色床单与雪地相互映照的，很是壮观。他们穿行在松林间，每支队伍在阳光下，像一条银光闪闪的巨蟒，蜿蜒前行。

4. 欧力板营子

　　部队临时休整一天，这是训练计划上没有的，这个消息令我们高兴，卫干事拿碗当鼓敲，说太累了，想美美睡一觉。他似乎总也睡不够，这是他们"90"后年轻人的通病。但休整，并不是让我们休息，更不是让我们睡觉，是县里来了慰问团。县委书记带队，把猪啊羊啊送给亲人解放军。这种场合，武部长不露面，是柳政委出镜的时候。柳政委让我摄影，留些资料，他还想在煤城日报上发个图片新闻。这是赶鸭子上架，我并无摄影技术。

　　县委书记说下午一点钟到，道滑路远，他们两点钟才出现。这么冷的天里，我们几次出帐篷列队欢迎。县慰问团送来两只他本羊，四箱大巴镇熏驴蹄。县委书记与柳政委合影留念后，匆匆离去。我们正等着吃羊肉，喝羊汤，啃驴蹄，柳政委却让司机把东西全部装车，不知何意。我们闷闷不乐。

　　次日，部队继续行军，到达七家子水库边。水库两面是山，中间夹一大坝，很是壮观。武部长一声令下，让徐超群带两个工兵（受过训练的老民兵）去"轰炸"大坝，其余人员在临时指挥所观摩。

　　我们在临时指挥所坐下，头顶出现一架飞机，飞机后面拖着长长的拖靶。埋伏在远处的柳河区八家子乡民兵高炮排，朝着飞机拖靶射击。首发没打中，第二发炮弹与拖靶打了个擦边球，拖靶在空中摇摇晃晃，却并不坠落。武部长直着急，气得骂娘，这时，第三发炮弹应运而生，将拖靶击得粉碎。

这一切，省军区考核组看在眼里。武部长脸上乐开了花。

半个小时后，大坝上浓烟滚滚，爆炸声此起彼伏，这使我想起儿时电影里八路军轰炸碉堡的镜头。事隔这么多年，现代条件下，这种战术，早该淘汰了吧，我们为何还在玩。卫干事说我这种想法不对，叙利亚战争，大部分还是冷枪冷炮，甚至存在着近距离巷战。

我面有微烫之感。这些"90"后年轻人，其实并非想象中那么自我，他们也关注国内外大事。

大坝"轰炸"完毕后，我听见了冲锋号，嘀嘀嗒嗒嘀嘀嗒嗒……我们开始按计划向无名高地冲锋。人武部人少，形不成冲锋的浩荡气势，但这个环节不能省，训为战，当那一天真的来临，有需要冲锋突围的时候。这么激昂的冲锋号，我还是第一次听见。我被这激昂的号声弄得热血沸腾，起身往高地冲，奔跑不到一百米，就冲不动了，改成慢跑，最后，干脆拽着树枝，移动自己的身体。武部长从我身旁一闪而过。半个钟头后，他们"夺取"了无名高地，通信员将红旗插在山头。这时，我还在半山腰。

山顶会合。我满身是汗，衣服被树枝挂破，狼狈不堪。刁明比我提前到达，是对我最大的打击。武部长说："我是四十岁的人，三十岁的心脏。你罗浩可好，三十六岁的人，六十三岁的心脏，才跑几步，就跑不动了。"大伙憋着笑。武部长没有笑，他一脸严肃。我冷着脸，不服气。我能成为今天的我，不能怨我。我，一个政工科长，成日加班写材料，哪有时间锻炼？我的不快，武部长显然看出来了。他神情严肃，说："回营后，你们一天一个三公里，三个月，成绩上不去的，别想提职的事。预提的，撂下。提了的，向上打报告，拿下！职工的各项考核，包括体能，与福利待遇挂钩。"大伙的脸立刻变了，硬硬地僵在山风里。

我们撤到山下的公路旁，武部长的脸依然紧绷着。柳政委提醒他，这是人武部，无论是体质，还是作风，不能同野战部队比，得慢慢来。

柳政委语气温和，言语委婉，武部长紧绷的脸略有松弛。

一辆大解放停在我们身边，还有柳政委的车。武部长和参谋徐超群还坐指挥车。这段路程机动，可乘车，或步行。武部长说："人武部干部职工，不比野战部队，循序渐进，不能一口吃个胖子，上车吧。"

看来柳政委的话对他有所触动。

这次冬训，直到现在，武部长对我们没有满意过，出发前骂我们作风稀拉，刚才又批评我的心脏太老，我们一直耿耿于怀，坚决不上车，定然要争口气，挽回这个面子，证明我们作风硬朗，证明我是三十岁的心脏。武部长喊了两次，但他的好意，变成了我们的耳旁风。武部长将车停在我们跟前，一摔车门，陪着我们走。走了六七公里，见武部长步子慢下来，额头上的汗珠子颗颗滚落。武部长体质是好，但有风湿病，腰疼，膝盖也疼，我们不忍心，劝他上车，他不听。我们知道，我们不上车，他就会这么一直陪着我们走。到下一个集结地，还有十公里呢。我们招手，让大解放停下，全都上了大厢板。我们的车行不多远，武部长也上了他的指挥车。车行到欧力板营子。欧力板，也是蒙古语，何意，我不知道。

再次搭帐篷，安营扎寨。如此重复，又如此必要。

终于安顿下来。白天一身汗，现在内衣快成冰片。想抹个澡，怕感冒，还是挺着吧。

政委让司机把车开过来，带着我，去了几户人家，由欧力板营子村支书陪同。第一户人家，男人腿脚不便，女人智力低下，孩子还在读书。他家穷，有些脏。进到他家，我像被蛇咬似的，心里咯噔一下，很不舒服。政委让我给他家卸下一只羊，还有一箱熏驴蹄。原来政委不让我们吃羊肉，喝羊汤，啃驴蹄，是留着扶贫来了。

另外一只羊，三箱熏驴蹄，陆续也都送了出去。

政委说，这叫取之于民，还之于民，军民鱼水一家人。

5. 红帽子

  红帽子不是帽子，是一个乡。那个乡政府广场，有一个群雕，是为纪念一群民族英雄而建。许多年前，外敌入侵，从蒙古草原直抵辽西，官府腐败，消极抵抗。无数蒙古族牧民和汉族农民，悄然组织起来，头系红布当帽为号，于某个清晨，发动起义，政府迫于他们的压力，与起义军一起抵抗外敌，最终将外敌驱逐出去。蒙汉两族自此更加和睦，亲如一家。

  后人塑像，纪念那次起义中牺牲的数位英雄，且将那片地域更名红帽子府，直至新中国成立，定名红帽子乡。我们绕道红帽子，瞻仰英雄。

  地理条件所限，红帽子乡不富裕。我们在一条河岸安营扎寨。河面结了冰。河岸往里的树林里，隐约有人家。我带着卫干事，去村子里找村主任或村支书。来到人家的地盘，哪能招呼都不打？村子里的房子大都很旧，只有几家像样一点的。我们在一姓白的人家，看到一个干部模样的人，以为是村主任或村支书，他说不是，是县政府下来蹲点的扶贫干部。他说："村主任和书记到乡政府开会去了，你们需要啥吱声，我来协调，回头告诉村主任和书记。"我们往外走时，从另一个房间里出来两个老人，满面灰尘。老头告诉我，知道来部队了，正收拾另一铺炕，那炕久不住人，灰尘多，堆满了粮食，倒腾了一气，快利索了。他说，倒腾出来的炕，他们老两口住。儿子儿媳在外打工，孙子晚上可住到邻村同学家，把这常住人的热炕腾给我们。

  我说："我们不住老百姓家。"老头很失落的样子，说："怎么不住，往年都住的。"我说："不住了，今年不住了。我们在河套支起了帐篷。"

老头说:"帐篷多冷,我们早不住蒙古包了。帐篷让它空着,来家住,正好跟上面来的干部说说话,唠唠嗑。"他指了指窗外,说:"县上来的干部,就住隔壁那一家,晚上让他过来,同你们住一起。"

他说着,朝老太太叽里咕嘟,是蒙古语,我听不懂,但能感觉到他说得很流畅,比他的汉语说得好。

我说:"我们有纪律,今晚不住老百姓家,住帐篷是我们的训练课。"老头让我们在炕沿坐下。老太太给我们沏酽酽的红茶。我们喝不惯红茶,老太太以为我们嫌他们的茶杯有茶垢,把茶倒了,抓一块抹布状的东西,塞进杯子,手按着它,在杯壁走了一圈,再倒茶,我更不想喝了。柳政委端起茶杯,吹了吹,呷了一口,同时瞪我一眼,责备我不该嫌弃人家的茶杯。

扶贫干部是汉族人。他好像很寂寞,极力挽留我们。我们坚持住帐篷,他就跟了过来,坐在我们帐篷里。虽然冷,他却很兴奋。我理解他,他一头扎进说蒙古语为主的人中间,难为他了。

不在老百姓家住,并不等于不与老百姓打交道。我们怕打扰他们,他们就主动找上门来。他们送来马奶酒,我们说,行军训练,不让喝酒的。他们拿回了马奶酒,一会儿又端来奶茶。奶茶有一股膻味,我们喝不惯,但盛情难却,勉强地喝着。那是好东西,一杯下肚,一股暖气在体内升腾。

冬季训练,最难的是安营扎寨。安顿下来之后,吃饭便成为大问题。每转战一个地方,炊事班就极快地架设好锅灶,一名职工生火焖饭。刁明围着围裙,洗菜、切菜,冷风中,他双手通红,脸上肌肉僵硬。刁明表情凝重,显示着他的沉稳,忙而不乱。

刚才见到的那对老人,叫我们去他们家吃饭,说他们炖了一锅土豆豆角,锅壁四周还贴了苞米面大饼子。我说:"我们自己在做呢。"老太太揭开我们的锅盖看了看,说:"早着呢,一时半会熟不了。去家里吃吧，去家里吃。"我们坚决不去，他们就走了。一会儿，老头抱了个大盆来，盆中央是土豆和豆角，还有排骨，四壁是金黄的玉米饼子。帐篷里一下子香得醉人。土豆和玉米饼这个时候是有的，可这新鲜的豆角哪里来？老头说："他家屋后有一块塑料大棚，种有新鲜豆角。"我们听了，都有些感动。这在冬天，新鲜菜是稀罕物。我们何德何能。老人说："吃吧吃吧，别不好意思。"他指着身边那条河说，"那年发大水，河水涨到屋里了，是你们把我们老两口背上山的呢。"我说："那不是我们。"他说："还不是你们当兵的。吃吧，冰天雪地的。"他心疼我们。他说："为什么非要饿着呢。已经炖上了，我们老两口也吃不了这些。"

老头话不断。他说："你们也太外道了，军民鱼水一家人嘛。战争年代，猪呀，牛呀，送到哪里去，送给亲人解放军。现在日子过好了，反倒连几个玉米饼都不吃我们的。"他眼里竟然有些潮润。一看他急了，我急忙抓起一个大饼子往嘴边送，很快，每个人手中就都有了一块大饼子。

部长、政委在隔壁帐篷里研究工作。卫干事拿了两个大饼子给他们送过去，反馈回来的消息是，他们吃了，还直说香。政委叮嘱：离开时，把军用午餐肉罐头，给老人家留几听。老百姓不容易，不能白吃人家。给钱他们不要，那就留点物吧。

天快黑时，一个少年出现在帐篷门口。他不敢进来，胆怯地向里面张望。我从这少年的脸上，看到刚才那个老头的影子，一问，少年果然是他孙子。他说，放学后，他本来是要到邻村同学家去住的，听说我们不上他家住，他就回来了。他笑起来很阳光，很可爱。我说外面风大，让他进来。他就进来了。他对我们叠成豆腐块的被子充满好奇，还伸手摸了摸我的被子。我问："这里每年都有兵来，你以前没见过？"他说："见过，可是，还是觉得神奇。"我问："你喜欢军人？"他说："喜欢。""那将来去当兵吧。"他说："想去，只怕你们不要。"我说："要！

你这么可爱,哪个部队都要。"他羞赧一笑,脸上掠过一丝希望的光芒。我就这样随便地,把一颗希望的种子埋进他心里,不知是否妥当。

一夜除了寒冷,没有别的。清晨白亮清冷的光照着我们的帐篷,也照着那条河。河面结了冰,像一条巨大的狭长的镜子,在阳光下闪闪发光。四野的山上树叶落净,光秃秃的。偶尔有一丛黛墨色的青松,它旁边,必定有一座孤坟。不过,河套里有一大片的小树林,是辽西某野战旅春天在这里驻训时,帮他们种的。虽然还是幼苗,但在雪的世界里,那树皮正静悄悄地泛着青绿。

6. 太平沟

我们最后一个训练项目,是全副武装,徒步翻越乌兰木图山,将用时两天。途中不开伙,全部是干粮,还有行军壶里的水,只有大半壶。水不能灌满,让它们在壶里咣当,否则会冻成冰。

大半壶水肯定是不够的,希望能遇到溪流、泉眼,还有山上的积雪。

徒步向乌兰木图山行进。天近正午,乌兰木图山在我们面前清晰了,看上去越发高大。乌兰木图山海拔并不高,只有八百多米,是辽西最高峰。可它相对高度高,险峻。乌兰木图,蒙古语是开满梨花的地方。山上遍布野生梨树,每年四五月间,梨花如雪,非常壮观。只是我们来得不是时候。乌兰木图山是方圆百里的标志,象征神圣与神秘,是山下村民时常仰望的山。

我们到达山脚时,几天未见的雪花从灰蒙蒙的天空飘落。雪下了一阵,天空反倒有了亮色。

我们行走在雪花里。我们看对方,像电视里信号不好时出现的人,模糊,声音也被风雪搅得不真实。武部长再次表现出对雪花的喜爱,说话时手舞足蹈。他说以前好几次带着野战部队翻越乌兰木图山，都没有赶上下雪，这下好了，真正地爬一次雪山。

山上没有车行的路，我们的车队，将在我们夜营之后，载着我们的行军物资，沿山腰的公路，绕到乌兰木图山的另一面，在那里等候我们。

我顺带着摄影，给这次冬训留些资料。我每次把相机对准武部长，他都摆手说，不要照我，照他们去吧。我照了不少他们的：干部、文职人员和职工。我想，武部长怎么能不留下一些资料，这是他到我们柳河人武部的第一年。或许是谦虚，我强行给他照了几张。我们遵守保密守则，不用手机照相，用相机。当我把相机镜头又对准他时，他就很配合，眼盯着镜头，腰板笔挺，有一种大将气派。武部长还亲自帮我设计，让我跑到高地上，往下俯照。他和全部十来个人员，靠着背包，东倒西歪，做真实的休息状和疲惫不堪状。他坚信这样的照片能获奖。他不知道我的摄影水平很差。在峡谷里，武部长倚在一块怪石上，看着队伍稀稀拉拉从他身边走过，很是失落。我以人武部行军背影给他拍照，他说："不拍了，不拍了，大煞风景。"恰好来了一支兄弟部队，看上去像工兵，他们身上背着枪，还有便携式锹和镐。武部长一下子来了精神，站到怪石头上面去，看着队伍，冲我喊："快照呀，快照！这儿太美了，这才是行军呢。"我一听，赶紧举起相机，想给他留个纪念。可是，我按了几下快门，没按下去。刚才还能行呢，怎么就卡住了。我急忙从口袋里掏手机，武部长吼道："干什么！放回去。"

关键时刻掉链子，我臊了个大红脸。武部长的语气缓和下来，只轻轻地说了句："没事的，没照也对，不是我手下的兵，何苦要这份虚荣。"失落的情绪在他脸上漫开。他还是渴望带兵，渴望在作战部队建功立业，武装部是他别无选择的选择。我的脸在零下三十摄氏度的空气里发烫，是照相机的错，也是我的错，是气温太低，电池冻住了，我没有提前采取措施。

武部长走到我们队伍前面去。徐超群小声对我说:"你也太实在了,假装照两下不就完了,他又不会知道。"我说:"他要是找我要照片呢?"他说:"领导事多,也许过几天就忘记了。"我说:"他不会忘记的,肯定会找我要照片。"徐超群说:"到时就说没照好,没洗出来。"我说:"那不是欺骗吗?"徐超群说:"算不上欺骗,机器出问题,又不是人的问题。那样,至少不会让他当面难堪,多尴尬。"

徐超群说得有理,但事已如此,又不能把武部长拽回来再拍,况且工兵部队已经过去了。

我把相机电池卸下来,塞进内衣口袋,让它贴胸暖着。

我赶上武部长时,他手搭在一株梨树上歇息。我企图去搀扶他,他推开了我。他说:"我有这么老吗?我还不至于这么老吧?"又尴尬了。扶他不让,不去扶他吧,又怕他说我们这些下级没眼力见儿,不会来事。

我们走进一片雨裂沟,那沟深且宽,竟然住着几户人家。徐超群看一下地图,对武部长说:"这是一个小村庄,叫太平沟。"武部长说:"好地名。"

房屋顺着山势凹进去的地方建,石头墙,屋顶是毛草泥坯。看来,这个村庄并不富裕。大人小孩,穿得也朴素,不过,可能真的很太平,每个人的脸上都洋溢着祥和平静。

按行军计划,在这里休整,但不过夜。柳政委的腿隐隐作痛。我和徐超群让他上老百姓家歇息,他不去,寻了个树桩,坐下了。武部长也寻个树桩坐下。仔细看他们的房子,他们的穿戴,似乎与现代生活有些"隔"。我问:"你们为什么要住在这里,为什么不搬出去住?外面的日子可好呢。"一位老者说:"我们这儿是太平一沟,后面还有一个屯子,叫太平二沟。我们这儿日子不富,是因为田地少,但这儿风水好,旱涝保收,所以日子也过得去。这儿的风水,影响这儿的人,这沟里的小姑娘长得都水灵,历史上还出过王妃呢。就是现在,不少姑娘都嫁到城里,享清福去了。"柳政委笑了,武部长也笑。我们仔细看围在我们面前的人群,男孩女孩,都白白净净。

与水土有关。

有人从家拿来一杆旱烟,武部长不抽,柳政委抽了几口;拿来黑酽酽的红茶,武部长不喝,柳政委一口干了。武部长埋头看地图。一位老太太冲柳政委跷大拇指,说:"好官,好官哪,村主任来,都不喝咱们的茶,乡长也不喝。县长嘛,县长没来过。"我说:"我们政委,与县长同级呢!"柳政委看我一眼,我吓得吐了一下舌头,差点掌自己的嘴。这不是泄露机密吗?他把那一杯茶干了,这实在是一件难事,他下吞时,我都替他皱着眉。柳政委说:"这儿的水很干净,这儿的人得癌症的肯定少。"一问,果然是长寿村。

接着前行。有一个岔路口,是我们步行的山路,与通向半山腰的公路交会,在这里,可以等到我们的保障车。武部长对柳政委说:"老柳,你腿肿了,在这里等车吧。"柳政委说:"这是我最后一次行军,我要走完全程。"他态度坚决。

乌兰木图山原来不只是一个山,是一个山脉。弯来绕去好一阵子,以为上了山,却发现还在山脚转悠,只不过进到了山的更深处。

山里像是另一重天,竟然没有下雪。

我们在太平二沟停下来。太平一沟和太平二沟,合称太平沟。太平二沟虽然也建在雨裂沟里,但它的背后是一片黑土坡地。这儿的房屋比太平一沟的漂亮,讲究,装修得亮堂。还有几幢二层小楼。这应该是一个富裕的屯子。不足的是,与太平一沟一样,手机没有无线网,电话也打不出去。

进入秘密行军时段。我们需要在这儿住一晚。这晚，我们既不住帐篷，也不住老百姓家，我们住猫耳洞。我们有挖猫耳洞的训练课目，但这个课目只是象征性的，我们将以前的猫耳洞清理、打扫，就住进去。我们不挖新的猫耳洞，一是土地冻得坚硬如石，根本挖不动，二是为了保护生态环境。每年除了我们军分区人武部系统，还有大部队路过，倘若每来一支部队，都挖上一些猫耳洞，这片山地，也就千疮百孔了。挖猫耳洞的实际训练课目，移到夏日，移在另一片适合挖掘、适合回填的土地上。

未见猫耳洞，先闻泉水叮咚，在这寂静的冬日，犹如天籁之音。走近了，更发觉其美妙如仙境。洞群在一片背风的地方，倚山岭而掘，岭上大树林立，洞口隐于灌木丛。

顺着清洌的水，我们看见洞前的一眼泉，水面薄雾轻飘，泉水清洌，舒缓而流。泉沟上，偶有冰层侧立，玲珑剔透。我们一时兴起，忘了寒冷。倘若在这里建构亭台楼阁，定是一个好处所。

我们进到洞里。洞里并不是我们想象的那么潮湿，洞底的土台上铺着干净的高粱秸，显然是太平二沟的老百姓所为，他们知道我们要来，提前给收拾干净了。洞里有一股香味，还有酒的味道。柳政委说："老百姓早用黄酒、樟脑丸之类的东西熏过了，怕里面有虫子，有冬眠的蛇。"

我们把水壶灌满泉水，那水微凉而不冰手。我们都穿着棉衣棉裤，打开背包，和衣而卧。感觉自己像山顶洞人，新鲜而刺激。

武部长孩童般兴奋。他说他多年没睡过猫耳洞了。他当参谋长、团长后，每次野外驻训，那些参谋干事就把他看起来，几乎不让他住猫耳洞，让他住指挥车或老百姓家，怕他患风湿病。

晚十点多，徐超群的鼾声响起，我们无法入眠。武部长、柳政委和司机住在另一个猫耳洞里，不受干扰。刁明苦不堪言。他说他有一个办法，可以治徐超群的呼噜，而且立竿见影。我问什么办法，他说："等徐科长睡着了,在他的脚心抹上牙膏,他的脚冰凉冰凉的,就会想尿,于是在梦中寻找撒尿的地方,找呀找,因为脚冰凉,他就会以为自己踏进了河里,就痛快淋漓地尿,醒来一看,哪里是往河里尿,他尿炕了。他就再也睡不实,当然就不会鼾声如雷。"我摇头说:"你这一招太损了。"他说:"牺牲他一个,幸福一洞人,值!"这当然只是寂寞夜里的谈资。别说我不信他这一招,就是信,也没法实施,徐超群和衣而卧,陆战靴一直没脱,谁都碰不到他的脚掌心。

到底太累,即便徐超群鼾声如雷,我们还是沉沉地睡去。三捆高粱秸堵在洞口,抵挡风寒,且不像棉絮门帘子那么严密,让少许空气进入,我们不至于缺氧窒息。

我们离开太平二沟前,还发生了一件事。一老汉得了心脏病,很急很危险。我们都会简单的急救技法,蜂拥而至。胡文职反应最快,老人七十六岁了,嘴唇干裂,满嘴是被烟熏黑的牙。胡文职将自己的嘴贴了上去,给他做了人工呼吸,并对他进行了心肺复苏。时间不长,老人恢复了呼吸。他活过来了。胡文职救活了老人,似乎也"救赎"了他自己。他可能发现了自己的价值,整个人精神了很多。

那家人,留下了地址,他们说要给胡文职定做一面锦旗,胡文职说不用。他没有告诉他们我们是哪个单位,哪支部队。但他们要送他锦旗的事,还是让他很高兴。虽然他抢救老人,不是为了锦旗,可是,谁不喜欢荣誉呢?

我们离开太平沟时,听到山那边传来几声枪响,还有炮弹爆炸的声音,还有烟雾。那是野战部队的工兵连,配合我们冬训,在给我们制造"障碍",当然,也是在训练他们自己。

我们绕过这些烟雾区,"毒气"沾染区,继续前行。

7. 乌兰木图山的雪

继续翻越乌兰木图山。乌兰木图山真高,我们爬得浑身是汗,山风一吹,棉衣像冰凉的铁皮,我直哆嗦。

半山上有庙,属藏传佛教,有"东藏"之称。山下村子里的蒙古族人家,弟兄有两个以上的,都会送一个孩子到庙里当三年喇嘛。这个庙里的喇嘛可以吃肉。喇嘛们发明了一种菜,就叫"喇嘛炖肉",我们平时少到庙里,没吃过,听说过。是干白菜炖五花肉,才好吃呢!传言的人这么说。

寺庙白色的墙壁和金色的庙顶,在冬日的阳光下闪闪发光。寺庙肃穆、静美。我们在庙宇下方的一片空地短暂歇息。我们很需要暖和暖和,但我们不想打扰他们。我们努力地让自己安静,不像在别处那么喧哗,而寺庙的念经声,似乎格外响亮绵密,像是特地为我们祈福。

我们到达乌兰木图山主峰时,天过正午。峰顶并不是我们远眺时的那么高耸,成缓坡状。峰顶堆满积雪,四野白茫茫。山顶没有风,一切静止不动,仰头,天一下子离我们那么近。那是一片纯蓝的天宇,与山顶皑皑白雪相辉映,整个天地圣洁得一尘不染,我都不忍心踩踏。

这是一片神奇的土地。

卫干事不知道怜惜雪,他在山顶跳着,蹦跶着:"我们上了青藏高原,我们登上珠峰了!"他指着自己冻红的脸蛋说:"知道吗?这叫'高原红',美丽的'高原红'。"

他唱起藏歌《高原红》。他边唱边轻轻地跺脚,甩袖,勾腿,摇摆腰肢,扭动臀部,跳着藏族舞蹈。他跳得很笨拙,但他的快乐感染了我们。这个时候,武部长那张习惯绷着的脸舒展开,他冲卫干事淡然一笑。有张有弛,是革命乐观主义精神的体现。

小卫让我想到十年前的我。那时,我也像他这么年轻,这么"放肆"。

相机的电池，被我的体温温暖，可以用了。我们在山顶留了一些照片。大伙疲惫而兴奋。

我们野餐，吃面包火腿。卫干事不喝水壶里的水，就着雪。他说他要体验红军过雪山的艰辛。我们沉默不语，悄无声息地吃着，吃得很香。

我感到身后有东西碰我，伸手一摸，毛茸茸的，吓我一跳，回头去看，是一只白色的山羊。它正与我亲昵。它的身旁，还有一只山羊。它们早就潜伏在此，还是刚上来，我们并不知道。它们浑身洁白，在这白色的天地，我们很难发现它们。它们像一对情侣。白色的羊在纯白的雪地悠闲行走，我第一次见，那种美击中了我。

我准备以这两只美丽的山羊为象征，吟一首与爱情有关的诗。小卫的话驱走了我的灵感。他问："它们怎么能爬这么高？"

"山有多高，羊就有多高，"刁明说，"所以很多山里人，让山羊驮东西。"

"这么说，珠穆朗玛峰上也有山羊？"小卫问。

"我说的是东北。山有多高，羊就有多高，是一句东北谚语。"刁明为自己辩护。

刁明这么说，我就明白了。我记得三年前的夏天，我们登上长白山天池，天池畔，就有羊群走动。那是黑山羊，野生的。

小卫搂着羊的脖子，与羊合影，引发我们新一轮的拍照。

没有人知道它们为何跑到这么高的山顶。或许它们像我们一样，想一览众山小。

"它们真的只是要站在这最高峰看风景吗？"小卫心中疑惑不散。

"也许它们是一对情侣。逃离主人，私奔到这儿，仅仅是为了寻求浪漫。"一直沉默的胡文职，突然幽默了一句。

这里隐约还能听到寺庙里的经声，衬托着这片天宇的宁静。

武部长的军网手机响了,是一道命令。说年底转业名额下来了,我们柳河人武部转业一人。谁都清楚,这名额当属徐超群莫属。部长刚平调过来,政委明年春退休,不算转业名额,胡文职已经"文职"了,非现役,不存在转业之说。我、小卫和留守值班的王明阳,都还年轻。

军分区偏在这个时候下这道命令,其实是给当事者一个思想准备,一个思考的过程,毕竟这是在大自然,天高地远,人的心胸也会开阔些。

胡文职看了徐超群一眼,脸上的表情复杂,接着,那眉宇间的神情,就淡了许多。

相比胡文职,徐超群更难受,他那么喜欢军营,却连转文职的机会都没有。

徐超群努力让自己平静。那种刚毅、坚定,到底把他失落的情绪压下去了。他说:"这次冬训,各项考核,煤城军分区七个单位,我们柳河人武部至少排在前两名。"他的声音颤抖,我想,那应该是天冷的原因。

改革,对我们来说,是残酷的,对军队来说,又是必须的,我们只有面对,别无选择。

武部长拿出望远镜,向远处眺望。我们也都拿出望远镜,将它送到眼前。透过望远镜,能看见我们的军营,那是我们柳河区人武部。被有的人谑称"民兵小分队"。是的,我们现役军人少,凡急难险任务,我们都以民兵为主,但那又有什么关系。那年柳河郊外发生矿难,七个人被困井下,我们离得最近,最先参与救援,为这七个矿工被救赢得了时间。前年夏季,煤城连降暴雨,柳河堵塞。虽然来了一支野战部队,但他们不熟悉河道走向,不了解民情水情,是我们的民兵带着他们抗洪。军民合一,柳河水位两小时后开始下降,直到柳河区乃至整个煤城安全度过雨季。

"我们永远有着我们自己的存在。"小卫说。他说话的语调、语序,与我们不一样，但不无道理。

　　一只雄鹰在我们头顶盘旋，接着向着更高远的天空飞去，最后，成了一个黑色的小点，消失在高远的苍穹。该出发了。我们从背囊里拿出白色床单，披在肩上。这是雪地行军最好的伪装，高粱叶伪装网已不适合纯白的世界。虽然部队人并不多，但在雪白的天地里，这么披着床单行军，还是颇为壮观。武部长面朝远处群山站立片刻，深情地凝望眼前的大地，像是进行出发前的一项仪式。

　　一片北国风光。满山的野梨树，树枝上落满了雪，像漫山遍野的梨花盛开。乌兰木图——蒙古语梨花盛开的地方。我能想象出，它的五月，是多么美丽。

　　武部长吟起了伟人的诗句："北国风光，千里冰封，万里雪飘……数风流人物，还看今朝……"弄得我们也心潮澎湃，面对接下来的行军，浑身有力。我的目光，穿越望远镜，穿越群山，落在一片建筑群上，白墙绿瓦，那是我们的军营，我们柳河区人民武装部。下山前，让我再看它一眼。它静静地立在那里，那是我们今晚八点钟将要抵达的地方。

　　我们先是徒步下山，然后就轻松了，剩下的路程，是摩托化行军，乘车回营。

　　两只羊，带走还是留下，众说纷纭。面临退休，很少决断的柳政委这次态度坚决，他说："让它们自己选择吧。"那意思是：它们若跟着我们，我们就带上它们。它们若留下，那它们就留下好了。

　　我们向山顶边沿走。它们并没跟过来。它们静静地站在雪地里，看着我们。看着它们那深灰色的美得像宝石一样的眸子，我被感动，我不舍，差点落下泪来。

　　为了防止人滑下山，我们拿出背包绳，系在腰间，一个连着一个，将队伍连成整体，缓慢下行。大伙都很兴奋，议论说，吃了这样的苦，好像再无什么苦不能吃了。但也有人说，这算不得苦，我们只是爬了雪山，并未过草地，还没体会到真正行军的苦。

  真正的苦什么样，我们没法想象，也不想刻意去体验。我们就想完成冬训任务，早点回家。问回家的第一件事是干什么？有人说去吃火锅，有人说洗个热水澡，有人说掐儿子肉乎乎的脸……我什么也没说。在这寂静的野外，我还没待够，回去干什么，我也没想好。我努力地想，竟然想起了那个女理发员，我觉得，她是一个称职的好姐姐，那个潜艇上的小士官，他是幸福的。

玉龙湖

1

　　这是我第一次看见一个故去的人的面容。

　　以前，我不敢正视一个没有生命特征的人。几次朋友亲属的葬礼，我把慰问金带到，并不亲身前往。关系太近，不得不去的，我也只在殡仪馆外面等候，不往里去。原谅我的不敬，自小吓破了胆。我十二岁那年见过鬼，在我们那个乡村，他在黄昏昏黄的光线里向我走来。他没有头，我也看不见他的腿，他像在水面的竹筏上移动。我吓得转身就跑，撞在我父亲的怀里。我在父亲的怀里回过身，我们面前空茫一片。

　　父亲安慰我说，什么也没有，是你的幻觉。而村里一位九旬老人说，我看见的那个人，应该是我的曾祖父。他说，我曾祖父是清末的秀才，因为起事，被砍去了脑袋，身首异处，脑袋用辫子悬挂在村口一株千年古枫上。

　　我自此一个人不敢去村口，不敢看那株古枫。古枫还在，三人合抱，树干空如洞穴。我总怀疑，我的曾祖父就歇息在那个洞穴里。

　　我自此害怕黄昏，甚于黑夜。害怕任何一个故去的人。但现在，我不得不面对她，她是我的岳母，我没有理由不参加她的告别式。爱人知道我胆小，劝我说，你看妈最后一眼吧，她对你那么好，不会吓你的。

我走进殡仪馆，看了岳母一眼。我只是用眼睛的余光，不敢正视，不想看得那么真切。我只是象征性地扫一眼，是做给别人看的。但岳母的面容，将我的目光拘留。她面色红润，神态安详，比她病中饱受折磨的样子好看。她像是静静地睡着了。

岳母心眼好，活着时帮了不少人，故去时，真的如我爱人说的，没吓唬我。她离去前一天，应该是有预感，她想我的女儿。我们在省城，与她不在同一城市。可孩子在上课，还得两天才放假。我说，那就与孩子视频吧。岳母犹豫了一下，放弃了。她说，她病态的样子，怕吓着孩子。她选择了语音。那时，她语言还很连贯，表达也清晰，哪知第二天清晨，她就在睡梦中离去。

告别式后仅一个小时，岳母化作一丝青烟，驾鹤西去。除了那只深红色的骨灰盒，我们再也看不到她。

人故去了，不只是故去那么简单，活着的人，也不仅仅是悲伤，还有很多遗留的事情，比如房子，比如钱财。

2

岳母的墓地在"福地山庄"，那里青山绿水，但价格昂贵，人托人打了七折，还五万多，再加上骨灰盒，火化，还有请的殡葬师的费用，多达六万，都是我拿的。当然，是垫付，爱人说，等岳母的丧葬费下来，她就去领出来还我。

爱人有两个哥，照说，这个钱不应该由我来出，我只是个外姓人（媳妇的口头禅），但大舅哥说他近两年生意不好，没有余钱。二舅哥呢，是典型的啃老族。二十多年来，只有老人给他钱的，他给老人钱，那要等到太阳从西边出来。

岳父手中其实有两万多块,加之岳母走后,在她床头的铁盒子里发现的八千多,岳父手中有小三万。岳父说那钱不能动,是他的"过河钱"。他把钱给了二舅哥,让二舅哥替他存起来。

二舅哥拿着钱出去了。存在哪个银行,以谁之名,二舅哥回来后,我想问问他,到底没张开嘴。我让爱人问,二舅哥说,在我那儿,我替爸攒着呢。

一个啃老族能攒下钱?把钱放在他手中,与把肉放在狼嘴边有何区别。我小声对爱人说,你问问呀,存在哪个银行,以谁之名。爱人说,算了,别问了。现在他照顾老爸,把他惹生气了,走了,谁照顾。请保姆?与其让保姆把钱骗去,还不如让二哥用。

岳父岳母在那个年代自由恋爱,他们感情深。岳母是在医院走的,我们瞒了岳父一周多时间,但他似乎感觉到了,一再追问,我们才告诉他。岳父有脑血栓后遗症,大舅哥怕他受不了这个打击,出意外,在岳母离逝的当天,把他送去了医院。岳父住院期间,我们一边张罗岳母的事,一边把这不好的消息向他慢慢渗透,说岳母的病已经很严重了,让他想开些。他说,我想得开,你妈吃中药三年,透析八年,太招罪了。你们一直照顾她,她也算有福人。

岳父还说,生老病死,自然规律,谁也违抗不了。岳父这么说,我们以为他真的想得开,有心理准备,当大舅哥就把岳母已去,且已安葬的消息告诉时,他到底还是悲伤了。他双手颤抖,眼泪在眼里打转。他声音沙哑,哽咽道:到底还是没挺过来……

岳父一哽咽,我们的眼泪都忍不住往外涌。岳父说,行了,都别哭了,你们做得很好,尽孝了。谢谢孩子们!岳父怕我们哭,强忍着没让眼泪流下来。

还好,岳父并无大碍,只是血压骤高,护士给他打了降压针,他神态慢慢平息,睡一觉后,除了略显孤独,似乎并无太多悲伤。

他要求出院。

岳父住院,是我和爱人带他去的。我们交了四千块钱。我去办出院手续的时候,财务结算处的人说,已经算过了,一个四十多岁的男人结算的。他说的应该是我的二舅哥。我说出我岳父的名字,我说,应该找回一些钱吧。那人说,应该会找,欠钱是办不了出院手续的。我问找回多少,她说,结算单上有,我让她在电脑上查,她说,她没这个义务。她还说,这需要保密,除非我拿老人的身份证来。

我赶往岳父家。

岳父家在玉龙新城,是动迁房。动迁房位置原不在这里,大舅哥想让岳父住得近,好照顾,找了人,花了钱,置换到这里,与他们前后楼。

一进小区大门,面前是一片水域,叫玉龙湖。许多年前,这里是一个露天矿,底下煤炭枯竭后,变成煤城最大的垃圾堆。煤城因煤而兴,也因煤而竭。现在,城市萧条得都快赶不上一个县级市的繁华,房地产便成为最后的救命稻草。几乎是一夜之间,偏僻荒芜的土地上,座座高楼拔地而起。

开发商把不远处的矸子山种上树,变成真正的青山。煤城缺水,开发商打起水的招牌,抽地下水灌满大坑,成一人工湖;煤城曾因发掘出猪首龙身的玉器,被专家称为"玉龙"。玉龙曾经是煤城的名片,但他没给煤城带来经济效应,煤城老百姓不认玉龙,但开发商认,他把这片水域叫玉龙湖,小区名曰玉龙新城。

二舅哥在客厅里,电脑和手机同时玩,双目在手机屏与电脑屏之间忙碌。他的心可真大,也硬,脸上看不出悲伤。我问二舅哥,老爸出院,应该找回一些钱吧？二舅哥说，嗯。我问找回多少？他说，没多少。我问，钱呢？他说，都给老爸了。我进屋问岳父，他说他不清楚。他说，可能都在他那个档案袋里。

岳父那个牛皮纸档案袋，就在他的床头柜里。我拉开抽屉，找到档案袋，找到岳父这次住院的结算单，结算栏显示，找回一千八百元，只见数字，不见现金。我心里不舒服，老人住院，二舅哥一分未掏，他没理由拿这个钱。

我怂恿爱人把这钱要回来。爱人说，二哥，住院是牛壮掏的钱，找回的钱，应该给他。牛壮是我的名字。

二舅哥说，你们找爸要吧，从爸的钱里扣。爱人说，爸的钱不在你那儿存着吗？他手中没钱。二舅哥说，对呀，等爸的钱取出来，再让爸还给牛壮。

这么说来，这钱他是想自己拿着用。按说，舅哥用妹妹妹夫这点钱，也说得过去，可他不用在正地方。他网上认识的那个女人，最近住到了煤城。他们混在一起，隔一两天，他会消失半天，说是去洗澡，或者见一个同学，其实是去见那个女人。我这么想，气就上来了。我说，二哥，把剩下的钱给我，我手中现在没钱用。二舅哥从他口袋里掏出一叠钱来，扔在饭桌上，我没数，直接装进口袋。

我以为这事就过去了。晚上，大舅哥来了，他让岳父进到里屋，把我们招集在客厅，说是开个会。大舅哥一上来，就批评我，说，老妈尸骨未寒，老爸刚出院，我就要老人住院的钱，太让人心寒。他说我是国家公务员，处级干部，工资不低，这么做，不孝，有失水准。我一听，心里窝火。老人住院，我和爱人掏的钱，医院找回的钱，自然还给我们，二舅哥拿走算怎么回事？老人住院，他不但不出钱，还想赚点？大舅哥说，别说得那么难听，他只是给老爸存起来。

我心里想，是的，替老人存，最后却揣进他自己兜里。岳父脑血栓，吃省城血栓病院的抗栓中成药，我承包了，一个月四百八。国庆节，我们一家三口回煤城，见岳父岳母的冰箱太旧，给他们换了一台新的，三千多。岳父说他眼睛不好，不能看电视，想看鱼。我带他去水族馆，一千八。照说这钱也不多，且是花在岳父大人身上。还是那个疙瘩解不开：我替岳父花钱，他把钱省下来给他儿子，他儿子把钱花在女人身上，我心里不舒服。我是直性子，我把我的想法说出来。二舅哥说，你给钱给老人花，那是你行善积德，消祛你自己的孽障，早晚有佛报（二舅哥最近信佛，喜欢用孽障、佛报等词），至于老人的钱怎么支配，你无权干涉。

二舅哥说得理直气壮。我不想与他理论，走出岳父的家门。

夜里的玉龙湖畔，灯火阑珊，光线五颜六色，给人一种不真实的感觉，像是在梦幻里。我围着玉龙湖散步，一圈近三公里，我一时半会儿走不完。我并没有刻意要走一圈。我只是散漫地行走。散步，是最能勾起人回忆的，人往前走，仿佛是逆着时光的隧道行过去，往事就近了。

3

多年以前，我对二舅哥的印象是模糊的，我几乎不知道爱人有这么一个哥。在我结婚前，他开车给我们送一套"家庭影院"。这礼应该说送得重，在那个年代，少说也得四五千。

当时二舅哥穿着西装，既年轻也帅气，像四大天王中的黎明。二舅嫂长得丑，但气质好，穿着貂皮大衣，高腰皮靴。在我眼里，他们是有钱人，婚礼上，给我和爱人长了脸。

婚后第二天，二舅哥二舅嫂来看我们。我们没有婚房，与岳父岳母住一起。我们围坐，吃饭。吃得好好的，不知二舅哥说句什么话，我们都没听太清,二舅嫂听清了,她举起手机,摔在地上,摔得稀碎。我和爱人那时都没有手机。后来听说那个手机一万多。二舅嫂当着岳父岳母的面,骂了句:我有钱,摔了再买,王八犊子!

他们争吵着离去。我婚后美好的心情,就这么被他们搅和了。两位老人黯然神伤。岳母长叹一口气,说,现在的年轻人,管不了。当时看这个马凤仙,就不是过日子的人,不同意他们搞对象,你二哥不同意,不回家,上人家家住上了。后来怀孕了,没办法,就给他们操办了婚事。现在三天一吵,两天一吵。你二哥呀,不听老人言,自个儿受着吧。

岳父说,行了,不说他们,咱们吃咱们的,喝咱们的,咱们的日子还得过。

那以后,我们大半年没见到二舅哥二舅嫂。

之后的一天,晚上,大舅哥来了,给我们拿来一套钥匙。他说,这里不能住了,你们搬家。这是我给老人准备的房子,明天就搬。

老人当然高兴,但这么急,他们难免生疑。大舅哥说,你们年龄也大了,住到城中心去,离我的商店近一些,我也好照顾你们。

这房子不能住,最尴尬的是我和我爱人。大舅哥说,你们一起搬去,人多热闹,老人也需要你们照顾。

我们搬到市中心大舅哥的房子里。

大舅哥动用他的货车,我找了我手下的几个同事,像一个搬家公司,搬得还算利索。有些小东西,岳母说,等下次吧,却没了下次。我们后来才知道,二舅哥犯事了,两年前,他偷偷把岳父的房子抵押出去了,现在到期,无力偿还,房子被封。岳母留在那间屋里的小物件,一件也没拿出来。

我们住进的,是大舅哥做生意为自己准备的库房。

没了旧房,住进市中心,老人表面欣喜,但内心的悲凉,伴着黑夜而至，在他们的脸上显露出来。

二舅哥的商店也让人封了，债主不但要了他的商店，还要他的一条腿。二舅哥带着老婆孩子，连夜跑到广州，最后在广州混不下去，去了山东威海。但对外，我们的口径是，二舅哥在广州做生意，他们发展得很好。我们一家人的谎言，很快被爱人的小姨田七娴揭穿。那天，田七娴穿着银灰色貂皮，像一只狐狸。她气势汹汹而来，不入座，在屋子里朝着她的亲姐指手画脚，说二舅哥欠她一万块钱，不还，逃了，屁都不放一个。她骂二舅哥是王八犊子。她指着她的亲姐夫说子债父还。岳母答应攒钱还她。她说了句，那好，我等着。她再次用高跟鞋踏出一片铿锵之声，愤怒而去，留下我岳父岳母唉声叹气。我们这才知道，二舅哥不但欠公家的钱，还欠私人的钱。

这天晚上，岳父接到电话，是赤城他的堂弟来的，他说二舅哥借了他两万块钱，他没再说别的。其实也无需更多的话，这就是要钱。岳父的这个堂兄，年少闯荡江湖，多年没与岳父联系，我们这才知道，二舅哥不但欠他小姨的钱，还欠着别的亲戚的钱。

这是叔伯叔叔，不是亲姨，关系远一些。关系越远，这钱越不能放。岳母开始张罗钱，还向我大舅哥下命令，让他最少出一万。

三天后，岳母凑齐了两万。正好赶上周末，岳母对我说，你帮我们送一趟吧，亲自交到人家手中。

我去了赤城，按岳父提供的地址，找到了岳父的堂弟，我叫他叔叔。他拿了钱，还算热情地招待了我。

这边钱刚还完，还没歇口气，田七娴又来了，她这次来势更凶猛，横眉竖眼。她问我岳母，钱准备好了没有？岳母说，没有，刚还了一笔，让牛壮送到赤城去的。田七娴当即炸开，说有钱还别人，不还我。

这次，她似乎是有备而来。她没穿貂，穿一件很旧的棉袄。她往地上一躺,说这钱不给,她不活了。她抓起茶几上的一只玻璃杯,摔在地上。大舅哥家的客厅是瓷砖铺的地面,玻璃杯干不过它,摔得粉碎。我数月后清理卫生时,还在冰箱底下发现透明的玻璃碎片。

岳父冲她喊:你干啥?你姐有冠心病你不知道?田七娴指着岳父的鼻子,涂着红色指甲油的长指甲,像沾着鲜血的剑刃,直逼岳父的鼻尖。

我岳父老实,或者说是有涵养,他回了自个儿的卧室,没再搭理这个妇人。这个妇人拿起我家的笤帚,将那些玻璃碎片扫向墙角,她歪倒在她扫过的地方。她说,你有心脏病,哪个没有?

她在地上捶胸蹬腿,像抽羊角风。

事实上,我的岳父并未撒谎,田七娴在我家作的时候,岳母冠心病发作,喘息急促,脸色苍白,是岳父用几粒速效救心丸救了岳母的命。岳母平稳下来后,对岳父说,把钱还给她,砸锅卖铁,也要把钱还给她!

那个晚上,很少说别人坏话的岳母,在饭桌上说起她的亲妹妹。她在煤城做化妆品生意,创业之初,是我大舅哥帮她找关系,工商税务这两块,替她省了一万多;她的男人有外遇,不想要她,岳母几次去她家,动之以情,晓之以理,说服她的那个大个子男人回归家庭。

从小就自私,狠性。岳母说。

三个月时间,岳母攒够了一万块,给田七娴送去。田七娴说,两年啦,借了两年。田七娴硬是从岳父岳母手中,额外要去四千利息。

我劝岳母,这样的亲戚,没有也罢。没有亲情,冷血,不必与她来往。可她们是亲姐妹,打断骨头连着筋,仅仅过了半年,她依然上我家,每次来,吃过饭再走,走时,从不空手。一只烧鸡,几根新灌的肉肠,三五斤鸡蛋。我说,同在一座城,她又不是买不着。岳母说,你二哥当年不是借她的钱了吗?欠着人情。我说,摔也摔了,闹也闹了,钱还了,利息要了,还欠她什么人情。她有人情吗?爱人说,行了,你一个外姓人,少说两句。

我便闭了嘴。

4

二舅哥以前是有工作的,他和二舅嫂都在市液压件厂上班。那个液压件厂是省企,虽然效益不是很好,但工资能保障,这对生活在煤城的人来说,是一件幸事。

二舅哥初中毕业后,弃学在家,被邻居一个叫马泰山的人相中,有意收为婿。二哥当时才十七岁,长得很帅。而马泰山的女儿,长着一张紧绷绷的小脸,一对小眼看人时不断睃动,像一只狐狸,一笑,眼睛就没了,脸随即由狐变鼠。论颜值,她配不上二舅哥,但她有个好爹。她的爹马泰山是液压件厂供销科科长,他以把二舅哥安排入厂当工人为诱饵,二舅哥杨二吉当时是无业游民。

我岳母不同意。我二舅嫂的样子让她惊悚,说二舅嫂不是善良之辈,说这样有附带条件的婚姻长不了。我岳父从不当家。岳母说不同意,他自然也就不同意,但二舅哥同意,二舅哥的同意,不是真同意,是假同意。他原本想等他进厂后,再不理那个长着一张狐狸脸的女孩。

二舅哥哪有狐狸狡猾?马泰山给了他三个月的试用期,在这三个月,他所守的机床,是一只一端粗一端细的轴承,按极快的频率在一个凹槽里伸缩。为了防止轴承磨坏,里面添加了润滑油。二舅哥每天看着这机床进行活塞运动,就像看一男一女在那里做着下流的事。而师傅也没个正型,拿小鲜肉开心,讲一些黄色小段子。这期间的某个晚上,二舅嫂不失时机,把二舅哥约到他家,将他拿下。

三个月后,二舅哥成为液压件厂一名正式职工,他想冷落二舅嫂,二舅嫂找到我岳父岳母,说她怀孕了,要与二舅哥结婚。二舅哥不同意,岳母这次却答应得痛快,并且给他们张罗婚事。岳母的意思是,开始可以不同意,现在既然住在一起了,就得对人家负责。

二舅哥不够结婚年龄,马泰山能量大,带他到派出所把年龄往大了改。

二舅嫂比二舅哥大三岁,过了法定结婚年龄,不用改。

二舅哥本来就不喜欢这个女人,更让他愤怒的是,丑就丑吧,她与二舅哥同房之前,竟然还不是处女。这一切,二舅哥当时并没跟家里任何人说,只在二十年后,那个女人不要他,跟他闹离婚,他才老账新提,说出他的窝囊,和他女人的肮脏。

二舅哥和二舅嫂,仅仅在那个液压件厂工作了三年,二舅哥的岳父大人马泰山因为经济、作风问题被贬,早退在家,没被开除公职已是万幸。二舅哥二舅嫂失去靠山,加之父亲大人身败名裂,他们在工厂干得憋屈,见大舅哥音响商店生意风生水起,便双双停薪留职,把大舅哥的分店盘下来,做起音响生意。

小两口穿戴阔绰,出手大方,全家人以为他们的生意做起来了,哪知最后被人讨债,被人追杀。

二舅哥那次带着妻女逃离煤城后,开始了对家人长达二十年的折磨,时间都是在每年春节前后。他们抽身而去,追债的人找不到他们,就找我的岳父岳母,找大舅哥。大舅哥像一位坚定的共产党员,保护着他的父亲母亲,不告诉他们父母的住址,为此他还挨过一记重拳,两个响亮的耳光。有一次,来要钱的人过于猖狂,他开口让大舅哥给他十万块钱,说是二舅哥欠的。大嫂站出来说,谁欠你的找谁要去!那人就冲着大舅嫂而去,淫邪的目光和龌龊的手直奔大舅嫂胸部,大舅哥挺身而出,换来的代价是被他们抓住头发,狠揍了三下,最后还被他们抱起来,扔在地板上。他们扬长而去,说不给钱,明天还来。

大舅嫂盯着大舅哥，大舅哥鼻孔里的血像一条红色的蚯蚓顺着他的脖子往他衣领里钻。大舅嫂流着泪说，我再也不想见到杨二吉和马凤仙，死也不见！

那个夜晚，大舅哥忍着剧痛，开车去另一个城市，接来他的朋友。第二天下午，在商店打人的那几位如期而至，手里拿着刀。他们推门而入时，大舅哥的那个朋友从里屋的库房走出来，一人从腰间拔出手枪，枪口朝着走在最前面的那位持刀者。他说，都他妈的老实点，我拿枪的还怕你拿刀的？把刀扔下！无论我大哥的兄弟欠你们多少钱，从今天起，一分不欠。要钱还是要命，我乔三尊重你的选择！

那四个人扔下刀，瘫软在地。被枪顶着的那位，居然朝着自称是乔三的那人跪下。据说，他们怕的不是乔三手中的枪，黑道乔三的威名让他们像秋风中的树叶瑟瑟发抖。

乔三还算讲究。大舅哥给他封了四万块钱，他只拿了两万。那几个要账的，果然再没来过。商店自此趋于平静。

那天，爱人碰巧去商店找大舅哥，目睹了这件事，她当时吓得差点晕死过去。她瞒了一段时间后，到底忍不住，在枕旁当作秘密告诉了我。我第二天就去找大舅哥。我说，我有哥们在公安局，你完全可以不走黑道。大舅哥说，白道上的人，今天要一对麦克风，明天要一套"家庭影院"，纠缠不起。黑道上的人讲究，一把一利索。

5

二舅哥一走就是三年，没敢回煤城。侥幸的是，银行贷款的那个负责人，出了事，判了刑，被抓进了监狱。二舅哥借他的钱，成了死账，没人再追讨，但抵押出去的房子，也拿不回来。

一个晴朗的日子,岳母逛街,到大舅哥的商店小坐,大舅嫂没与她打招呼,脸色冷如钢铁。岳母回家,对我们说起此事。她说,吃人嘴短,拿人手软,人还得有自己的房子。岳母是个要强的人,他把岳父岳母两人当月的工资都取出来,向她的老同事借点,向大舅哥偷偷索要点,凑了两万块钱,在郊区购了一处住所,三间,虽是平房,倒也接地气。

我处对象时,是一名公务员。公务员在我们这个贫穷的城市很吃香,不少公务员像我一样,是从农村考上来的,光杆一根,一穷二白。有被女方相中的,给女儿女婿买婚房,岳母是知道这一点的。我们结婚前,岳母对我说,我们家条件一般,给你买不起房子,但我保证,有我们老两口住的,就有你住的。我们就这样一直跟着他们。他们搬到哪儿,我们跟到哪儿。

这年买的这处新居所,有院子,有水井,有葡萄架,很漂亮,我很喜欢,仿佛这是一片世外桃源。

那个平房我和爱人没掏钱,但岳父岳母把他们的钱都用进去了,那三个月的生活费,就都是我们出。

没人要账了,并且有了自己的住所。二舅哥在公用电话里听说这个消息,没有言语。岳母说,你二哥学好了,不吱声了,也不管我们要钱了,知道踏实干。

我说未必。爱人说,你咋这么说,你不能瞧不起人,人是会变的。我说,但愿!

大年三十,二舅哥像空降兵一样,突然而至。

久别重逢,岳母放声哭,岳父无声落泪,爱人眼圈红肿。我没有哭,我有怨,有气。我不叫他二哥。爱人把我叫到里屋,说我不会来事。我说,他把这个家害成这个样,还有脸回来。爱人说,他看自己的爸妈,与你没关系。我说,与我没关系,我干吗要叫他二哥。爱人说,不叫拉倒,别拉个驴脸。

我懒得理他们。我有单位,有单位就等于兔子多了一个窝,有地方躲。我说,单位有个材料没写完,我去加班。

爱人知道我不愿在家待,但为了维护和谐局面,帮腔说我单位的确有急活儿。我其实没到单位去,单位值班同事又不傻,大过年的,跑到单位来,明摆着家庭不和嘛。我步行很远,到月亮河畔溜达。那其实不是什么河,就是一条臭水沟,略加改造,夏日雨水多的时候,有一丈宽的水域。现在只有冰,这不影响我无数次去月亮河畔溜达,这里是煤城少有的几处干净路面之一,走在干净的大理石面,总比走在裂纹密布煤尘飞扬的水泥路面舒坦。

但这个夜晚,刀子一样的风让我只坚持了两个小时。绽放的烟花提醒我,外面的世界像梦幻一样,不真实,我分明闻到了饺子的香味。

爱人曾经跟我说,二舅哥心眼好,他若是挣到了钱,会给老人的。爱人这个想法,在我看来,是天方夜谭。我从二舅哥脸上看不到善良、孝道,只有贪婪、享受、冷漠,甚至狡诈。他突然而至,一定是有所图,且已想好说辞。

果然,我回到家,就见二舅哥夸夸而谈,是说要给老人拿钱,要把抵押出去的房子赎回来,要给老人在煤城最好的小区换新房。一家人正兴奋地听他口若悬河,他突然像一个说书人一样,将话题一转,让我们从高空坠入深谷,一点缓冲都不给。他说:他现在只需要五万块钱,威海有一家韩国化妆品商行,要外兑。

老板是我王哥,他的孩子要去新加坡读高中,高中之后本硕博连读,他们一家人要到那里做事,陪读。二舅哥说,不是我的哥们,换了别人,最低得十万块。

一家人连春晚都不看,听二舅哥眉飞色舞谈论他的未来。

岳母问他这几年都在外干啥，他说，打工呢，打工到底不是滋味，他还是要当老板。我不想听他们的谈话，这个时候，再多的怨气，我也要努力将它熄灭。我提醒自己：你不姓杨，你姓牛，你是外人！

大年初一晚上，二舅哥坐出租车，直奔省城。他最终拿到了三万，外加我两口子赞助他的路费。他说他急着回去，剩下的两万，让岳父岳母给他张罗。

以后的日子，他要么不打电话，一打电话，就是要那两万块。岳母说，还没凑齐。他说，没凑齐，三千两千也行。老人当即表示，要过紧日子，老两口，一个人的工资不动，另一人的做生活费。到年底的时候，终于把两万块钱分期分批打入他所说的他王哥的账号。他说，他欠着债，怕银行对他有监视，不敢用自己的银行卡。每次电话，他都换着不同号码的公用电话。那段时间，我家好像有一个地下工作者，成天活在紧张、压抑的空气里。

我怀疑二舅哥的话是谎言，他说那个王哥急着到新加坡去，怎么还没去？爱人说，也许王哥就在新加坡。我说，就在新加坡？那怎么可能往他卡上打钱？爱人说，全球联网嘛。你这人啦，就这点不好，多疑。要相信二哥。

我不再吱声。我只是个外姓人。

随后十几年，二舅哥每到年底就回家，年初拿钱就走，走前一大堆理由。第一次是要买个面包车给各饭店送菜，几个月后，说送菜太辛苦，早三点就要到菜市场，晚十一点有人要菜还得送，不是人干的活儿，这样下去，身体坏掉了，挣点钱还不够看病的。他把面包车贱卖了，钱也没还回来。第二次说要盘下一个足疗馆，几个月后，说足疗馆不是好人待的地方，什么人都有，那种环境里，他老婆都得学坏。我自然不信，就他老婆那容颜，想学坏都难。可他就这么说，每次都有借口，每次都让老人对他充满希望。我心里是清楚的,这就是他的一种生活方式,他就是一个啃老族,只不过不在老人跟前,在遥远的异地。他们什么都不干,用亲人们凑的钱过日子。即便后来岳父脑血栓,岳母尿毒症,他依然如此,这是他们的一种"打法"。

在老人眼里,二舅哥老实,肯干。错,都是儿媳妇的错。

6

整个城市都在拆,整个城市都在建,整个城市都在动迁,可就是动不到我们这套平房。我望穿秋水,盼得眼里烧起了火,无济于事。东边的拆了,东面的邻居都进城了,住上新楼了。北边的也都拆了,北边是农业户,补偿更多。他们一夜之间,在城里有了房,有了车。房有两套三套,车有宝马奔驰。

我笑岳母没有眼光,买了块风水不好的地。岳母淡定地说,放心,早晚得动。她虽这么说,却是很沉重地叹了口气。

正当我们对动迁失去信心时,动迁消息来了,但与身后的农业户不同,我们没有太多的补偿,多出的面积,按市场价。

新楼盘的地址在城南,城南偏,大舅哥找人,花钱,交了差价,换到玉龙新城,就是岳父现在的居所。两居室,七十二平方米。除了改造后的小区美景,遥远的温泉被引进。温泉入户,二十四小时有热水。搬家时,我和爱人再次跟了过来。我们有些不好意思,岳父给了我们一个很好的台阶下,岳父说,我们年龄一天天大了,也需要照顾。我们老人怕寂寞,有你们在一起热闹。

我们上楼第一年,二舅哥没有回煤城,家里过了一个清静的春节。哪知,正月十五这天,他回来了。他每次出现,都让人猝不及防,且一定是个特别的日子。他说，春节忙，没回来，但想老人想得太厉害，受不了，这不，十五赶回来与老人团圆。

我小声嘀咕：这不是想老人，想老人的钱哩。这是在外混不下，又回来整钱。爱人说，看他穿戴，应该是挣着钱了。你呀，总是老眼光看人。我说，别吱声，听吧。我们就听二舅哥说话。他说威海最大的蔬菜批发市场有十多个咸菜摊位，他说他要四万块钱投资，就能把那个市场上所有的咸菜摊垄断，年底少说能挣二十万。

这显然是个谎言。

四万块钱，能搞定十个咸菜摊位？再说了，你垄断了，别的摊主喝西北风？二舅哥知道我怀疑他，说，四万块钱是不够的，这只是定金。我呢，也不能让那些咸菜摊主失业，我承包下来，再转包给他们。

他接着给自己圆谎，所有的话，都是为前一句添油加醋，涂脂抹粉，力争让我们相信他。不可否认，他的口才很好，那意思，只要有这四万块钱投资，天上不但可以掉馅饼，简直就直接落钱。但岳母这次似乎下了决心不给他钱。岳母说，我与你爸，手中也就一万块钱，你爸明年六六大寿，二月初六，这才几天。这钱是要留着庆寿的。

二舅哥说，先把饭店订了，别人来吃饭，都得随礼，这礼金做饭钱，酒水钱，还用不了。

二舅哥脑子反应快，只可惜用错了地方，目标只盯着家人。

岳母从她床下抽出一只装过月饼的铁盒子，从里面拿出一沓钱，递给二舅哥。二舅哥拿了钱，说，妈，你再去给我大哥说说，让他给我拿点。岳母说，你大哥这两年生意不好，不能再向他张口。二舅哥说，瘦死的骆驼比马大，他和嫂子一人一辆车，他开奥迪A6呢。岳母说，车是他做生意用的，再说了，就算他有钱，那也是人家的，你得靠自个儿。

你得靠你自个儿！这话岳母说过无数次，每次，二舅哥的回答像按下了录音机的播放键，内容一样，语气一样，声调都是一样：我知道，我这不在努力吗？

这次，大舅哥只给他拿了三千。

二舅哥想到了我。他不敢同我借，绕了一大圈，让我岳母同我爱人说。

此前他也花过我们钱，三千两千，说是借，从来没有还过。我知道要不回来，也没提过还的事。这次数额于我巨大，我坚决不给。我的幼稚、不成熟害了我。我只说没有就完事，我偏要表明我的态度，我说有，但不借，因为他是在祸害钱，把我们的血汗钱不当回事。岳母在一旁抹眼泪，她的情绪感染着他的女儿，爱人的眼泪很快涌出来，她不去擦，妆容遭破坏，那张脸红白相间，惨不忍睹。岳母说，你二哥可怜，在外要饭呢。

我说，这么舒坦地要饭，我也想去。

岳母开口是三万。我没有动摇，岳父的一句话，撬开了我的嘴。岳父说，先借他，也许他这次能成，成了就把钱还你，不成，我替他还。我说，你们的钱都给他了，拿什么还？岳父说，我与你妈攒工资。我说，没等攒够，他又来要，你们又都给他，拿什么还我？岳父说，我拿我二十个月的丧葬费还。

话说到这个份儿上，我再不借，恐怕就得妻离子散。

第二天中午，一家人吃团圆饭，除了我，他们都乐呵呵的。饭后，二舅哥穿着皮外套，头发油光锃亮，背着个皮包，包里有个LV的钱夹，夹着三万块钱的银行卡，走出家门。

我望着那个背影，极其惆怅。我是工薪阶层，三万块钱，除了吃喝，我得攒几年。几年省吃俭用，才有了这么个肉包子。这肉包子扔出去了，有去无回，我心里清楚。

我怀疑二舅哥在威海并未干事，只是拿亲人们的钱在那里过日子。每年几万块，也够他们吃喝了。我的猜测，遭到岳母他们的反驳，甚至是谴责。他们说我不相信人,最亲的人都怀疑。他们甚至把这件事上升到南北人性格的差异上,说我们南方人心眼小,不敞亮,生性多疑。

他一直在努力,只是天运不好,岳父说。

没摊上好媳妇,岳母说。

在他们眼中,他儿子没错,错的是别人,是老天。

几天后,二舅哥的岳父马泰山证实了我的猜测。他来到我家,像宣布一项重大决议。他说,不能再给他们钱了,咱们在这儿省吃俭用,他们该吃吃,该喝喝,租三室一厅的房子,两卫。半个月前,我去了。我本想在那儿住上一段时间,帮帮他们。我住不下去了,那不是消费,简直是浪费。他们请我吃饭,他那个王哥陪同。亲家呀,你儿子居然要了只烤全羊,一千多,加上酒水,配菜,一餐饭两千多,一个晚上,差不多吃掉我一个月的工资。他们也舍得!

岳母袒护她的儿子,说,那不是看你去了吗?

我说,他的那个王哥,不是去了新加坡吗?

还不兴回来看看?爱人说。

我不再多言,只安静地当一个听众。我是外姓人。

从二舅哥的岳父大人马泰山的表述中,我们知道,原来她的女儿马凤仙,这么多年也是向老人要钱,方式方法同二舅哥一样,要干这个干那个,最后这个不挣钱那个太辛苦。这么多年,她从老人手中拿走二十多万。老人爱面子,这个女婿又是他亲定的,他一直瞒着我们。我们这边怕二舅哥的泰山大人瞧不起他,也瞒着他们,现在才知道,两边的老人都遭了罪。

二舅哥的老丈人马泰山,觉得被女儿女婿要了骗了。骗钱骗物,也许不是最主要的,最主要的是,二舅哥背叛了他,具体地说,是背叛了他女儿。二舅哥竟然在外面偷偷养女人,而且是高消费地养,养到青岛了,由网友发展成情人。

他的钱根本没花在我和孩子身上,二舅嫂在电话里,向岳父岳母告状。岳父岳母嘴里骂二舅哥不是东西,放下电话就说儿媳妇不行。说儿子有外遇,是因为在儿媳妇那儿得不到温暖。留不住男人,是女人没本事。这是岳母的话。说这话时,她颇为骄傲地看了岳父一眼,似乎在向我们证明,岳父这么一个虽老但风度气质依旧的男人,一直守在她身边,是她的本事。

二舅哥的电话很快就追了过来。他说,莫听凤仙瞎说,是她先在外面乱搞。她还跟王哥好。

岳父说了句,就她那样,王哥还跟她,你那个王哥是不是眼神不好?岳父不是幽默,他说话有时不过脑子,张嘴就来,但只要岳母瞪他一眼,他立刻沉默,像点了他的死穴。

我几乎要气炸了。二舅哥一次次向老人伸手,原来是在拿我们凑的钱养女人。我们省吃俭用,他却花天酒地。不是高官,不是巨富,却养起情人,不上班,比我们拼死拼活的上班族还潇洒。我随之对岳父岳母有意见。二舅哥从他们那儿拿钱,从来是给,我们一时急用,从岳母大人手里拿一百块钱,都是借。

7

我不主张岳父过六六大寿。人还是消停一些好。人一张扬,就会有事,这里得,那里就会失。大舅哥和爱人坚持要给岳父过,我一个外姓人,不便多说。退休好几年了,同事之间已不来往,只是很近的亲戚和朋友,那也有四五桌。岳父那天高兴,喝了不少红酒,在二舅哥的岳父马泰山的劝说下,还喝了半杯白酒。喝完酒已是天近黄昏。我们前呼后拥,岳父红光满面,脸像西天的云霞一般灿烂。回到家,他坐在客厅沙发上,不肯去卧房休息。他平时语言不多,那天,他夸夸其谈,回味着酒席,几乎把到场的人都点评一遍。这时候,电话响了,是二舅哥打来的,他说,天寒地冻路滑,他进咸菜,骑着电瓶车,摔了,骨折了,住院了,急需钱花。

岳父六六大寿收的礼金,就这样在他老人家手中还没焐热,就被我爱人通过ATM机,打到二舅哥的卡上了。

岳父脸上的表情凝固了,绯红的颜色陡地褪去,平时黑红的脸,突然那么苍白。我们说,洗洗,去休息吧。岳父没有洗手脸,也没洗脚,就去睡了。第二天清晨,他起床去卫生间,突然扑通一声倒在床前。我们听到一声轰响,以为是他被绊倒了,他却坐在地上起不来,去扶他,他怎么也站不稳。急忙把他送到医院。生命无大碍,只是自此,他的一条腿离不开地,只能在地上拖行,划圈。岳父脑部血栓。

我后来一直搞不清,岳父得脑血栓应该归罪于谁,是什么诱发了他的病。是二舅哥的岳父马泰山怂恿他喝下去的半杯白酒,还是为二舅哥的伤他急火攻心,还是二舅哥要去了他的礼金引他生气?我不敢探询,生怕引起他新的烦恼,加重病情。我能做的,只是默默地伺候。

还算幸运。岳父除了行走时一条腿需要在地上划圈,他的手没事,嘴巴也没有歪,这使他不但能正常说话吃饭,还能自个儿上厕所,万幸。

大舅哥以老大的身份,给二舅哥去了个电话,告诉他,老爸病了,你不能再向家里要钱,他脑血栓,要长期吃药。

二舅哥说,知道。

大舅哥说,你得靠你自己了。

二舅哥说,知道!

祸不单行,秋天的时候,岳母检查出尿毒症。二舅哥果然没向家里要钱，家里还算平安无事。这年的年夜饭，大舅哥大舅嫂，还有他们的女儿都来了。这个年，对于我们来说，过得很轻松，不像以前那么压抑。

饭吃完了，吃水果，喝茶。谈兴正浓，门外传来敲门声，接着听见二舅哥喊了一声妈，我们都吓了一跳，以为是过年想亲人，出现了幻觉。再听，二舅嫂的声音也传来，接着是他们的女儿喊爷爷。

爱人打开门，二舅哥一家三口，像三面彩色的墙堵在门口。二舅哥一身橄榄绿，二舅嫂浑身是白，白色羽绒服，脸上像刷了涂料似的白。大侄女一身红装。

爱人急着去厨房给他们煮饺子。两个嫂子有过节儿，无法同在一个屋檐下，大嫂起身走，大舅哥和大侄女跟着也就走了。

饺子端上来，并不吃，只说话，不是唠家常，是告状。二舅嫂重复着电话里说过的话。二舅嫂说二舅哥从不去商店帮她。不去帮也就算了，让他在家做饭，她和孩子守店。结果他饭菜做的，水裆尿裤，锅碗瓢盆埋里巴汰，也不好好洗一洗，就知道玩电脑，跟网上的野女人瞎扯。

二舅哥回嘴，你好？你还跟王哥玩失踪呢。二舅嫂说，放屁！她抓起一个饺子，像抓起来颗石头，重重地砸向二舅哥的那张脸。饱满的饺子碎了，成一张面片敷在二舅哥的脸上。二舅哥说，妈，这日子没法过了。

他们的女儿居然没哭，表情淡定。要么是这样的打斗，在她眼里习以为常，要么她心太硬，她连劝都没劝说父母一句。她只顾自己玩手机，仿佛这是两个与她毫无关联的人。

二舅嫂说，我正不想跟你过呢。离婚，明天就去离！

爱人说，明天大年初一，怎么离？没人办公。

那也得离，初七一上班，我们就去办手续。不挣钱，不干活儿，让女人养着，你是个老爷们不？

事实证明，他不是。此刻，他是老爷们的最好佐证，就是扇这个泼妇两耳光，但他没有，他低头不语，蜷缩地坐着，像一副灌满气的皮囊。

大过年的，他们在我家吵架，我真想让他们滚，可是，我有这个权力吗？我，一个外姓人，这房子又不是我的，这不是我真正意义上的家，我只能逃避。每逢这个家庭出现尴尬局面，我唯一的办法就是逃避。我拉开门，一只脚还没迈出去，就听身后一声脆响，是肉拍打肉的声音。一股畅快直通胸腔，我在心里叹一声：有种，终于出手了。待我回头看，眼前的情景让我大跌眼镜，原来出手的不是二舅哥，是二舅嫂。挨打的不是二舅嫂，是二舅哥，整个的都反了。

我回望一眼二舅哥，目光鄙夷。我看不见我自己的表情，但我心里清楚，那一刻，的确是将内心的鄙视通过双眼传递了出去。我从骨子里瞧不起他，挣钱不会，打老婆还不会吗？这么该挨揍的老婆。

岳母面色凝重。她进了自己的屋，一会儿，她走出来。她拿着一沓钱，递给二舅哥，说，这是一万块钱，这钱你拿着，拿着干点啥，别老让人看不上。二舅哥伸手来接，二舅嫂一把抢去了。

岳母又说了句，为了孩子，莫谈离婚，穷过富过，和和气气……岳母的话还没说完，他们就踏出了家门。

岳母是坚强的，她没有落泪，没有叹息。岳父看了一眼岳母，想说什么，没有说。这是他在岳母面前常有的表情，他内心对岳母心存惧怕。

他们走了，我没有出去送，我不愿与他们同行。我感到压抑，透不过气。我走向阳台，打开窗，寒冷的空气袭来，我像是被吸进一个无边的黑洞。黑暗很快就被爆竹驱走，烟花闪烁的夜是朦胧的，五彩的。烟花点燃了夜，似乎也点燃了我的灵感。我悄然大悟：他们这是在演苦肉计。

我很想把这个发现告诉老人们。我回到客厅，他们都沉浸在春晚的节目里。尽管春晚质量越来越差，一年不如一年，可他们还是要看的。不看春晚，除夕夜干什么去？难道坐在那里生闷气？

大年初一，行人稀少，满世界空荡荡的。二舅哥一家三口，没打个招呼，就这么从煤城悄然消失了。

8

清明节，我们像是看见了鬼魂一样，看见灰头土脸的二舅哥推门而入。这太令我们意外了，往年，他只在年根才回家，这才两个多月。莫非他拿走的一万块钱，两个月就花完了？

二舅哥知道我们疑惑，不等我们问，他先开口。他说，他在外不顺，总也挣不到钱，趁着清明回来祭祖，求祖先保佑。他说，他学好了，开始信佛。他包里有一只红色喇叭状的匣子，他说那是太阳能音箱，遇见太阳，能唱佛音。他包里再无他物。

二舅哥竟然不走了，他说他与他的那个老婆，一天也过不下去。他说他这么多年，祸害了老人不少钱，造孽，现在，是他尽孝道求佛报的时候，他要尽心尽力孝敬老人。

二舅哥落座没多久，大舅哥就来了。大舅哥从来以老大的身份出现，他一来，总像是开家庭会议。果不其然，那语气是命令式的，他说，杨二吉不去威海，要在家照顾老人，难得他有这份孝心。杨二吉没有工作，没有收入，我们兄妹不能亏待他。老人每月出一千二百块钱，算是他照顾老人的护理费，我，杨三幸，每人出一千二。

我心里陡地一沉，这还不如拿点钱让他走，他这是回来啃老了。他不但啃老，还啃得光明磊落，啃得理直气壮；他不但啃老，还啃兄妹。我说，我没意见，但我有话要说，我们照顾老人的时候，谁给我护理费？我们从老人手里拿一百块钱，也是要还的……爱人打断我，说，大哥不是说了吗？二哥没工作没收入。

见我气未消，爱人说，要不，你伺候老人？

这是激我，没有实际意义。我要上班。而且，我入省城工作的调令来了，很快要走。老婆，孩子，都得跟过去。我可不想过牛郎织女的生活。

我透不过气。我走到阳台上。窗户是开着的，风中带着凉意，我冷静下来。二舅哥这个时候回来，似乎也是上天对两个老人的恩赐。要不，我带着爱人走了，谁来照顾老人呢？

岳母悄然落泪。我知道，不是因为二舅哥的回归，是我和爱人还有孩子即将离去。她对她的女儿特别依恋。那年她查出尿毒症，每周三次透析，需要人陪。大舅哥跟我们商量，让爱人辞去企业的工作，专心照顾老人。他说，就当他妹子在他那儿上班，每月给她开工资。工资开了不到半年，大舅嫂说，商店效益不好，不给她开了，只答应给她交医保，养老保险。交了八个月，大舅嫂让他们商店会计给杨三幸打电话，说商店生意一天不如一天，杨三幸的医保和养老得她自个儿交。我和爱人当时很来气，但老人还得管，已经辞职在家，成为无业的家庭妇女，老人透析不去陪，说不过去。

岳母特别害怕她的女儿离开。即便在家里休息，她的女儿也不能离开时间太长。女儿不在身边，她会慌乱、恐惧，没有主心骨。她会喊，会找。有一次，我到省城学习，允许带家属。爱人随同，岳母每晚一个电话，有时视频，有时语音。

时光就这么往前走，匆匆真如白驹过隙，我们很快搬到省城。我进驻新单位，孩子入新学校，爱人一时找不到合适的工作，不再上班，照顾我和孩子。于煤城，我们突然成了外乡人，每次回去，得先在网上订旅馆。旅馆尽量订在离岳父岳母家近处，白天在岳父家待着，晚上回旅馆，倒也很热闹，依然觉得煤城岳父岳母的家，才是我们的家。岳母故去后，这种家的感觉突然就没了。爱人也有这种感觉，她说，妈在，才是家。

妈不在，太难受，太不习惯了。女儿也说，她不喜欢在姥爷家，二舅一天冷着个脸，不理我们，只低头玩电脑。

二舅没有给我传递正能量，女儿说。

我避开二舅哥，让岳父说说他的二儿子：这么大的人，怎么天天捧着个电脑？还电脑手机同时玩。岳父说，天天如此，说过几次，不听。

管不了，管了吗？岳父又说，行了，只要他一日三餐，把我伺候好就得了，他乐意咋的咋的。我说，那也叫伺候，他除了叫外卖，给你做过几次饭？爱人打断我，说，行了，你就别瞎操心了，你不伺候，有什么权利说人家。我说，我是付了护理费的呀，怎么没权利？爱人说，说他管用吗？他又不是孩子。

爱人压低声音劝我，算了吧，由着他，将就着往前走吧。说重了，他撂挑子，不干了，走了，谁伺候？请保姆？保姆更不放心，保姆贪得更多，骗得更狠。

我想起网上关于保姆虐待老人，骗老人钱财的报道，还有保姆纵火案，我不再言语。

9

一个双休日，爱人说，老爸想我们了，给她打电话。她说她也想老爸了。老妈走后，老爸一个人，挺孤单的。我说，怎么是一个人，不是有二哥吗？爱人说，二哥成天玩电脑，也不与他交流。我说，你终于醒悟了，说了真话。

爱人没接我的话茬儿，她说，咱们回去看看老爸吧。我同意了。有二舅哥在，我本不想进那个家，可想到岳父的处境，我说，回去吧。

一路上，我情绪并不高，总觉得像是有什么事。回到家，果然不愉快。

岳父向我们借钱,说是二舅哥想买车,开顺风快车,挣点外快。

我说,他手中不是有几万块钱,买个便宜的,或者二手的。二舅哥说,二手车质量无保证,新车吧,少了八万的,不办顺风车手续。我说,那行,买吧,自己挣钱,买宝马我都乐意。

我坚决拒绝他,他坚持借,我突然愤怒了,我说,你借我们的钱还没还呢。别说没有钱,有钱也不借。二舅哥比我更愤怒,他说,我不欠你的钱。你们两口子,后来还有孩子,一家三口赖在我家。吃饭不掏饭钱,住房不掏房租,算一算,得多少钱?

他这话不但戳痛了我,也直奔我爱人的心脏而去。爱人气得不喊他哥,真呼其名:杨二吉,你说啥呢?我们怎么赖在你家?我们没伺候老人吗?再说了,要说赖,也是赖在老妈家,怎么就赖在你家了?

二舅哥不理他的妹妹,矛头依然指向我,就差用手指着我的鼻子。他说:你当时从农村来,一个穷光蛋,是我家收留你,现在你出息了,瞧不起人了。告诉你,我不欠你的钱!

我只当他生气说气话。欠不欠钱,不是他说了算。

我不想同他理论。我虽然来自农村,可我是一个大学本科,一个市政府公务员,我是有身价的,怎么就是穷光蛋。我想问他:什么叫收留?你妹妹嫁我亏了吗?但那样,势必伤到我的爱人,这是吵架之大忌。

晚上,大舅哥来了,说是开会,有些事要谈。我说,我一个外姓人,就不参加吧。大舅哥说,要参加,涉及你的事不少。

这个会,使得二舅哥所言"不欠你的"话,变成现实。原来他说的不是气话,他是经过深层思考,并且与大舅哥是通过气的。大舅哥平时话少,那天却娓娓而谈。他首先说我这些年,为这个大家庭做了贡献,对老爸老妈也孝顺,之后说,这个家也对得起我。我们刚结婚时,在老人那儿吃,在老人那儿住,没交房钱,没给伙食费。这些年,少说也不止三万块钱。现在,就当你们把这钱交给了老人,老人把钱给了杨二吉。也就是说,从今天开始,杨二吉不欠你两口子的钱。

我以为我听到这话自己会跳起来,但没有,那天的我特别平静。我说,行。那一刻,我回想二舅哥拿着我三万块钱离去的情形,其时,我望着那个远去的背影,就像望着远处飘走的一片黑色的云,根本没打算那钱能要回来,我所以偶尔提起那三万块,是想让他有压力,让他觉得欠我们的。

我说,好吧,这钱我不要。大舅哥说,不是不要,是不欠。他这么较真,引起我心中不快。我说,这么说的话,那我有话要说。

爱人阻止我,她用眼神告诫我,老杨家的事,我最好啥也别说。

第二天上午,我们说好的带孩子上卧凤山玩,走出屋,发现车没了。爱人说,坐公交车去吧,车二哥开走了。

他开到哪里去了?我问。爱人没应我。我昨夜听二舅哥说,他在网上认识的那个青岛女人来了,在宾馆住了几天,今天要走,到省城坐飞机。现在回想他的话,我警觉起来:他莫不是开我们的车,送他那个野女人去机场?我本来就不喜欢他,懒、虚荣。总叫没钱,总向老人伸手,竟然还养小女人。有能力养也行,别拿我的车装门面。我说,一定是二哥开车送他的那个野女人了。爱人说,别说得那么难听,什么野女人,那是他的小媳妇。我说,恶心,他有什么资格养小媳妇?穷光蛋一个。再说,他没离婚,这算什么事?爱人说,行了,你就别管了。我说,好,他的事我管不着,我的车我总可以管吧。

我操起电话打过去,那边接了。我说,二哥,你赶紧把车开回来,我要用。我话还没说完,那边电话挂了。

我生闷气,爱人说,算了,已经开出去了,一时回不来,我们玩自己的。我不理,女儿发话了。女儿说,爸,咱们去爬山。我们坐公交车,坐公交车人多,好玩。

山上紫丁香开得正艳,一片片紫色云朵吐着一团团的芳香。我们陶醉在这青山绿水间,忘却一时的不快。玩兴正浓,爱人的电话响了。电话里,二舅哥训斥他的妹妹:牛壮什么意思,我小媳妇来了,一点面子都不给,当着我小媳妇的面,直让我把车开回来,弄得我一点面子都没有。

山顶有风,爱人将手机处于外放,她想听得更清楚。她听清楚了,我也听得清楚。我简直气得要炸开,我说,要面子,买个"大奔",买个"宝马",没人管,开别人的车算什么本事。

爱人说,行了,就借你这点光。我说,借这点光,干点正事还行,用我的车拉老人上医院,我说过吗?拉一个不三不四的女人,不以为耻,反以为荣。

爱人想反驳我几句,被孩子拦住了,孩子说,爸,妈,你们别吵了,放松心情,尽情玩耍。

孩子发话了,我们便不再吱声。

晚上回到岳父家,按爱人的叮嘱,我没有同二舅哥说车的事。二舅哥冷着脸。几乎是在我们进屋的同时,他出屋。他说他要出去洗澡。他没同任何人打招呼,只是敞口而言,自言自语式的。他洗澡从不拿洗漱用具。他洗桑拿,什么都是一次性的。

我觉得二舅哥浑身是毛病,可我这身份,不便指责,我就想从岳父着手。我说,老爸,你也不教育二哥。他自己过成那样,还养小媳妇。你的那点钱,都让他那个叫小莉的女人骗去了。

岳父说,玩去吧,他没个女人,也挺可怜的。我说,他有媳妇啊。岳父说,他那个媳妇,早就同他分居了。我说,分居并没有离婚啊,与这个女人混,这算什么事。岳父说,那也是他的本事。我只觉一股怒火骤然上蹿,岳父并没感觉到我的不满情绪,他用一种息事宁人的语气劝我：哪个男人不吃点野食？那是他的本事。岳父再次说那是二舅哥的本事，我难以理解。我说，这么说来，你也吃过野食？岳父脸色微红，似乎被酒精刺激。他急忙否认：没有，我没有！我说，如果我像他那样，在外面去瞎扯，你是不是觉得你女婿挺有本事？岳父尴尬一笑，说，你跟他不一样，你们小两口感情好。我说，如果呢？岳父的脸由红变紫。

10

真正让我与二舅哥决裂的，是三个丑橘。

晚饭后，我们准备回宾馆。此前，大舅哥拿来一箱丑橘。岳父糖尿病，吃一瓣橘子都会使他血糖飙升。二舅哥从不吃水果。走前，我说，给孩子拿一个丑橘。

我说是拿一个，寻思三个人，没法吃，就又拿了两个，反正有一箱呢。我拿到第三个时，二舅哥说，那丑橘，老爸爱吃，给老爸留着。

我什么也没说，把手中的丑橘放回水果箱，把已装进方便袋里的两个丑橘也拿出来。我没往箱子里放，就把丑橘放在饭桌上，二舅哥就在饭桌边玩手机。他一直盯着手机屏的双眼余光，其实一直扫射着我们。

我什么也没说。那两个被我放回去的硕大的、皱着皮的丑橘，已替我说明了一切。

二舅哥说，咋还多心了呢？

我没理会他。从那一刻起，我决定不再与这个人交往。三个丑橘，比三万块钱更令我心寒。这三个丑橘，他不是指向我，而是指向孩子，这是我的底线。他可以排斥我，但不能冷落孩子，他触犯了我的底线。

回宾馆的路上，爱人一直默默落泪。她说，老妈在与不在，就是不一样。不就三个丑橘吗？二哥何至于这样。他这是在当这个家，他这是往外赶我们。

同我一样,三万块钱,她没在意,她早就告诉过我,二舅哥也没钱,算了,而三只丑橘,她却伤心成这样。这或许不只是丑橘的问题,她还是想老妈了。当然,也是橘子的问题,老妈在时,哪次我们离开,不是大包小裹,往我们手里塞。

妈在,家就在,妈走了,这家就散了一半。爱人说。

爱人一直在我面前护着她二哥,现在,她终于护不下去了。她伤透了心。

我说,咱们回家吧,老爸也见着了,我们每天住旅馆,消费也大,而且没有家的感觉。爱人说,行,走吧。待着也是没啥意思。我们原本想再待两天,于是决定第二天就走。

我们告别时,二舅哥冷着一张脸,他待独了,习惯一个人。我们的离去,他一句送别的话都没有,依然低着头,左手手机,右手电脑键盘。难得他这份天真,像一位十六七岁的小青年。

岳父拄着拐杖在门口送我们。爱人说,爸,你要照顾好自己……说话间,眼泪就流了下来,声音也变了调,接着是抽泣。受她感染,孩子落泪。老岳父说,去吧。声音也像被水洗过,湿淋淋的。

你们走了,我跟谁过呢?他像是问我们,更像是自言自语,我心里突然一阵酸楚。看来,他对现在与二舅哥生活在一起,是不满意的。

车一路前行,我们的话题不断。我说,二哥一脸烦躁,他不是一个安分的人。他没这份孝心。他一定心怀鬼胎。他莫不是惦记老爸那套房子。

爱人没吱声,看来她也这么想过。

11

同我的猜测一样,岳父在玉龙新城的那套房子给了二舅哥。岳父说是岳母离世前的意思,说我们都有房,只二舅哥没房。为了逝去的岳母在地下安息,为了活着的岳父活得开心,这个结果我们只能接受,但话还是要说两句的。我说,二哥不是没房,老爸的上一套,不是让他拿去抵押贷款了吗?他自己祸害掉了。我说,老爸这套房给他我没意见,但得老爸离开以后,现在不能过户。他别再把房子卖了。

爱人说,你也别把他想得那么坏,有大哥呢,产权不是他的,他不敢。你一个外姓人,少管他们的事。嫁出去的人,泼出去的水,我都不管。

爱人又说,你一个国家公务员,也盼人一个好。二哥现在信佛,不像以前。

二舅哥信佛,他清明从威海回来就说过,我以为他只是说说,近两个月,他付诸行动了。他每个周末都去寺庙,每去一次,花费一百五十块,一百块功德钱,二十块钱买香火,来去车费三十。

我始终不相信他是信佛人,但这话我没说出来。

五一前,岳父住到了大舅哥家,二舅哥说他们的卫生间漏水,都漏到楼下人家了,楼下来找过好几回,他要重新装修卫生间。一个脑血栓后遗症患者,一个腿脚不方便的老人,满大街去找公厕,肯定是不行的。二舅哥就把岳父送到大舅哥家,说是临时住几天。

岳父住到大舅哥处,就再也没有回到自己的家。二舅哥把他的房子卖了,他根本没办过户,直接用岳父的身份证和户口本。新的主人,拿着房证,理直气壮地住进了岳父的房子。岳父蒙在鼓里,天天盼着回自己的家。知道他的房子被卖后,他给我们打电话,说,你二哥走了,同她小媳妇走了,到蓬莱岛浪去了。他的语气里,第一次对二舅哥有了不满。

一切都在我的预料之中。

出了这么大的事,我们自然要回去看一眼,安抚一下老人。孩子课程紧,周六有课,回不去。孩子不回去,我俩就得留一个人在家。爱人说,你去吧,你做的饭,孩子不爱吃。我一出门,孩子就瘦了。马上中考,营养可不能少。

爱人的理由充足。现在,孩子是大事,其他的都是小事,家家如此。

我给岳父的礼物,是水果和营养品,还有品牌烧鸡。这其实是给大舅哥大舅嫂看的,岳父多种疾病在身,吃不得肉,也吃不得含糖多的水果;岳父给我的见面礼,是一道难题。那时,大舅哥大舅嫂和他们的女儿都到商店去了,是岳父拄着拐杖给我开的门。岳父见我的第一句话是:你把我带走吧,我要跟你们过。他说,在这儿,我一天也待不下去。你嫂子,那张脸,像铁铸的,从早到晚,见不到笑。我说你要她笑干什么?有你吃的喝的,有电视看,有床睡,有自个儿的房间,你满足吧。

他满脸失落,像一个小孩那样,几乎哭了。他说,你妈临走前说了,说她要走了,让我跟着你们过,谁也不行。二儿子指不上,大儿子行,大儿媳容不下。

这句话暗含对我和爱人的褒扬,但我并不买账,反而很生气,明知你二儿子是个混蛋,在你面前挖了一个又一个的坑,你偏要往下跳。我们的话不听,到头来,还是要靠我们。

大舅哥的房子,也在玉龙新城。当时他换新房,就是为了照顾老人,离老人近。

我特地去敲了敲岳父以前房屋的门。我好奇,想看看到底是怎样的一家人住在我那么熟悉的房子里。我听见屋里的动静。我感到有人影在门镜那边闪动,但并未给我开门。我走了,新的主人,与我没有任何关系,何必去打搅。

12

  岳父张罗洗澡。他说，晚上大舅嫂在家，不方便，白天洗。我说，那就洗吧。

  岳父十五年脑血栓。他脑血栓后，拄着拐杖，所有的澡堂拒绝他进入，怕摔了担责任。他把周围几个澡堂都骂了一遍，就不再去了。他只在家洗。我们住在一起时，也给他洗过澡，也给他搓过背。但每次，他都不愿在我面前脱去短裤，任它与水一起淋湿。等我给他搓完背出来，他才换上干净短裤，走出卫生间。

  这次，他进到卫生间，就把自己剥了个精光，似乎要把他的整个身体，乃至内心所有，全呈现给我。事实果真如此。他一边享受我给他搓澡，一边讲着他的过去。

  他说到他的婚外情，他说，那是他人生最痛快最有激情的时刻。

  尴尬了，身为岳父，他居然同我说这个。我归罪于他脑血栓后遗症，小脑萎缩。

  我说着二舅哥的不是。他说，你二哥并不是我们亲生的。因为是养子，身份特殊，打不得，骂不得，所以就宠坏了。

  养子？我无比惊诧。我说，爸，您老就别编故事为自己解脱了，惯坏了就是惯坏了，没人责备你。他自个儿的路，自个儿走。岳父说，我说的是真话。你没看，你二哥不像你大哥，也不像三幸，他比你大哥和三杏都好看。

  岳父说的是事实，二舅哥长得像黎明，而大舅哥和我的爱人，与那个明星的模样不沾边。我说，你从未同我们说过呀。岳父说，没说过，你大哥都不知道。他同你大哥相差不到两岁,他到我们家时,你大哥才三岁,没有记忆。

他说着二舅哥的母亲,那个叫琴的女人,也说着二舅哥的父亲,一个姓刘的小号手。他说,你刘叔和琴姨都是市歌舞团的,还有你妈,我们在一个团。岳父说,你琴姨先前是追过我的,但我觉得她养不住,就没跟她结婚,而是娶了你妈。后来你刘叔娶了你琴姨。不过,做媳妇是一回事,偷情又是一回事。

岳父跟那个叫琴的女人,有过一个激情燃烧的夜晚,那个夜晚,他们下乡演出,远行到一片草原上。那里有个牧场。他们与牧场的工人载歌载舞。夜里,牧场工人们骑马,到遥远的蒙古包里歇息,把农场房子让给演出人员。

那个夜晚,我二十八岁的岳父被三杯马奶酒弄得浑身燥热。难以入眠,他起炕,披衣,走进夜色。他想让草原的风,吹凉他的身体,让他狂热的内心平静下来。

那时候,他与我的岳母已经结婚,并且有了我的大舅哥。

草原的夜风,还没来得及冷却岳父燥热的身体,一个女人走出她们的宿舍。这个女人就是琴。

我是他的女婿,特殊身份,岳父对那个夜晚的细节没有过多述说,只告诉我,他就那么把琴睡了。岳父说他把琴睡了时,他说得轻描淡写,在我,却如雷贯耳。

岳父说,那个夜晚,更让他震惊的,是一只狼。当他不能自已,在一个草垛旁,与那个叫琴的女人疯狂过后,发现有一只狼正睁着双眼,静静地凝望着他们。岳父压制着内心的恐惧,扶起那个叫琴的女人,平心静气地,慢慢往回走。

事后,岳父无数次回想那个激情燃烧的夜晚,他后怕,但似乎并无悔意。他说，他竟然忘记草原是有狼的，只是他弄不明白，那只狼为何没攻击他们？

那个叫琴的女人，自那次后，多次还想与我岳父重温旧梦，无奈我岳母眼光如锥，岳父近不了身，也怕出事，最后干脆有意避开她。琴很快就找个人嫁了，就是姓刘的那个小号手。

小号手长得白净，帅气，用现在的话说，是"小鲜肉"，但无岳父的沉稳。他是岳父的好兄弟。岳父为此还很内疚，如果早知琴要嫁他，岳父说，他那个晚上，一定会控制自己，绝不做淫友人之妻之事。

琴和小号手婚后不久，岳父他们再次下乡演出，这次去的是山地，一个叫卧凤沟的乡镇。那时没有车，有车山路也走不了，都是马车。马车中间是木头箱子，装着演员们的演出服装、道具、乐器。两边坐人。

山路颠簸，让人昏昏欲睡。岳父在马车上睡着了，掉了下来。因是下坡，后面的马车急驰而来。岳父刚从睡梦中惊醒，不知咋回事，翘起头茫然四顾。与岳父同坐一马车的小号手腾地跳下车去，奔向岳父。在那命悬一线的瞬间，小号手拽起岳父，并尽全身之力，将岳父往旁边的坡地一推，他自己却没逃过马车的碾压。几千斤重的马车从他身上驶过，一个帅气的新郎官，瞬间变成了另一个人。他口吐鲜血，送到医院，医生说他的脾已破裂，肝胆肾都遭到了损伤。他卧病三天后，离开了人世。

那次演出自然是取消了。歌舞团很长一段时间，笼罩在死人的阴影里，下乡演出打不起精神，慢慢地，就不再下乡。

一个人死去，并不只是死去那么简单，会遗留很多问题。小号手留下了一颗种子，在琴的肚子里。

有人劝琴打掉这个孩子。孩子父亲没了，将来谁养？琴年轻又漂亮，还得嫁人吧。带个孩子，不好嫁。

琴在一个大姐的陪同下，走在歌舞团的大院里，步子缓慢而沉重。

她们向医院走去,岳父听说,冲出宿舍。他朝着她们的背影喊:等一下。

众目睽睽之下,我的岳父走向琴。他对琴说,孩子留下。小号子(岳父对小号手的爱称)是为我死的,他的儿子我替他养。

琴在她与小号手婚后七个月产下一儿,琴给他起名小吉。琴生下小吉没多久,离开煤城歌舞团,同上海一名商人走了,几年后,去了美国。岳父没有食言,把小吉接到了家。为了不动摇他抚养小吉的决心,他瞒着岳母,到医院把自己的输精管给扎断了。

岳父说到这儿时,转过身,面朝我。他感叹说,人活在世上,总会与某些人,或某个人纠缠不清,剪不断,理还乱。

我望着岳父那枯萎的裆,像一只深秋遭受霜打而勉强悬挂在藤上的瓜果,了无生气,很难想象它当年还能制造一段风流韵事。

岳母对岳父向来严厉,岳父对岳母言听计从。我们曾打抱不平,说岳父太老实。岳母说,他老实,他欺负过我。他欺负我的时候,你们都不知道。

现在想来,岳母说的岳父欺负她,莫不就是指他的那次出轨。

我问岳父,你养情人的孩子,岳母轻易就同意?岳父说,你妈心眼好,小号手又是为救我死的。再说,我同琴好过,她只是猜测,并没实据。

我不知道岳父为何跟我说这些,他想表达什么?他是想说,因为别人家的孩子,他不便严加管叫,打不得,骂不得,就惯成今天这样?他是在为自己开脱吗?

岳父闭了眼,任我给他擦拭身上的水滴。他像是在沉默,也像是在追忆过去。

我也在追忆,我突然从二舅哥的脸上,发现岳父的影子,他莫不就是父亲的亲生?这个想法,让我在闷热的卫生间里,感到浑身发冷。我把我的想法说出来，岳父说，怎么可能，莫瞎猜测。他说完，微直起身，望着镜子里自己的脸。镜子沾满水珠，那张脸成无数碎片，看不清表情。

我说，要不，你和二哥做个DNA。岳父说，他都走了。我说，他枕头上留有头发。岳父想了一下，说，算了，不做了。有些事，搞得太清楚未必好。再说，这么多年，不是亲生的，也是亲生的了。

一个多钟头，洗个澡的时间，二舅哥就从岳父的儿子变成养子，甚至可能是私生子。岳父脑血栓后，小脑萎缩，我怀疑他说的是胡话。可他的讲述，却那么清晰，那么有条理，不像是随性杜撰。

难道他说的都是真的？这么大的秘密，他竟然埋得这么久，藏得如此之深。多少年来，我们可是在一个饭桌吃饭。

人心何止隔肚皮！

13

大舅哥家房子大，房间也多，能住下我，但我不习惯大舅嫂那张冷脸，自己住旅馆去了。我离开前，上岳父房间向他告别，岳父让我把门关上。他放低声音说，我还是想跟你们过。

我愣了一下，装作没听懂。岳父接着说，你们俩心细。这次你们要不是搬到省里，你妈也不会走，至少能挺到过完年。你妈夜里烧，就把窗口打开了，睡着了，那么冷的天，开了一夜的窗。我也睡得死。你二哥在他屋里玩电脑，一夜没过来看看。第二天你妈病重了，他外出办事，拖了两天才送医院。你妈不是死在尿素上，是死于肺炎，一口气没上来，憋死的。

我愤怒了。岳父见我生气，把话往回收。他说，其实也不能全怪你二哥，病人抵抗力低，没挺过。岳父说，你妈临走前同我说过，说谁也不行，就三幸和牛壮不错,我死后,你就跟他们过吧。牛壮,你让我去吗?

他的语气已有哀求的成分。我没有立刻回答他。但是,他对他的那个说不上是亲儿子还是养子的态度,让我心里不快,只是碍于他泰山大人的身份,我一个外姓人,敢怒不敢言。更主要的是,他脱离不了杨二吉的纠缠。我若把岳父带到省城的家,不是引狼入室吗?

但内心里,我还是能接受他,毕竟我们刚结婚时,没有房子,两位老人容纳了我们,但我不能答应得太爽快,轻易得到的东西,他会认为是应该的。我得端着点态度,让他知道他自身难保,别再没完没了去顾他那个不争气的杨二吉。我说,爸,这个事我说了不算,你得跟三幸说。岳父说,三幸说了,她没意见,只要你同意。

我说,我大哥不同意,他说你有两个儿子,让女婿养,让人笑话。这话大舅哥并未说过,是我内心所想,现在竟然脱口而出。岳父说,我不是让你们养,我只是去串门,去住,每年住几个月。

看来,他是早就打算好了的。

岳母去后,他孤苦伶仃,也挺可怜的。我气不过的,还是我的二舅哥。我脑子转不过弯的,还是他对二舅哥的态度。

岳父望着我,眼神里分明是乞求。我的心软了。岳父七十八岁,浑身是病,还能活几年,就算拖累,也不会长久。我心里同意了,但我嘴上不答应,我想憋他几天,让他长点记忆,不要再惦记那个说不清是他的养子还是私生子的杨二吉。

我说,我作为机关后备人才,被选送到省委党校学习,很快开学,时间半年,三幸要上班,要照顾孩子上学,一时怕没太多的时间照顾你。这其实是我的借口,去党校学习,是我的白日梦,根本没这回事。人,有时要假想一些美事,来让自己强大,渡过精神上的难关。

岳父眼睛一亮,说,啊,是好事,去吧。他喝了一口水,好像是突然想起什么，放下茶杯，说，爸告诉你，在外学习，男男女女的，要小心，莫瞎搞，控制一点自己。我说，没事，那是党校，讲党性。岳父说，有时候，人性一上来，就把党性忘了。我当时要不与你琴姨有那档子事，也就不会管你二哥，没人管，你琴姨没招，不就把他带走了吗？我把他留在身边，窝在煤城，操了这老多的心，说是帮他，疼他，爱他，到头来，是害了他。你看他现在，没文化，没技能，眼高手低，一个大男人，自个儿都养活不了自个儿。唉，爸有过呀。

我说，爸，你别这么说。

我突然有点可怜他，觉得自己不该编造去党校学习的谎言来骗他。我正要揭穿我自己，岳父发话了，他说，等你党校学习完事，你就回来接我。你在你书房里放一张单人床，你二哥去看我总得有个地方住吧。一听这话，我原本软下去的心又硬起来。我说，行。不过我老加班，半夜回凌晨起，有时还成宿加班写材料，噼里啪啦打电脑，只怕你老睡不好。

岳父的脸冷下来，也不是生气，就是没有表情。他说，回去后，你们忙你们的，我没事，我能照顾自己，不给子女添麻烦。我没接他的话，拎着电脑包准备去宾馆，岳父说，你先别去宾馆，你带我下去走一走，我要看看玉龙湖，我还没看过夜色中的玉龙湖。

玉龙湖夜色美，四周灯光变换着颜色，按一定频率打在水面。我和岳父走到湖边时，正值蓝光闪耀，水面微波荡漾，玉龙湖像夜色笼罩下的一片海。我搀扶着岳父，很缓慢地散步。岳父也觉得玉龙湖像一片海，他说，美其名曰玉龙湖，哪里有龙。我说，不都这样吗？城南的阳光海岸，你能看到海？他没接我的话，依然说他的龙。他说，我要跳进这湖里，会像一条龙吧，我正好属龙哩。我说，你这么胖，应该更像一只海豚。岳父一百九十多斤，胖得像是没有脖子，肚腹和大腿连接处被赘肉填满，没有弧线，没有过渡。

我说岳父像海豚,他不但没有生气,还很天真地笑了。他说,像海豚好啊,海豚活得多快乐。他停下脚步,拄着拐杖,望着湖面。此时灯光变换成绿色,水波荡漾,湖面像一片被风吹动的草原。

岳父轻声哼起那首《草原夜色美》。我见岳父耍过很多乐器,马头琴、二胡、长号、小号、钢琴,却从未听他唱歌。没想到岳父的男中音,竟然很好听。

岳父停止歌唱。玉龙湖畔又变换了灯光,水面不再像草原。霓虹灯闪烁,倒映在水中。水波微微荡漾,水面美轮美奂。岳父说得对,有些事,搞得太清楚,未必是好事,比如这片湖。如果一味地去想象她的前身是露天矿,是垃圾场,是污水区,那日子就没法往下过了。

我仰望四周高楼,其实整个新区,都如这玉龙湖,这是煤城的贵族小区,一家家看上去光鲜,但那或许只是表面的光鲜,光鲜的背后,掩埋着多少不为人知的故事?就像我岳父一家,都够写一本书了。

岳父说得对,有些东西,搞得太清楚未必是好事,我们更要关注的是现在。我们只有这样,才能往前走。

我带岳父回到大舅哥的家,大舅哥他们还未回,今天他们有应酬,让我先陪岳父。我帮岳父脱去外衣外套,让他躺下,我顾自离去。我不想碰见他们,我不愿看见大舅嫂的那张冷脸,尽管无数事实证明,她心眼并不坏,但我还是不愿面对这位在玉龙新城小有名气的"冷美人"。

回宾馆洗完澡,躺下,电话响起,是大舅哥打来的,他说岳父不见了。我说,怎么可能,我亲手伺候他睡下的呀。我飞速穿衣,冲出宾馆。

我们在玉龙湖里看到了岳父,他面朝水底,脊背露着,像一只若隐若现的海豚。

大舅哥在那里一边忙乎,一边说,爸呀,知道你跟我妈感情深,可也不用这么急着去找她呀。他像是同逝去的老人说,但我心里清楚,他其实是说给邻居和亲戚们听的,他害怕老人自杀,给他扣上不孝的帽子。

大舅嫂说,我恨死杨二吉了,他把老人害了,老人却死在我家,好像我们虐待老人似的。

灯光暗,我看不清她脸上的表情,但那张冷脸,分明已呈现在眼前。

岳父其实是个非常好的人。脾气好,人善良,大气,舍得让人吃。如果没有我二舅哥在中间这么做,他会待我更好,不亚于亲生,也不会走上这条绝路。

我这么想时,悲哀便袭击了我。我两腿发软,几乎坐在地上。

如果我没有拒绝他要跟我们过的要求,他会自溺于玉龙湖吗?我这么想,悲哀迅速膨胀,掺杂着恐惧。巨大的恐惧和自责裹挟着我,皮鞭一样抽打着我,我难受得哭起来。我听见大舅哥的邻居说,看这姑爷子多孝顺,哭得多伤心,比亲儿子还亲。

爱人驱车在路上。她把孩子留在她的同学家。我问爱人,二哥回来吗?她说,他知道了,但没说回不回,电话就断了,再打,无法接通,可能是没电了。

我认为他是关机了。如果他因为愧疚,不敢面对,那他还算有一点人性。如果他纯粹是躲避,怕我们责怪他,怕我们向他要房钱,那他就太不是人了。

他是怎么想的,我不知道,知道了,我也不能评说,毕竟,我是个外姓人。

岳父一定不是想让自己看上去像海豚,才跳进湖里的。绿色的灯光打在水面,这片湖像海,更像一片碧绿的草原。岳父是不是把这里当成了他的草原。如果是,那么,他踏上这片"草原",是去追随我的岳母,还是去找那个叫琴的女人。

这只能是猜测了。猜测,终归是虚幻的,不确定的,真切的是,岳父走了,我们再也见不到他。

北方五月的夜晚,其实还很冷。岳父走的那一刻,在湖水里一定很遭罪吧。我这么想,新的一轮眼泪涌出,划过我的面颊,带着冰凉。

整个世界都在下雪

1

车行在山路上。山像一只张开的蚌,夹着一条公路,一条浅水河。

一女子站在河中,河水没及她小腿,她裤腿挽起,身体曲成一张弓,脸贴向水面,长发随水流而动。青山如黛,碧水浅流,夕阳斜照,女子沐浴,一幅迷人的乡村图画,我却感到脊背发冷,双脚生寒,毕竟已是初冬时节,空气中透着寒气,何况水乎?

我或许该把她叫上岸。我将车停在路边。我顺着公路旁的坡地,下到河畔。我朝女子喂了一声,河水撞击着山石,低吟浅唱,淹没了我的呼喊。喂——我的喊声大而悠长,这次她听见了。她抬起头来,湿淋淋的头发贴着头皮,露出白牙朝我笑,继而"嘻"的一声。她的笑刀刃一样在我身上划过。

我毛骨悚然,浑身战栗,我不让自己战栗。我以为看到了水鬼。我是个唯物论者,我说,不,那是一个人,一个痴呆的女子。

我喊她上岸。我问她的家在哪里,我想把她带回家。她朝我歪着头,翻着白眼,眨巴两下眼皮。我周身鸡皮疙瘩骤起。

河对面是狭长的稻田。它在冬日里是荒芜的,稻茬像无数的剑,刺向天空，也刺向我。我逃离浅水河，上车，继续前行。时间不长，我到了杨家蚌。

我是到杨家蚌村去搞扶贫工作的，我被任命为这个村的扶贫第一书记，任期一年。

杨家蚌隶属七里坪镇。七里坪是革命老区，地理条件所限，那里依然很穷。镇四面环山，山高崖陡。从这独特的地理位置，能感知昔日革命者生活之艰苦，当然，也能感知其存在的意义。

杨家蚌依山傍水。山叫蚌山，因形得名。水是倒水河，河道浅，据说下雨的时候，水流不出去，在山谷漫涨，形成倒流。

杨家蚌村民都姓杨，我也姓杨，生我养我的那个村庄也都姓杨，这让我觉得特别亲切，像是回家探亲。

2

需要帮扶人的名单，在杨家蚌村委会的名册上，帮扶者去挑选。我是最后被安排到杨家蚌的，其实没得选，早被人选过了，只有"剩男剩女"。我矬子里拔大个儿，选了两户，一是杨宗府，光棍。另一户户主是杨万才，独腿，有家，儿子在外打工，四十岁了，未婚，几乎走进了光棍的系列，女儿远嫁。

我的名额是三户。我突然想起村头那个在冷水里洗头的女子，她的笑刺痛着我。

杨家蚌的村书记叫杨柳村，像一个村庄的名字，不少人把杨家蚌叫杨柳村，闹出一些笑话。

我问杨柳村，那个洗头的女子是谁。杨柳村说，是他的村民，因为爱情受挫，得了精神疾病。

她也是村里的一个贫困户,是扶贫对象,上面来结对子的扶贫人士,嫌她是病人,又是女性,都没选她。杨柳村说,我们只等来个女干部,把她交出去,哪知这次来的,还是男性,看来她还得等。她常到河边洗头,冬夏无阻,冬天河水结了冰,她破冰而洗。

我问,为什么是这样,总会有什么原因吧。

杨柳村说,她与她的男朋友,是在倒水河边认识的。她的男朋友是县一中的美术老师,喜欢画画。那时是夏天,临近黄昏,那个老师到我们杨家蚌来采风,拿着个木板夹子,画蚌山,画倒水河。后来画她,让她站到油菜地里画,一画就是一下午。不久,他们就处上了。两年前,他们说要结婚,整个村的女孩子都羡慕她,说她命好,恋上了城里人,眼看就要嫁过去了,那个美术老师突然提出分手,她就崩溃了。

她为什么要没完没了地洗头呢?我问。

杨柳村说,她清醒的时候说过,他们分手时,美术老师对她说的一句话是:你的头发真脏。

这话对一个女孩子来说,的确很伤人,但也不至于疯掉吧。我想,我陷入沉默。

我想帮扶她,她的痴笑刺痛着我。我想让她像正常女子那样笑,让她笑脸如花,我不愿她的痴笑留在我的脑海深处,这会折磨着我。

她叫什么?我问。杨柳村说,名字好听,叫杨花。

我说,杨花能好起来,她只是受了伤,她需要疗伤。我这么说是有根据的,我们村一个女孩,被退婚后,把自己关在屋里,上吊自杀,没死了,疯了。邻村一个老光棍,是个理发匠,不嫌她疯,把她接过去,给她理发,把她收拾得干干净净的,不久她就好了,正常了,给那个老光棍生了个儿。

杨柳村说,她怕是好不了。她中间好过一次,又犯了。她有家族史,遗传，她爸就是个疯子。杨柳村说，她爸是知识分子，村里的民办教师，多年来，一直盼着转正，眼瞅着这个愿望就要实现，名额被顶了，上面说让他再等一年，他没等到，就疯了。很儒雅的一个人，疯了之后，就打老婆，把所有的怨气都撒在老婆身上。老婆受不了折磨，喝农药，死了，杨花就没了妈。她爸后来也摔死在悬崖下，也不知是跳崖，还是失足掉下去的，三天后才被人发现，很体面的一个人，摔坏了，好像还遭了野狗撕扯，秃鹫啄食，那样子，看不得。

我的心，像塞进一团湿淋淋的破抹布，疲于呼吸。我问，她家再没别人吗？杨柳村说，有个姐，出嫁了，上有老，下有三个伢，顾不过来。偶尔过来看看她，帮她拆洗被褥，收拾屋子。

天暗下来，山的影子黑压压的。村部的电灯，在无边无际的黑暗里，像萤火虫，努力地放着光亮。

我在杨家蚌住下来。我脱产参与扶贫工作，按文件，每月在村里不少于二十天，每天在村部指纹打卡。

来扶贫的干部，大都在老百姓家搭伙住。杨柳村说，你就住村部吧，村部有个计划生育协会，休息间，里面有张床，你睡那里，不用上村民家，省得惹麻烦。对了，计划生育协会有现成的医疗床，有成箱的避孕套。他说到避孕套时，朝我扬眉一笑，我却觉得一点也不好笑。

村部没有食堂，我就在杨柳村家搭伙，早晨八块，以面食为主；中午和晚上各十块，都是米饭，保证两个农家菜，逢家里有客人，有鱼有肉，不用加钱，算是捡着了。不准喝酒。

杨柳村的孩子在武汉读大学。他的女人保持着山里女人特有的家风，做好饭菜，摆到桌上，自己不上桌，去干喂猪扫地的活儿。我和杨柳村边吃饭边谈工作。杨柳村说，剩下一户，你选谁？我说，就杨花吧。杨柳村说，杨花是女同志，不太方便，要不你看看杨德胜。我问，杨德胜什么情况？杨柳村说，六十多了，糖尿病，一个人。我问，也是光棍？杨柳村说，有老婆、儿子，也有女儿，都走了。我问，都走了？这么惨？我以为他说都走了，是死亡。他说，不是的，他的儿子好好的，十八岁那年，不知中了什么邪，就痴呆了，到乡里县里治，没治好。几年前，他说带儿子到武汉去看病，两个人去的，就他一个人回来了。他说他在武汉上了个厕所，出来儿子就没了，后来听说，他是故意把儿子丢了。儿可是妈妈身上掉下的肉，当妈的心里怎么过得去。女儿也生他的气，虽说痴了，也是亲哥呀！他的女人就带着女儿，去了武汉，一边打工，一边找孩子。他是死是活，媳妇和女儿都不过问。也不能怪人家，他这事做得太绝。

我说，我不帮扶他，这种人，我见都不想见。杨柳村说，理解，谁都不选他，那就留给村里吧。他生活暂时能自理。

我将杨德胜从我脑子里删除，杨花乘虚而入，我说，还是选杨花吧。

杨柳村说，随你，他们需要帮扶，你是来扶贫的，你有选择的权利。

我其实没得选择。杨花的痴笑刺痛了我。我了解我自己，她的痴笑永远不会在我眼前逝去，它会一直在我脑子里折磨我，除非她好起来。

我要让她好起来，为她，也为我自己。

一股寒意袭来，我打了个冷战。才初冬，山里气温到底低一些。杨柳村说，咱们农村没有取暖设备，我们习惯了，你怕是不行，你早早地钻到被窝里去吧。我说，行。杨柳村起身送我，出了他家的屋，一股更冷的夜风袭来。我想起杨花。我问，杨花应该回屋了吧？杨柳村说，回了。自个儿的屋，她还是晓得回的。

杨柳村好像突然想起什么，停下脚，说，你知道吧？杨花洗头洗脚的那块儿，不只是她与她男朋友认识的地方，还是电视剧《铁血红安》里的一个外景地，就是卫生队那几个红军女战士洗衣的地方，你记得吧？

她们还唱了《八月桂花遍地开》。

《铁血红安》我看过,他这么说,我倒有些印象。我说,多么浪漫的地方啊,却是悲伤的爱情故事。杨柳村说,是啊,想着就心痛。

我们不再说杨花,接着往村部走。我在计划生育协会住下,它的前称是计划生育办公室。我打开灯,透过铁皮柜门上的玻璃,我看到柜里果然如杨柳村所说,都是避孕套,五颜六色。

3

天还在黑暗中,我就醒了。其实,我一直半梦半醒。杨花的痴笑,和她在冷水里冻得赤红的双腿,轮番在我脑子里出现。鸡鸣狗吠,应该是清晨了,只是冬日的天亮得晚。我披衣起床,想出去走走。多年养成的习惯,醒了,就不再睡,再睡,也只是梦,睡不踏实的。而梦,又有几多是美好的呢?不如在现实里,多做一些事,不受虚幻的梦的缠绕。

打开门,有狗冲过来,它好像专门在门口等着我这个陌生人。我不得不撤回。无事可做,躺在床上看书。阅览室的书,没有能进入我视野的。说好的要少玩手机,百无聊赖,只得靠手机,打发黎明前的黑暗。

从窗外透过一丝光线,终于盼到天亮。

我推开门,这次,我以主人的傲慢姿态,挺胸,大跨步。那只狗仰头望了我一眼,耷拉着尾巴,远去了。杨柳村走过来。我问,怎么这么早?他说,你也早吗?他说,不知你睡得好不好,过来看看。

这是客套话,当不得真。我说,很好。我说,去看看杨花吧。杨柳村说,她的家破烂不堪,进不去人,让她到村安置房住,她不去。等她到村安置房,你再见她。我说,咱们这就去让她搬。

杨柳村疑惑的目光审视着我。他问,你确定要帮扶她?我点头。他没有争辩，让我跟着他走。他边走边说，看看也行，不适合，你再换杨德胜。我不喜欢听他说杨德胜，一个没有人性的人。相反，疯癫的人，往往都是太压抑，太敏感，太脆弱，太善良，他们把苦痛埋在心里，不愿伤害别人，就伤了自己。

杨花家的院门是虚掩着的。我们推门而入，见她坐在院子中央，像是知道我们要去，特地坐在那里等我们。杨柳村好像窥探到我的内心，小声说，你别自作多情，她除了睡觉，做饭吃，到河边洗头，就坐在这里等。她不是等你，是等她那个叫陈世桃的前男友。

杨花站起来，头发蓬松，较之湿淋淋的紧贴着头皮，这样的发型要好看很多。没了痴笑，一丝惊慌，使她看上去有几分羞涩。她双眼皮，双眸明亮躲闪，像有话想说。她的嘴不大，很秀气。她整个人偏瘦，像过度减肥的女子。她显然不是因为减肥，她是营养不良。

她原来是一个长得不错的女子。

杨柳村向杨花介绍我，说这是杨鸣书记，我们村的第一书记。杨花说，第一书记好。她向我问好，这让杨柳村吃惊不小，我看到他脸上的惊喜。他向杨花纠正她对我的称谓。他说，他是第一书记，你叫他杨书记就行。她说，杨书记好。

她似乎全好了。

杨花让我们进屋，她要给我们烧茶。她家的瓦屋，阴暗，潮冷。我坐不住。我说，杨书记让你到安置房去住。她的脸上立刻出现惊慌。她说，我不去，我去了，陈世桃回来，该找不到我了。说话间，她便陷入沉默，像是在追忆往昔。杨柳村说，走吧，人家陈世桃逃了，不会回来了。她惊恐万分，立刻跌坐在凳子上。杨柳村的话，像子弹击中了她。我略懂精神病患者，他们害怕刺激，活在幻想里。不如意的现实，会加重他们的病情。杨柳村显然也知道自己的话欠妥，急忙往回收。他说，杨花，住到安置房去吧,把你的电话号码写在门上,陈世桃回来,他找得到你。

杨花跟在我们身后。安置房离村部不远,离杨花的住处有一段距离,我说,上车吧。杨花不上车,坚持步行。她脸上出现恐慌,好像车会把她带上遥远的不归路。

杨花与我们保持着三五步的距离。我们快走,她就跟上,我们放慢脚步,等她,她也慢下来。这种距离适合杨柳村继续介绍她。杨柳村说,奇怪,谁叫她去安置房,她都不去;你让她去,她就去了。你们认识?我说,你这玩笑一点不可笑。他说,我没开玩笑,我说真的。我说,说真的就不要开玩笑。

拿人与一个精神病患者开玩笑,搁谁都不舒服,这是在亵渎我的同情心。我们长时间不再吱声,走到土路上,河畔的雾飘然而至,我们的脚步声听上去湿淋淋的。

杨花突然停下,说她的枕头没带。我们到底是男人,想得不周到。杨花把她的棉被塞给我,这让我难为情。我说,还是开上车吧。我走向我的车,把她的棉被放在车上。被子很新,干净,色彩明亮,不像是一个病人的被子。

我和杨柳村在车里等她。杨柳村说,我发现一个问题,即便是疯子,她脑子里也有一根神经是清醒的。你看,她什么都可以丢,却从未丢过手机。她怕她的那个陈世桃找不到她。这个陈世桃!

我对杨柳村的话表示赞同。我们村就有个疯女人,无论怎么疯,却始终不离开她的儿子。村子里哪个小孩子动手打了她的儿,她会像一头愤怒的狮子,去撕扯那个孩子。整个村子的孩子都怕她。

安置房共五户,离村部不远。安置房都是新房,外墙上贴着白色瓷砖,看上去就干净。房屋前面是一片水泥地,水泥地四周,几棵桂花树依然葱绿,葳蕤生长。这样一块宽敞之地,在这个山村,是奢侈的。

家具灶具都是村里统一配置，除了有些灰尘，倒还整洁。屋里久未住人，一股霉味，打开窗，清爽的空气袭来。透过窗户，能看见河水流淌，就是那条倒水河。这里河床窄，没有田和地，只有几小块菜园，菜园里青菜长势旺盛。

杨花留我们吃饭，是一句客套话，当不得真。她的安置房里，锅凉灶冷，无米无菜。杨柳村却为她这句话感到欣喜，说她思路清晰，知道客套。

我上午就让人把柴米油盐送到，杨柳村说。杨花说，谢谢，谢谢杨书记的帮助。她说这话时，并没有看杨柳村，也没看我，她看着门外那片水泥地，这使得我并不知道她说的杨书记，是我还是杨柳村。

4

一个早晨，就做成这么大一件事，我和杨柳村都很高兴。在杨柳村家吃面条，杨柳村家那个圆脸女人，还在我碗里埋了鸡蛋。那鸡蛋的颜色黄亮黄亮的，带着粉，像盛开的南瓜花，是笨鸡蛋。近两年，县城省城的人，喜欢开车到乡村买笨鸡蛋、抓土鸡，笨鸡蛋在乡村，也成了稀罕物。我对杨柳村的圆脸女人说，你不要给我埋鸡蛋。圆脸女人说，你是客。我说，我长期在你家搭伙，不是客。圆脸女人说，那也不差一个鸡蛋。我说，你要再给我碗里埋鸡蛋，我就加伙食费。圆脸女人说，行，不埋。

杨柳村的圆脸女人后来果然没再在我碗里埋鸡蛋，也没做特别的菜，家里吃什么，我吃什么，不过，油放得厚。

早饭后，我和杨柳村去村部，杨花在门口堵住我们。她手里拎着两个塑料袋，是一把香蕉、五六个苹果。

她局促不安，颤声说，谢谢杨书记帮助我。她说话的时候，依然不看我，也不看杨柳村。这使得我俩，还是不知道她是要谢谁。我想，既然水果拎到杨柳村家，就是感谢人家杨柳村吧。

杨柳村的圆脸女人让她坐，她不坐，就那么站着。可能是嫌水果沉，她把水果放在凳子上。圆脸女人说，你看你，还买水果做啥，太客气。

是上班时间，我们不能像村妇坐在家聊天，我们得去村部。我们往村部走，杨花跟上来，她手里竟然还拎着水果。圆脸女人、杨柳村，还有我，我们都有些尴尬。

杨花把水果袋往我手里塞，我才知道，她所言的"杨书记"是指我。我说，你把水果放杨书记家吧，我中午过来吃。她就把香蕉放回去了，苹果依然拎着。我怕伤着她，就把苹果接过来。

她脸上带着羞涩，悄然离去。

我问，她哪里来的水果？杨柳村说，村子里有一家粮油店，也卖水果，卖得贵。

我们来到村委会门口，回望杨花家的方向，已经有青白色的烟从她安置房的烟囱里冒出来。我说，杨花看起来很正常嘛。杨柳村叹息道，唉，猫一阵狗一阵，不要太乐观。她这种病人，受不得刺激，一根羽毛砸向她，都可能使她旧病复发。

杨柳村年轻时读过农业高中，在那时的乡村，是个文化人。他的话，方言里夹杂着书面语。

杨柳村说，杨书记，你准备一下，你别老惦记杨花，你还有两户人家，我带你去。我说，行。

杨柳村用的是"惦记"二字，这让我有些不快，觉得他亵渎了我的同情心。

我坐副驾驶位置，杨柳村开车。我们向另一座山的方向行驶。通向远方的，是细石子马路，说是要改水泥路，还没批下来。杨柳村说，只有拖拉机，或者像他这样的吉普，才能走这样的路。他说我的马自达CX-5，一个来回，不散架，也得上大修厂。我说，有这么夸张？他说，你自个儿体会吧。

时间不长，我就体会到了。久不犯的腰椎病、颈椎病，全颠出来了，屁股像分裂成无数瓣。尽管这样，我眼前还不时浮现杨花的那张脸，一会儿痴笑，一会儿文静羞涩，这不是惦记，又是什么？

5

我没想到杨家蚌村地域面积这么大。

生我养我的那个村子，也是山村，但住户都聚集在一个山坳里，这家到那家，抬脚就到，端着碗都可以串门。

这里完全不一样，我们到我的第二个帮扶对象家，车竟然行了四十五分钟。车行在路上，弯弯转转。杨柳村说，这是开车，若是步行，上坡两个半小时，下坡两个小时。

他叫杨宗府，住在大别山南麓，天台山半山腰。杨宗府是一个鳏夫，三十五六岁，却不是鳏居，与他住在一起的，还有他的哥杨宗城，快五十岁了。我们去的时候，没见着他哥，他哥下地了，地在更高的山上。杨宗府在黑暗里，神情木讷，行动迟缓，不像三十多岁的人。我小声问，他是有什么病吗？杨柳村压低声音，说，懒病。

黑漆漆的瓦，黑漆漆的墙，黑漆漆的灶。我们完全就是跌入一个漆黑的世界。杨柳村把他家后门打开，屋里才有些光亮，光线落在一张双人床上，那被子是黑的，我以为是沁了水的颜色，伸手摸，被子潮，但并不湿，像猪油般光滑，我明白了，那是他脖子上、腋下的污垢摩擦使然。

这个发现，让我震惊。

我难受，浑身不适，像爬满了螨虫。我说，这样的地方怎么住人。杨柳村说，安置房有他一套，他死活不下去。我问杨宗府为什么不下去，他不吱声，像一截木头。

又懒又犟，杨柳村小声说。

我随后见证了他的懒和犟。我知道，要教育感化这样一个人，没有别的办法，就得磨，与他死缠硬磨，但这要花时间。时间有的是，我不就是脱产扶贫驻村来了吗。我只是觉得愧对家人。我说双休日我一定回去，现在看来，怕是顾不上了。

我性格坚忍，一件事，不干便罢，要干，不达目的不止。

我决定改变杨宗府，我知道，这需要时间，我得一趟一趟地往山上跑，每次得大半天。我还舍不得用我的车跑山路，它不是豪车，却掏光了我的积蓄。

我决定买一辆二手车。

我在我的那辆马自达 CX-5 前站立。我原本是想买一辆宝马，钱不够。徐丽敏说，那就买马自达，也是"马"。

徐丽敏是我老婆，她的话，我得听。

双休日，我回了趟县城，花了一万二，从朋友处购得一辆二手吉普，在这山路上，造去吧。徐丽敏起先不同意，说，去扶贫，还得自己投资，不是有交通费吗？坐公汽。我说，你让我为了那点交通费，把时间都花在山路上？时间就是金钱，你是老师，体会比我深刻。徐丽敏在红安县第六中学教书。她望着我，我愁眉不展，徐丽敏犹豫了一下，把银行卡递给我，说，告诉你，只准取一万二，一分不能多。

我很快拿到车，车手续齐全。我到军人服务社，给杨宗府买了一条军被，花了八十块。显然，是假的，但假得靠谱，被面的布很绿，里面的棉絮也柔软，不是垃圾棉。

二手车行驶在柏油路上，像手扶拖拉机。到山路，就显示出它的优势。被枝丫划擦，被石子磕碰，或是跨过一个小水沟，你只会心疼自己的腰，不会心疼车，这与开新车的心理完全相反，似乎它越被折磨，就越是觉得自己英明。

在村口，我看见杨花。她不知道我换了车，所以没认出我。我的车开过去了，在后视镜里看到了她。我停下来，打开窗，朝她喊，你怎么在这里？她说，是杨书记啊，我等你哩。

我问，有吗子事？她说，我向你汇报我的病情。她说，你上我家坐吧。她和她那个潮湿的屋，我不想面对。我说，我还有别的事。她说到安置房。她竟然知道我排斥她的旧屋。我说，我先到杨宗府家，晚上同杨书记一起去看你。她说，谢谢你，我的病好多了。我说，好，按时吃药。

一脚油门，后视镜里的她消失了。

6

山路曲折，向山顶盘旋。峭壁处，人会惊出一身汗。我一边开着车，一边寻思，我要是坠下崖去，算因公牺牲吗，会不会被评为烈士？

见到杨宗府时，他在屋子里发呆。他哥杨宗城在天井里，手拿一把锄头，这儿挖一锄，那儿耙一下，眼睛却并不看地面，目光斜视我们。他像一个地下工作者。

我把被子给杨宗府，他接了，并未说声谢。

杨宗城放下手中的锄头，进屋，把锄头靠在墙角，从杨宗府手中接过军被，像抱一捆柴火般自然。他走到屋角。屋里光线昏暗，我努力辨认出墙角是两只木箱子，他用腰间绿色鞋带上拴着的钥匙，打开一只箱子的锁，把被子放进去，复将锁锁上。这是一对老式木箱，明瓦透过来阳光，我勉强看清了它的颜色，深红，油漆斑驳脱落，能看出木头的纹理。

杨宗城把收被子这件事做得很严肃，好像我做错了，他是在纠正我的错误。我同他开玩笑，想让这屋里紧张凝滞的空气动起来。我说，被子是拿来给你兄弟盖的，你留着做什么，娶媳妇？他不笑，也不应我，一脸死板，像对我有了怨恨。

他莫不是嫌我只买了一床被？他弟是帮扶对象，他不是，我没有理由给他买。

我回到村部时，太阳往西山洼落下去。我把杨宗城锁被子的事同杨柳村说了。他说，你慢慢品吧，这些人，能把你气死。我们慰问给他们的油，他们也是藏起来，他们永远要把一副穷样子展示给上面来的检查组。

我说，看杨宗府，没心没肺，也没个脑袋瓜子搞这些阴谋。杨柳村说，都是他哥指使，他哥不是贫困户，但他哥靠他搞钱、搞物。杨宗府每月四百二十块钱的低保，都在他哥手里。还有医保卡里的钱。他哥不是个东西，可是我们也没办法，他听他哥的。这兄弟俩，说分家吧，还纠缠在一处，说没分家吧，当哥的也不管他弟。哥哥炖肉吃，弟弟清水煮菜，一点油星子都没有。

我不理解杨宗府，四肢健全，怎么能什么都不干呢。我对杨柳村说，让他到村安置房吧，这样，我们也可督促他做点事，自食其力。杨柳村说，只要杨宗府下山，村里就给他安置房。杨宗府不说去，也不说不去，就是不动身。我把他往车上拽，他躲。他说他山上有地，有菜园。杨柳村说，安置房附近也有地，也有菜园，按人均该得的面积给你。杨宗府还是不下山。杨柳村说，不去算了，这种人就这样，吃不得苦，也享不了福。我无奈。我是杨家蚌村扶贫第一书记，杨宗府是我帮扶对象。他不去安置房，是他的事，可是，他住的屋黑乎乎像一个大灶膛，那就不只是他的事了。我到镇上，购得一桶白石灰，将他黑乎乎的墙粉刷一新。

我自家的房屋装修，我都没伸过手。

既然杨宗府说他要种地种菜园，那就让他种吧。怕打消他积极性，我第二天就把他要的东西买来了。我买了土豆、大蒜，还有萝卜、白菜的籽。我说，杨宗府，你好好种，我下次来看你种的园和地。

六七天后，我去看杨宗府，我放在他墙角的葱没了，蒜没了，土豆也没了。我惊喜，如果眼前出现嫩绿的蒜苗、钻出地面的土豆芽，那将是充满希望的图景，然而，现实令我气愤，他门前的菜园，他后山坡的地里，什么也没有。他们弟兄二人，把葱和蒜种当菜吃了，土豆也吃了，那么多，半蛇皮袋，他们既当菜，也当饭。

我彻底失望了，我想放弃，但我内心有悲悯。我知道，可怜之人必有可恨之处。可是我们不能只有恨，恨只能让杨宗府更加堕落。他需要的是帮助。他若是一个自强自立的人，何至于让我来帮扶？

我带着杨宗府耕地。冬小麦有些晚，油菜好像还可以。我问他有没有油菜种，他说没有。他说，他不想种油菜。我以为他是懒，他说，不能种油菜，春天油菜花一开，杨花就会犯病，就会到倒水河里洗头，那么冷的天。

杨宗府这么说，我竟然有些感动，觉得他虽然懒，良心并未泯灭。

杨宗府不爱说话，我就说。我说十句，他总得回一句吧。我终于从他嘴里套出了话。他说，是他哥不让他下山，不让他去住安置房，也不让他种地，种了，有收入了，照顾就没有了。

什么人！我脑袋有些大。我想骂人，想想是他亲哥，骂杨宗城的娘，他也不好受。

还有比这更恶毒的。一次，省扶贫攻坚组来检查，杨宗城故意让杨宗府吃玉米饭,撒点盐,无菜无汤。哥俩端着碗,蹲在屋檐下的阴影里,像两个叫花子。我和杨柳村挨了批评。我拉着扶贫攻坚组组长的手,好说歹说,才没被通报。

兄弟俩屋里只有一张床,原来这对难兄难弟,是同床同被而卧。冬天可以抱团取暖,那么夏天呢,太别扭了。

我要杨宗府下山,我说,你必须下山,你不能再给我们杨家蚌扶贫工作拖后腿。你这是给我和杨柳村书记脸上抹锅灰。杨宗府不应,头低着,身子蜷着,"树林幽鸟恋",他活成了山上的一只鸟。

杨宗城说,我去吧,我弟的安置房我住,我上山可以给我弟带粮带油带生活用品。杨柳村递我一个眼神,暗示我别答应。他一直不相信杨宗城。在他眼里,杨宗城是刁民。杨宗城说,让我下山住安置房吧,山上不方便,到村里,我就可以到镇上去做工,不到镇上做工,我年底纯收入就达不到三千二百八,村里就会多一个贫困户。

果然是刁民,要挟扶贫干部。杨柳村摇头,皱眉,有怨气,又无可奈何。杨宗城若住到山下村里,能给杨宗府捎米捎菜,不用我来回上山,我倒省事。我这么想,心里窃喜。我说,那就让他下来住吧,反正是要给他弟住的。杨柳村说,上面来检查怎么办?我说,没事,我就是上面来的。如果省里来人,就把杨宗府强行接下山。如果突然检查,把杨宗城堵在安置房,就说杨宗府上山种地去了,杨宗城是来帮他弟取东西。

杨柳村很勉强地点头,说,只怕杨宗城会把事情越搞越糟。他没再说什么,毕竟我是扶贫工作第一书记。

我们准备离开时,杨花出现在我们面前。我问,你怎么来了?你搭谁的车?她说,没坐车,走来的。我说,这么远的山路,走来的?她点头说是,抄近路。我说,这山路弯弯转转,哪有什么近路?

我飞过来的,她说,之后她笑了,我也笑。她都会开玩笑了,这是个好现象，表明她内心轻松，我也随之轻松了。

我问杨花找我什么事。她说，药没了，让我带她去检查一下，顺便开些药。我说，行。药没了，对她来说是大事，她不能停药。可她也犯不着这么远走来。我说，药没了，你打个电话不就完了。她说，手机没电。我说，你咋不充电。她说，充电器没了。我说，充电器怎么没了呢？她说，掉到倒水河里了，让水冲跑了。我说，你又去倒水河洗头了？她说，嗯。她说，陈世桃说我头发脏。

我刚松弛下来的神经再次绷紧。我大声说，没有陈世桃！我几乎是吼，把她吓了一跳。她哭了。我知道她受不得刺激，语气缓和下来，我说，行了，陈世桃说你头发脏，你该洗，可是，你就在家里洗呀，家里有热水。现在是冬天，你知道不？她说知道。她说，我得在河边洗。他就在河边，他说我头发脏，我要让他看着我洗。

她又进入了那种虚幻世界。

杨宗府在我身后，幽灵一样冒出一句话：她喜欢你。我吓了一跳，像哑巴一样的他，突然冒出这句话，太令人惊诧了。我回头看他，他露着一嘴大黄牙，傻笑。我朝他喊：把你的牙好好刷刷。他咧着嘴说，没牙膏。我说，行，我给你买，我上辈子欠你的……

杨柳村打断我的话，他说，杨书记，我们走吧。说话的同时，向我递了个眼神，暗示我息怒，我就明白了，他是怕这些人向上反映扶贫干部扶贫态度不好。

杨花脸上飞起红云，可能是杨宗府说她喜欢我的话起了作用。我尴尬，但同时欣喜，这说明她的病情在好转，知道害羞。我说，你要按时吃药。药快没了时，提前告诉我，别等到现上轿现扎耳朵眼。

她红着脸笑。

回到安置房前,杨花下车,我也下车。她不进屋,站在门前问我,我的头发脏吗?我说,不,你的头发很好看,有一股油菜花的香味。

她便闭上眼,陷入自我陶醉之中。我唤醒了她,她是不适合长期处于这种状态的。我说,进屋吧。我也跟了进去。男女授受不亲,我拽上杨柳村。

桌子上,治疗抑郁症的药还有,她显然撒了谎,但我没有揭穿她。

我把她的热水器电源打开,觉得热水器慢,用电热壶给她烧了一壶水。我说,你洗个头吧。我所以盯着让她洗头,是怕她又上倒水河洗。

那个夜晚,我许久未眠。我一次次想起她的那双眼睛,那惊慌的眼神。我得设法让它们镇定,它们镇定了,她也就安静了,这是我的工作,一年的工作,它是衡量我业绩的标准,胜过一切。

我凝望窗外,随着夜越来越黑,远山离我更近,好像朝着我压过来。此刻,我是那么孤独,黑色的孤独。

7

一年前的一个雨夜,杨家蚌的杨万才摔坏了腿骨,他当时没太当回事。其实是有感觉的,疼得厉害,但山路远,他没去医院,只贴了几天膏药。十来天后,痛得睡不着觉,到红安县医院检查,骨头已坏死,转到武汉同济医院截肢。

他截去的是右腿。

一个男人,家里的顶梁柱,上有老下有小,媳妇还有糖尿病,长期吃药。

杨万才感到天塌下来了。

杨万才的儿子年近四十,姻缘未动。儿子的婚事,像一座山压在他心上。

杨万才听说我要去看他,早早地在门口迎接。他倚着墙,拄着拐杖,右腿空荡荡的,到大腿根处什么也没有,那根拐杖成为他的右腿。

他的女人一直在笑,那笑脸背后,是愁苦。

进屋坐。杨万才的坐姿,让人心痛。我们坐了几分钟,谈到生活,谈到收入。他没吱声,只是憨厚地笑。他的女人说,哪有什么收入,犁不了田,耕不了地。外出做工,又没人要。

女人总喜欢叫苦,杨万才倒是一脸平静。杨柳村说,他其实是个顽强的人,他拄着拐杖能做饭、炒菜,屋子里收拾得干净。犁田耕地的事,他的女人去做。他的女人个子大,风吹日晒,皮肤黑而粗糙,有着男性的特征。

这一家人,其实并未向生活屈服,但毕竟少了一个劳动力,还是贫困。

我说他可以种些果树。果树一年收一次,不像收庄稼那么匆忙,劳累。我说,你养蘑菇、黑木耳吧,这样在房前屋后就可以收,不至于一条腿两根拐杖,满山满坡跳来跳去。

杨万才后来果然培育起蘑菇和黑木耳。

可是,新的问题来了,山路长,弯多坡陡,路难行,收山货的人不愿进山,山货运不出去。到镇上五十里地,一个正常人都难得走出去,何况他,一个拄着拐杖的"三条腿"。

杨万才有一台拖拉机,失去右腿前,他是开拖拉机的。失去右腿后,他开不了了。

若是右腿还在,倒是可以开。右腿没了,没法踩制动,杨万才说。我说,这个你不用担心,我每周上一次山,帮你到镇上去卖干货。

那天我正在村委会写材料,听见嗵嗵嗵的声音,接着有人喊杨主任。我和杨柳村,不知他喊哪一个,都站起来往外走,是杨万才,他找我。

说蘑菇和木耳他拉下山了,让我开车,带他到镇上卖去。

我望着蘑菇和黑木耳,说,这么快?他说,不是,纯山货。人工的刚培上,还在发酵阶段。

他坐在手扶拖拉机上,车座旁,立着他的一只拐杖,他唯一的一只脚,踩着车踏板。截去右腿后的臀部,显得肥大而突兀。我脑子里涌出个词,"金鸡独立"。我吓出一身冷汗。我问,你还能开拖拉机?他说,能开,我改装了,把制动移到了左边,这样,我左脚就可以踩制动了。只要制动控制好,不会有事的。

我说,你莫乱来。你要卖山货,给我打个电话,我开着吉普上山。他说,哪能总麻烦你呢?我说,你要是翻车了,那才是给我找麻烦呢!

我们去镇上时,杨花飞身而来。她穿着运动服,像一位长跑爱好者。我这几天事多,几乎将她忘记了。

她说她要到镇上买衣服,这是个好现象,说明她知道打扮了。

我陪杨万才在集市上卖山货,她独自去逛商场,我不放心。她没犯病时,行事倒还稳重,万一在哪一刻,如杨柳村所言,某根神经"搭错了",走丢了,我罪不可恕。我说,我同你一起去。

杨花在镇上那家唯一的商场,买了一件上衣,配她身上那件牛仔裤,人一下子鲜亮了。

她跟我跟得紧,这让我觉得别扭。我有同学在镇里上班,我怕碰见他们,说不清。怕鬼,鬼就来了,我们被一位王姓同学撞见,他朝我挤眉弄眼,眼神邪恶。我追上去,小声说,不是你想象的那样。他笑着反问我,哪样?我说,我是到杨家蚌村扶贫的,她是我帮扶的对象,你别瞎想。他说,我什么也没想呀。

我觉得这事一句话两句话解释不清,抬腿去寻杨万才。杨花跟上来。我回望,王姓同学在街角拐弯处回头看我们,他的眼睁得大,在阳光下闪着骇人的光。

回到杨万才家,我从车上拿出一把钳子,卸下了他手扶拖拉机的制动。我说,这拖拉机你不能再开了,再开,就要出人命了。

他愁苦地望着我,我说,你不用愁,卖山货时,找我!

天完全黑了,山路我不敢走,也不敢驾车,就在杨万才家住下。

杨万才家有只狗,误踩捕兔子的夹子,瘸了一条腿。杨万才走到哪儿,它跟到哪儿,跟得那么艰难、执着、忠诚,不离不弃。它跟在杨万才身后,像是对杨万才的模仿、嘲讽,但杨万才并不在意。他和它让我感动。

柴火饭很香,吃得饱。夜宁静,我很快睡去,半夜里,身上痒,像有小虫子在肚皮上爬,不知道是不是虱子,我没去管它。太累了,很快又睡着了。

有狗吠,分不清是梦里的狗,还是杨万才家那只瘸腿的狗。

8

七里坪镇上有好几家织布厂,织红安土布,手工作业。我想,这样的厂子没有污染,设备也不复杂,我把我的想法告诉杨柳村,他说,这里偏僻,没人愿意来投资,就说你吧,你是不是每天都想逃?他说得没错,若不是工作,我早跑了。

我说,先别说我,说他们。扶贫也要扶富,对企业的老板,给够好政策,他们就来了。

杨柳村说,"扶贫也要扶富",这倒是个新思路,咱们到镇上走走。

我们去镇上,找了几个老板,一个吴姓老板说,杨家蚌青山绿水,他早就想来开个分厂,不为挣钱,就是喜欢这个地方,若有现成厂房,投资小,他愿意来。

杨柳村说，蚌山洼有一个新盖的养猪场，怕猪粪污染倒水河，环保局没批，你若同意去，不收租金，把杨家蚌的闲散人员安排一批进去即可。

那老板说，行。

有一句没一句，像是闲聊，事却成了。正月初八就开业，大织土布。

杨花的病情好转，不适合总在屋里待着，得走出去，杨柳村让她就在织布厂上班，三天后，吴老板说她有悟性，将来能胜任领班之职。就近上班，杨花若能坚持下去，年底就能过贫困线。

杨宗府不爱做事，懒，不愿出山，杨柳村让他在土布厂看大门。穿上保安服，杨宗府有了责任感。查进工厂的人，查得细，像问贼。

正月十五放假，我回县城，陪老婆孩子过节。菜摆了一桌，还未吃，电话响了。我心里莫名地不安，我说，无论谁的电话，只要不是杨花的就行。偏偏是她，她不说话，只是哭。

徐丽敏听出是女孩子的哭声，脸上的悦色溃退，我知道她那一刻想的什么，我说你不要乱想，她就是杨花，我跟你说过的那个女病人。我努力地不让自己说出"精神病""疯子"等字眼，徐丽敏却说了，一句话全甩出来。什么病人，就是一个疯子，一个精神病。她的话让我气愤，我差点上去扇她一耳光，但我忍住了。为了一个外人，扇自己的老婆，这个家容易散。

我以柔克刚，给徐丽敏一个吻。许久以来，我没有吻过她。我说，我必须去，否则杨花会有危险。

徐丽敏泪眼蒙眬地望着我离开。不知她的眼泪是为谁而流，为什么而流。这样的一个节日，惦记另一个女性，她是觉得委屈？还是久未有过的吻，让她流下幸福的泪水？或许，她只是担心我，这盘旋的山路，每走一次，都与危险相伴。

车启动那一刻，我的眼泪流出来。谁委屈？杨花？徐丽敏？都觉得自己委屈，真正委屈的人是我，好好地上班，却摊上这档子事。

泪腺被寒冷触碰，泪水如泉奔涌。

车到杨家蚌时，天近黑。我老远看见一个身影立在道边，远看像大树旁的一棵小树，近看，是个人，再近了，看清是杨花，她瑟瑟发抖。我问她，你什么时候来的？她说，给你打完电话，我就在守望。

她等了几个钟头，她用的词是"守望"，我鼻眼酸涩。我让她赶紧上车，她身体像木头一样僵硬，但她头发干爽，没到倒水河洗头，已是万幸。

杨花情绪激动。我把她送到安置房，她让我进屋坐。她给我沏好茶，在我身边坐下。她什么也不说，什么也不干，就那么坐着看着我，这让我很担心。她的目光不能盯着同一人或同一物，时间长，它们就会没有内容，空洞，那是抑郁症患者特有的眼神。但这次，她没有，她的眼里有内容，那里溢满爱。

这更令我恐惧。我说，我该走了，回我的宿舍。她说，计划生育协会？她完全是明知故问，我住在那里，她是知道的。

她让我再坐一会儿。孤男寡女，我觉得不合适。隔壁住着杨宗城，让他撞见，说不清。虽然杨花只是一个患者，但她终归是个女性。

我起身走，她突然伸手，从背后包抄过来，箍住我的腰。她的这个动作，把我吓坏了。我想告诉她，我不是陈世桃，但我不敢提"陈世桃"三个字，我怕刺激她。我在脑子里对自己说，她是我帮扶的对象，一个病人。然而，她女性的柔软和温暖传递过来，那一刻，我只能努力地把她当成一个小妹。

我轻轻地掰开她的手，转过身看她，白炽灯下，她的脸绯红。

我伸手去开门。她说，倒水河边的油菜花开了。我说，没有，气候还早，油菜花不可能开。

杨柳村说过，油菜花怒放的季节，杨花最容易犯病，她病后的两年时间内，杨柳村不让村民在倒水河畔那片狭长的地里种油菜花，怕她睹物思人。

她说，开了。

我不知怎么回应，呆在她面前。她说，你嫌我头发脏？我这就去倒水河洗。我急忙说，不，不脏，你的头发有着油菜花一样的香味。我明知在她面前，要少提油菜花，但我这次不得不提。我不能说她头发脏，有味。

她说，油菜花开了，明早你同我一起去看油菜花。

我说，没有开。她说，开了，就一朵，你明天同我一起去看。

9

第二天清晨我醒来，到村委会门口活动身体。乡村与城里的差别在缩小，村委会门口也有广场，有健身器材，晚饭后也有大妈跳广场舞。

我两脚踏上器械，身体刚晃荡开，杨花出现在我身边，像我的影子静立一旁。她说，走啊！我问，去哪儿？她说，陪我去看油菜花。

我说，油菜花还没开。她说，开了，有一朵开了。

我就跟着她走。我知道，她这种人，不见棺材不流泪，见不到油菜花，她也就死心了。

她不让我开车，她说，我们走着去吧。

我们走到倒水河畔，天已完全亮开，霞光满山野。坡地是一片麦田。麦田往里，我们果然看到了一朵油菜花，那是唯一的一朵盛开的油菜花。

我说，这么多野生的油菜。她说，不是野生的，我特意种的，过几天就全开了，满坡都是。

我怕她进入幻觉，又想起她心里那个陈世桃，我说，走吧。

我们迎面碰到那只狗。狗看到她,狂奔而去,这情景刺痛了我,这比我看见狗朝她吠叫,更令人心痛。

狗的身影快要消失的时候,突然停下。它慢慢地,像是下了很大的决心,慢慢地跟上来。

都说它是一条疯狗,其实不是,它只是一只流浪狗,杨花说。她说到"疯"字,我不悦,像吞了一只苍蝇。我一直避免提那个"疯"字,她却那么坦然地说出来。我的表情被她察觉,她说,你嫌弃它?我说,没有。她说,那你是嫌弃我?我说,没有。

那你抱我一下,她说着,我往后躲,她迎上来,紧紧地抱住我。

光天化日之下!我想推开她,推不开,她的手,像两根钢绳,紧紧地将我捆住。我放弃了推搡。我感受着我怀里的她,她是一个精神病患者(尽管我很不想提"精神病"三个字,但这是绕不开的事实),我却不是救世主,从来就不是。我感受着她青春的身体,柔软、温热,似乎还令人怦然心动。我扭转头去。我看见了流浪狗,它仰着头,认真地凝视着我们。片刻,它吠叫一声。我趁机推开她。我说,来人了。

我本是撒个谎,却真的有个人,那人看上去很老,是我见过的最老的人。他说,要出事啰,杨家蚌要出事啰。

他的声音尖细,像皇宫里的公公。他弓着腰,像一只站立起来的大虾。他老同我打招呼,好像我们认识:我说嘛,这个村子要出事。一个女子,换了一件又一件新鲜衣服,让那个后生伢画,把魂都画走了,不死也得疯哩。我说的哩,都从我嘴里过哩。

杨花的脸,陡地蜡黄。她浑身颤抖着。我急忙去抓起她的手,安抚她。他还有话说。他说,还要出事呢。看着吧,都得从我嘴里过哩。

我抓杨花的手,被烫似的松开。

杨柳村出现在拐角处,他可能听见了那个老人的话,他说,你快回去。

你不回去，照顾不给你，饿死你！

老人就向着拐角处慢慢地消失了。我问杨柳村，他是谁，我怎么从来没见过？杨柳树说，聋大，村里八十多岁的老光棍，一个活着的死人。

活着的死人？

杨柳村说，是的，几年前，他死过一回，送葬的路上，又活了过来。乡里已经开了死亡证明，再去开活着的证明，很麻烦，比办出生证都难，于是他就这么在"死亡"里活着，倒省了事，他要是"活着"，村里就多了一个贫困户。

我毛骨悚然。

我不知道这一天是怎么过的，脑子里乱，心也乱。不知不觉间，昏黄的薄雾把太阳赶下山去，夜来了。我害怕黑夜，黑夜里，杨花的脸，总在我眼前飘，挥之不去。一会儿是痴笑，一会儿平静恬淡，一会儿表情虚无。

我去了土布厂，去了解杨宗府的近况。我其实不想见他。我到杨家蚌后，黑夜变得特别漫长，我去见他，就当将漫长的黑夜砍去一截。

在门卫室，我见到了杨宗府。他变了，人干净了，待人接物也比先前强。他的话语多起来，不只是"来了？""走啦？"，也不再是问一句答一句。

他向我谈及他的哥，谈他的自私、霸道，这是个好现象，说明他有主见了。我们正谈着，杨花来了，她很有礼貌，轻轻地敲门。杨宗府让进，她悄然探进头来。杨宗府说，杨书记，她找你，你去吧，明晚你再过来玩。我说，我不是过来玩的，我是来了解你的情况的。杨宗府说，那你先了解杨花吧，明天再了解我。

他说着，挑着眉毛冲我笑。我陡然觉得，他其实很刁蛮，老实是他的假象。

我问杨花，什么事这么急？她说，她到处找我。她梦见陈世桃了，梦见他给她写了一封情书。我来气。我想说，你满村子找我，就是要告诉我，一个抛弃你的人，给你写了一封情书？我还想告诉她，梦里的事，得到应验的，几乎为零，现实常常与梦境相反。可是，我不能说出来，我怕她受刺激。

我说，回去休息吧。我就大步往前走，与她拉开距离。她跟上来，拉起我的手。我不敢甩掉她的手，我知道，任何一点刺激，哪怕一根羽毛碰触到她，都有可能让她的情况变得更糟。

10

天热起来。是夏天了，杨柳村的圆脸女人说，可以吃辣子炒河蚌了。我就在她家吃辣子炒河蚌。杨柳村的女人心眼好，她说，把杨花叫来吧，她也怪可怜的。她姐多些日子都没来看她了。杨柳村的女人说，过一阵子，给她找个人家。杨柳村说，你可别多事，先缓一缓。她再受点刺激，还得患病。

倒水河畔的泥地里，河蚌随处可见。我和杨柳村提着桶，在倒水河畔捡了一些。那些河蚌，有的静静地躺在鹅卵石旁，自己也像鹅卵石；有的在泥面，把蚌壳张开，红白的肉露出来，像要展翅飞翔。

河蚌蛋白质高，脂肪少，堪比海蛎子。咱们这里没有海，没有海鲜。我们这里遍布河沟，有河蚌，河蚌就是我们山里的河鲜，当然，还有小虾、细鱼。红安城有道名菜，辣子炒蚌肉，好吃得很。蚌肉汤也鲜，武汉的人开着车来吃，走的时候，还不忘打包。

杨柳村的圆脸女人，从菜园里摘了些朝天椒，绿的、红的、黄的都有。那是最辣的一种辣椒，能把人的嘴唇辣起泡，让人爱恨交加。

杨柳村的圆脸女人手艺不错，蚌肉炒韭菜，蚌肉炒辣椒、炒蒜薹，蚌肉炖萝卜，蚌肉丝瓜汤，很多种，是河蚌宴。为了表示对杨柳村那圆脸女人的感谢，我把这些菜照下来，发了朋友圈，还有各阶段同学群。我照相时，没把杨花照进去，这点警惕性我还是有的。

我们的饭局设在杨柳村家的门前，我们身后的背景是蚌山和倒水河。朋友圈点赞的达二百多，每个群都因我的河蚌宴而沸腾，纷纷问怎么走，都要来。

第二天，周末，正午一过，十几辆私家车出现在杨家蚌。村委会门口停不下，在山道上排成队。他们纷纷要杨柳村的女人给他们做蚌肉宴，主打辣子蚌肉。他们给杨柳村女人的钱，不比扔在城里饭店的少。杨柳村的女人像一只飞入林子里的鸟，欢快地叫唤着，但毕竟接待不了那么多人，就把他们分配到邻居家。为了体验农家乐，我那些朋友和朋友的朋友，还有我同学的同学，亲自下河拾蚌。

整个杨家蚌，飘荡着辣子蚌肉的香味。天傍黑时，他们像一群吃食的鸡，咯咯咯欢笑着驱车而去，下一个周末，他们又来了。他们带来更多的人。村民们看到商机，开始大张旗鼓地做起蚌肉菜，有的人家，还在门前挂起了幌子。

一个月后，倒水河畔的泥滩上，已找不到河蚌了。我那些朋友和朋友的朋友，我同学和同学的同学们，便到河心去用网捞。没有暴雨和洪水时，倒水河并不深，他们站在河心，露出头来，脚在水下的泥地踩。碰到河蚌了，断定是河蚌而不是石头，使用手中的长把网，到脚下捞。最多的时候，河心达三十多人，清澈的河水一片浑浊。

我知道，这是河蚌的灾难，是倒水河的灾难，也是杨家蚌人的灾难，但是，没有人站出来说话，是我带来的朋友，我是他们的第一书记，他们不便说。而面对我的朋友，我朋友的朋友，我也难以开口。

谁也没想到，杨花站了出来。也不知她从哪儿弄来一把长把镰刀，刀刃寒光闪闪，她双眸如电，杀气腾腾。

起来！你们把倒水河的水弄浑了，倒水河就不美丽了，她朝着河心的人喊。

没人理她。她咆哮着：我要用镰刀，像割小麦一样，割下你们的脑袋！

我急忙喊我的朋友和我朋友的朋友上岸。我说，杨花不让，不是我不让，这成为我拒绝他们合理的借口。

那一刻，我明白了，倒水河、油菜花，已成为杨花生命的一部分。站在岸上，杨柳村说，若不是杨花，这倒水河的河蚌，怕是要绝种呢。

我在杨家蚌土布厂碰见杨宗府，他说，杨书记，我跟你说个事。他说着，转着头四下看了看，确定无他人，他说，杨书记，你少跟杨花在一起。你跟她在一起，早晚要出事。你知道她的那个陈世桃，为什么把她甩了吗？我想说，是因为杨花的头发脏，但这个理由显然不成立，也有损杨花的声名。我摇摇头。杨宗府说，我告诉你，她是蚌壳精。他压低声音，翻着白多黑少的眼睛，说，你知道吗？陈世桃受不了她，他身上的血，都快被杨花吸干了。

我不相信倒水河里有蚌壳精，但他说话的样子，让我顿生寒意。

杨宗府说，杨家蚌都传开了，说杨花喜欢你，她的头发为你盘起，她的高跟鞋为你穿上，她打扮得漂漂亮亮，都是为了你。

我说，胡说八道！

杨花盘着头，穿着得体的时装，高跟鞋踩在倒水河边的乡村公路上，这情景成为杨家蚌的一个事件，但这一切与我有关的说法，我不能苟同。

11

赶走我朋友和我朋友的朋友之后,某个夜晚,杨花让我去她家吃饭。我有顾虑,我叫上杨柳村,他不去,他说人家请你,又没请我。我说,你去吧,你若不去,我也不去,不方便。

我们走在村街上。杨柳村问我,杨花要把你当成陈世桃,你当吗?他语气生硬,但似乎并不突然,因为我自己也往这方面想过,只是我没敢往深处想。我说杨柳村,你是村支书,要讲政治,不要这样胡乱想象。他说,不是胡乱想象,她好像把你当成了陈世桃。我说,怎么可能。杨柳村说,反正她很在乎你。三年来,她的精神状态从没这么好过,也从未这么长时间未犯病。

杨柳村说的好像有一点道理。现在的杨花,头发不那么蓬松,很干净,没有草屑沾在上面。头发像拉直过,很顺畅地向着两肩垂下去。她的衣服也干净,一贯的黑色换成粉红。她突然注重打扮,成为杨家蚌村的一个事件。如果处于陌生人中间,谁能看出她是一个爱情受挫,继而疯掉的人?

今天,她将头发盘起,平跟布鞋换成了高跟鞋,羊绒套裙,气度非凡。我和杨柳村,都被她惊艳到了。

我们走进她的屋,刚要落座,她对杨柳村说,杨书记,我今天是单独请杨鸣书记吃饭,下次请你。

杨柳村神情尴尬。他笑,笑得勉强。他转身,离开杨花的安置房。我追出来,我说,我也走。杨柳村小声说,你不能走。

他自己给了自己一个台阶下,他说,我说过的,我不来,我是送你。他又说,她是病人,我不跟她计较。整个杨家蚌,也就她敢这样跟我说话。我说,你还是计较了。她是个病人,你莫生她的气。说完我就后悔,吐了一下舌头。这话，这语气，好像我是杨花的什么人。

我一直跟着杨柳村，我说，我也不吃她的晚饭。杨柳村说，你得去，你不回去，她以为是我把你带走的，她别再一生气，一激动，我们前功尽弃。

他说得有道理，我停下脚步。

杨花给我做的，也是辣子蚌肉，蚌肉韭菜汤。外有霉干菜扣肉，清炒红菜薹，莲藕粉蒸肉，好像她事先问过我，知道我最爱吃这几种菜。

她把碗筷摆好。她说，你吃吧，我做的，不比杨书记的女人差。

我坐下。沉默。凝重的空气令我紧张。我紧张，倒不是怕她，不是。我接触过女疯子。我们村里有一个疯女人，她大部分时候很正常。她爱自己的儿子。她疯了的时候，只不过头发凌乱，衣衫不整，但她并不伤害人。我紧张，是因为我，一个中年油腻男，独自面对一个二十多岁的漂亮女孩。我说得没错，今夜，她的确漂亮。

她让我吃酒，我说我不会。她说，红酒总是可以喝一点的。她拿出一瓶红酒，两只高脚玻璃杯。酒瓶木头塞子，她轻轻地就启开了。她显然提前做好准备。

她与我喝酒，她与我碰杯，她的语气越来越强硬，她说，吃蚌肉！她说，喝！她说，干！

她自己先干了。我不敢喝，我不知怎么，想起电影《白蛇传》，想起杨宗府说她是蚌壳精，脑子里就有了更怪的想法，我想，这杯酒下肚，她莫不会现出原形？她的原形又是什么样子？披头散发，咧嘴痴笑？

杨书记吃菜，她说。她把我从幻想中拉回现实。她自己扒了一口菜，这个动作让我脊背发冷，因为她碗里除了空气，什么也没有。她把那除了空气什么也没夹着的筷子往嘴里送。她张了一下嘴，咀嚼了两下，也许是三下。她的这个动作把我吓坏了。她这个动作告诉我，她又犯病了。

她的脑子是不是出现了幻觉，她那个叫陈世桃的人莫不是又回到她面前？

陈世桃是坏人，恶人，他把她甩了，我想。可是，我又想，如果是我呢，如果我是那个陈世桃，我该怎样？一定会与她白头偕老？

既然我不是陈世桃，就不必去做无谓的假设，我就是我。为了照顾她的情绪，我干了那杯酒，匆忙吃了几口辣子蚌肉，推说有事，起身告辞。

我伸手去拽门的那一刻，有一双手，从我身后抄过来，紧紧地籀住我。是杨花，这个屋里没有别人。我说，小妹。我故意叫她小妹，我说，小妹，别闹了。她没有回应，就那么紧紧地抱着我。她贴着我的腰，但我没有感受到她的温热，相反，恐惧像洪流一样涌来。"蚌壳精"不足以使我惧怕，我惧怕的，还是她的病。

我静静地立在那里，不敢拒绝，也不能接受，脑子里翻江倒海。

我最终选择了拒绝，动作很轻柔地拒绝。我说，小妹，我得走了，我还有个汇报材料要写。

她的手稍微松开，我冲了出去。我跑回计划生育协会，杨柳村在门口等我，问我什么情况，我说，没什么情况，就是吃饭，话也不多，就那么坐着，让我陪着她坐，别的没什么。

他说，啊。

他显然不相信我的话，也没做更细的打探。他说，那行，我回去睡觉了。

我把门关得紧紧的，灯也不开。我惊魂未定。我在黑暗里坐着。我关了手机，坐了很长时间。我就是想让自己静一静。我感到脸上痒，像有虫子在爬行。我伸手去摸。我摸到了我的眼泪。是的，我哭了。我被我自己气哭了。我当时为什么要惹这个麻烦，明知是个烫手的山芋，非要去接下。我狠狠地抽自己的耳光。我本只想抽一下，教训一下自己，让自己长点记性，手举起了，挥动了，就停不下来。一只手带动着另一只手，左右开弓，发泄着自己对自己的深仇大恨。

人生真的没法预测，不知明天会发生什么事，不知道会有什么麻烦找上门来。

我想逃离。第二天是周末，我该回家去一趟了，就算不看老婆，父亲母亲总该去看看吧。

12

父亲母亲的家，在县城南部，去武汉的方向。清晨，天有微光，我驱车行走。车行经倒水河畔，杨花的影子在我脑子里晃动，我努力让自己不去想。清晨车少，我把车开得快，我想甩开杨花。我果然把她甩到我身后——她从我身后双手包抄，她拥抱我的感觉，依然留在我的后背。

我快速驶过杨花洗头的那段河湾。倒水河依旧，通向县城的公路顺河而建。倒水河在眼前不消逝，杨花就在我身后不曾离开。我穿过七里坪镇，穿过红安城，接着向南，正午过后，我才到家。父亲母亲迎出来。母亲不断地说话，重复着：吗样这么长时间才回？吗样这么长时间才回？父亲在一旁看着我笑。他笑得很勉强、很苦涩，是强装笑脸。我离开的时间并不特别长，他们看上去却像是苍老了很多，这让我免不了心酸，差点落泪。

母亲进灶屋给我煮面，煎土鸡蛋，这是招待客人的"午时茶"。父亲拿出一条新毛巾，是我上次带给他的，他没舍得用，给我留着。他让我洗手抹脸。我走出去了，回不到故乡了，每次回来，父亲母亲都把我当成客人，我心里五味杂陈。

吃过面，母亲往电饭锅里下米，她是要给我做午饭。我说，不吃了，吃不下，晚饭一起吃。

我与父亲唠着家常，电话响起，是杨柳村的，他问我，到家了吗？我说，我到父母的家了，你放心。杨柳村说，你那边我放心，这边不放心呀。我问，怎么回事？他说，你回来吧，杨花自杀了。

我拿茶杯的手一抖，烫了我的手腕。是右手。我放下茶杯就往门口走，父亲追了来，他手拿白色的纱布。他说，把手包上，这纱布上浸了肥皂水。他将我的手腕包上，扎紧，父亲年轻时当过兵，学过急救。之后，父亲紧张地望着我，却不多问，这是他一贯的风格。他叮嘱我别急，慢些开车。母亲追过来说，吗样刚坐下就要走，不住一夜？我说，单位有事。父亲母亲便都不再吱声，站在门口送我。

车启动，杨柳村追了个电话过来，说，杨书记，我刚才着急，没说清楚，杨花自杀未遂，你不用着急，慢点开。

杨花用半只玻璃杯，割破了自己的手腕。她只割破了皮肉，并没破坏动脉，也未伤及筋骨。血是流了，流的是表皮的血，但到底是流血事件。她割的是右手，手腕处缠着厚厚的白纱布。见此情景，我急忙退回车里，把手腕上的纱布撤掉。都是右手，部位相同，好像我们约好似的。

杨花自杀，涉及另一个人：杨宗府。杨宗府在村部，处于半关押状态。杨柳村说，他强行亲吻杨花，杨花蒙羞，回家就割了腕。杨宗府被几个村干部看着，只等我拿主意，要不要报官，是否让派出所来抓人。

这事与我有关。我清晨就逃离，并未让杨花知道。中午时，她满村子找我，在土布厂门口，碰见杨宗府出来倒垃圾，杨宗府说，杨鸣书记在我门卫室哩。他把杨花骗到门卫室，强行吻了她。不只是亲脸蛋，据说是吻了嘴，还是舌吻。不是杨花大声叫喊，他怕是会做出更恐怖的事。

杨花回到安置房后，不断地刷牙，刷了一个小时的牙，直刷得满嘴鲜血。之后,她漱了口,呆坐在安置房。妇女主任刘桂霞怕她出事,看着她。刘桂霞出门接个电话,她就割了腕。

所有人都怨恨杨宗府,只有我心里清楚,绝不只是杨宗府强行拥抱她、吻她,才造成她割腕,或许我才是罪魁祸首——她拥抱我,我拒绝了她。

我说,关于杨宗府,我认为还是不要报官,给他一个改过的机会。现在,他只是懒汉,报了官,去了派出所,他就是流氓犯了,一辈子莫想抬头。

杨柳村也不同意报官,他觉得这事丢人,丢了整个杨家蚌的人。

家丑不外扬,算了,村里自己教育,自己处理,杨柳村说。

杨花瞟我一眼后,不再搭理我,顾自低头哭。她哭得很伤心,这倒让我放心了。她知道哭,知道悲伤,是好事。怕就怕她满脸茫然,脑子里一片虚无。

杨花并非左撇子,却用左手拿杯子的碎片去割右手,这让我怀疑她并不是真的想自杀,我猜测她表演的成分多。她或许只想吓唬人,用表皮的鲜血做个样子。然而,即使是这样,也不能大意,她郁郁寡欢,她神经太敏感,容易受伤。万一再次割腕,且割到动脉,她的生命,我的前途,都完了。

众目之下,杨花约我出去走一走,我不敢拒绝,我说,行。

她走向倒水河。在倒水河畔,她问我,杨书记,你知道吗?倒水河还有一个名字,叫"爱河"。我说,爱河,我知道的,我听说过。叫爱河好,叫爱河浪漫,好听。

倒水河同时也叫"艾河",两岸艾蒿丛生,我是知道的。叫"爱河",我还是第一次听说,这或许是她的臆想。

散步,比两人面对面坐在屋里,心情更紧张,毕竟旷野里,随处都有眼睛。

在河畔的风中,在夕阳里,她再次将我拥抱,这次,我没有推开她,也没迎合,我把自己变成一株树,一株没有感情的树,除了风吹,我不会动。她抱了一小会儿,手就松开了,说不清是有意还是无意。她的两手,好像是两根藤被风吹落,呈自然下垂状。

我试图问杨花发病前是一种什么感觉,或者说症状,我知道,这样不好,会刺激她,但强烈的好奇心驱使着我。我是业余作家,县作家协会会员,偶尔写小说,参加过县作协组织的作家培训班,省里来的老师教我们,写小说的人,要多揣摩别人的心理。那么,杨花发病前是什么心理?我试探着,不说太明。我问,你每次发病前,有预感吗?若有预感,是可以预防的。

我完全是关切的语气。

我以为她会沉默。她若拒绝,我就不再问。没想到,她很大方地回答我。她说,每次发病前,是有预感的,但无法自控。她说,就像一道闪电,在脑子里一闪,接着是一个炸雷,脑子里那根白色的神经就断了,呈树杈状,之后脑子里一片空白,接下来就什么都不知道了。

杨花说完,陷入沉默,那是一种痛苦的努力克制自己的沉默。

天近黄昏,我们往村里走。我们又看见了那只狗,那只黄色的狗,它在夕阳的光线里,慢慢晃动,像风中一块烂绳上晃动的破抹布。它好像专门在某处等我们。我说的是"我们",我和杨花。我单独行走在杨家蚌,从未碰见过它。

以后的日子,杨花平静了,状态好起来,完全像变了一个人。她的声音甜美,微笑恬淡、自然。二十六岁的她,的确是一个很漂亮的姑娘。

她不但把自己打扮得干净利落,她的房间也收拾一新,明显不同于其他几处安置房。她给我们沏茶,留我们吃饭,给我们削水果。

隔一段时间,村里就带杨花到医院检查身体,叮嘱她按时吃药。每次去医院,妇女主任刘桂霞跟着,这次,她说,她不喜欢人多,只要我。我既是她的司机,也是她的陪护。她精神状态良好,看上去完全正常。我说,该给她张罗对象了吧,她因爱受挫,应该用爱来疗伤。有了爱的滋养,她定然会好起来,并且会与常人一样,过上幸福的生活。杨柳村说,给她介绍对象,标准甚至要比正常人还高,男方一定要靠谱。她再也不能受伤,遭受打击。

刘桂霞就试探着,把我们的想法告诉她,她情绪激动。她说,我有陈世桃。她喊出陈世桃时,目光却投向我。

莫非她把我当成她虚幻世界里的陈世桃?

一束阳光从明瓦射向地面,尘埃在光柱子里翻飞。光柱子的那边,我看见她的脸。她在笑,不是痴笑。

我心略为平静。

除了那只狗,我们的拥抱,一定被人看到过。这种猜测,几天后被证实。脱贫攻坚督察组下来检查,一个督察员问我,你与你帮扶的对象,那个叫杨花的,是不是走得太近?

我说,是的,她除了是我帮扶的对象,我还把她当我的妹妹。你们知道的,我们同姓杨。

可你们没有血缘关系,我了解过,她老家是麻城那边的。我说,没有血缘关系,所以她不是我妹妹,我只是把她当成我的妹妹。他说,有人反映,你们关系不一般。我说,我说过,我们是兄妹。

督察员说,但愿你们只是兄妹。

他的语气令人不快。

而黑夜将至,我害怕黑夜。

我其实是害怕黑夜之后的黎明。我不知道,我每天怎么去面对那新的一天。我有一个同学的哥哥在县中医院,精神科,主任医师。我问他,我怕是抑郁了。他说,没有,就是压力大。要学会释放自己,不然很麻烦。

13

我又见到了那只狗。那只狗在捕捉一只耗子,它扑了个空,耗子没了踪影,它扑倒在地上,发出沉重的夯实的声音。

它让我想到了我自己,继而想到了命运。

我焦虑,觉得日子难熬,时光到底还是悄然前行。进入深秋,清晨或傍晚,倒水河面升起一团一团的雾,杨家蚌在我眼里越来越朦胧。

夜幕渐趋而来时,杨花会在倒水河畔伫立。河面有雾,似雨非雨。她的眼睛,沿着河畔的路,从村子向外望去。偶尔,她的目光转向那狭长的油菜田。没有油菜花开。

而我,有时会在河畔,有时我不去河畔,我站在村部门口,遥望她的那间安置房,远远地望。烟囱里冒出白烟,我就知道,她在给自己做饭,她没事了。我内心趋于平静。

冬天来了,一直没有落雪,水面只是结了很薄的冰。听说山里温差并不大,很少冰冻,但今年,现在,倒水河结冰了。

杨花走向倒水河,用捣衣槌把冰敲碎。冬日的水更清澈,能看清里面的鹅卵石,它们看起来大致相同,其实形态各异。

还好,她只是在水边洗衣服,并未站到水里,并未用冰冷的水洗头。水里雾气缭绕,她站在水边,像身处仙境的女子。

还有一周,我的工作就结束了。我帮扶,治好了她的病。自上次割腕,大半年了,她再未犯过。如果不受大的刺激,她应该是不犯了。但愿她不再犯,这样,她好,我也好。

我站在倒水河畔看着她，我怕她踏进水里，我怕她用冷水洗头，我怕她顶着湿淋淋的头发笑，那样，我将前功尽弃。我看着她，保护她。她洗完衣服，怅然地望一眼河套、坡地。我庆幸没有油菜花开。她转过脸来，怀抱着脸盆，里面是她新洗的衣服。她走近我，她问我，你要走了？我说，是的。她问，还有一周？我说，是的。我惊讶于她知道我离别的日子。我竟然有些难舍，鼻子酸涩，眼角也酸涩，那一刻，我完全忘记了她是一个病人。

我是喜悦的，我就要完成任务了。还差七天，我到这里整一年。我高兴。今天是双休日，下个双休日，我就要走了。我对杨柳村说，咱们到镇上去吧，快一年了，尽在你家吃饭，我想请你和嫂夫人到镇上喝酒，表示对你们的感谢，也是庆贺我顺利完成帮扶任务。杨柳村说，现在庆贺还早，如果杨花有个闪失，不能正常上班挣工资，不能脱贫，年底，咱们村的贫困户不但不减，反而要增加。我问为什么，杨柳村说，杨旺盛，也是个单身汉，每年忙完农活，到县城做短工。前天他回来，说他明年不想出去了，说杨宗府成天睡大觉，有吃有喝；他出去做工，也就混个吃喝。我说，我去会会他吧。

杨柳村说，没用，他铁了心要当贫困户。

明年的事，与我无关。

我回到村部，回到计划生育协会。

夜静，没有一点声音，却分明什么声音都有，虫鸣，风吹树叶，还有第一次见杨花，她痴笑时发出的"嘻……"，像刀锋一样刺痛着我。

杨花突然来敲我的门。我知道是她，她的脚步声，她像幽灵一样的气息。我不想开门，可是，她就那么敲着，虽然很轻，架不住她持续地敲。她说，杨主任，我知道你在，你开门。

她是受不得刺激的。她不能被拒绝。

我开了门。她坐在我床边的那张椅子上，那是一张由一根钢管弯曲成椅子的形状，然后在上面搁块人造革板的椅子，只有她那样瘦削的人，才坐得那么踏实。

我起身，离开我的床。我想，孤男寡女，我还是离床远一点。她站起来，逼近我。她问我，你相信一见钟情吗？

我的心很剧烈地跳动了一下。她这么晚追过来，就是为了问这个问题？她这么晚来找我，她"一见钟情"的对象，莫不是指我？但我很快否定了她是指我的猜测，我觉得那样想，很无耻。

她所谓"一见钟情"，应指的是那个陈世桃。

几天前，我企图向她要陈世桃的电话，我试图找到他。我想劝他，他也许会回来。

我知道，我向她要陈世桃的电话，无疑是向她的伤口上撒盐，我最终没这么做。我趁她不注意，从她抽屉的本子上，做贼一样，找到陈世桃的电话。那个小本，好像专门为陈世桃准备的，整个本子，只记录了一个人名：陈世桃。名字后面，一排以139打头的阿拉伯数字。

拿到陈世桃电话的当晚，我找个僻静的地方，拨通了那个号码，他的手机号无人接听，哆、哆、哆的响声，比是空号的语音更折磨我，自然，它更折磨杨花，如果杨花拨打这个号码的话。

我后来无数次打这个电话，依然是无人接听，便对电话那端充满猜测。这并不是杨花的号啊，他怎么就不接。莫非来自杨花故乡的电话，他一律不接？

如果持这个号码的人果真还是陈世桃，那么，他真的是一个怪人。

14

　　我面对杨花,眼前却浮现她的那个陈世桃。我想象陈世桃的时候,她再次将我抱住,好像我是被陈世桃的灵魂附体。这次,她不是从背后,而是前胸。她的胸脯紧紧地贴在我胸前,我感知它们的温热与柔软。

　　片刻,她自己松开了我。她只松了一只手,另一只手,在我眼前舞动,因为高举,缠绕着白纱布的手腕露出来,她的右手。它缠着白纱布,像一面白色的旗帜在我眼前晃动,它让我想起她那次割腕自杀。我害怕她旧戏重演,她这只缠了白纱布的手,其实向我表明了她的决心。

　　我便不敢动弹。

　　突然,她的嘴唇凑近我。

　　我后退,她的右手钩住我的脖子,右手腕从我脖颈儿后伸过来,白色的"旗帜"再次呈现,像一张警示牌。

　　她抚摸着我的头、我的脸,好像她是一位母亲,而我,只是她的孩子。

　　反过来吧,我对自己说,这样更合适。我直起身,像父亲那样抚摸她,她的头,她的后背。我安抚着她,她仰起脸,将身体紧紧地贴着我。她显然不把我当成父亲。

　　她的一对眸子刀刃一样闪着光,让我害怕。

　　我得让它平静,恢复它原本的样子。它不能痴呆,也不能激荡,它需要平静,也只能平静。平静如一泓秋水。它们平静了,她的内心世界也就平静了。我和杨柳村,也就平静了。

　　平静了的她,可以继续在土布厂上班,她就不是贫困户了。

　　刀刃一样的光暗淡了,她趋于平静。她虽然说不上是浓妆艳抹,但脸上涂了粉,打了眼影,涂了睫毛膏。她的整张脸生动了。她再次将她那张生动的脸迎过来。

我的头发脏吗？她问，她的手梳理着自己的头发。她手的动作，带动她的腰，像柳枝在微风中轻摆。实话实说，她的身材很不错。

又来了！我最怕她问这个问题。每次这么问，她就是想到了那个叫陈世桃的人。我害怕她想他，不愿她想他，这是她旧病复发的前兆。但今晚，不知为何，可能是撞见了鬼吧，我竟然，竟然不单纯地是担心她的病，我内心酸酸的，似乎有了醋意。

不，不脏。你的头发，有一股油菜花的香味。

她轻微一笑。她的牙很白，这使得她的笑很美。她将头埋在我的胸口。我没有动，我怕惊动她。她的脸慢慢地上移。她的嘴唇寻找着我的嘴，它找到了。我想躲开。我看见她情绪激动，便由着她，任凭她。

她张开嘴。她的舌头在我嘴里，像一枚电钻，撞击着我的牙齿。我惊讶于她的舌头有着那么大的力量。它终于撬开了我牙齿把守的门，伸进我的口腔。瞬间，它变得柔软，像一条滑腻腻的鲇鱼，游进，寻找，它找到了它——我的舌头。我抵抗着她，我想一把将她推开，粗暴地推开，可是，我怕，我怕她脑子里那根白色的神经，像她所描述的那样，像白色的树枝突然分叉，断裂，然后，就什么都不知道了。

多少天来，尤其到杨家蚌村后，正科级那么强烈地诱惑着我。正科级是副县级必需的阶梯，没有这一级，何谈正县级？离开县城，来到大山里，原以为是逃离，提升的欲望，却像是放飞高空的风筝，离得越远，拉拽的力量越大。

杨花的身体依然紧抱着我。她虽然是病人，但她毕竟是妇人之躯啊！我不想犯错，我不知道哪一种错误更大。拥抱接吻，还是将她推开，推向深渊。

我只能温柔。我温柔地，用我的舌头，去抵制她的舌头。我分明要用它将它顶回去，却变成了游进、迎合。

今夜，我，一个三十八岁的男人，公务员。今夜，她，二十六岁。我是来帮扶她的，可现在，我就要跌入深谷，谁来拽我一把。我找寻，四周空荡荡的，连一根可抓挠的稻草都没有。

我是谁？她是把我当成陈世桃，还是把我当成我，那个叫杨鸣的国家公务人员？我是来扶贫的，我以为我是救世主，我错了，我才是那黑夜里的一个孤儿。

闪电，我害怕她脑子里出现那种闪电，可就在那一刻，我自己的脑子里，一道闪电从高空而降。这道闪电很亮，很细，像一柄日本军刀的刀刃。

我闭了眼，眼前漆黑一片。闪电还在，我知道，它并非来自头顶的天空，它只是我脑子里那根白色的神经。

我害怕它断裂，害怕它像杨花所言，断裂成白色的树杈。

我被两只手箍得更紧，舌头被更强烈地吸吮，我疲于呼吸。那闪电越来越明亮地闪动，我脑子里白茫茫一片，好像整个世界都在下雪。

后记 | 故乡的面和花朵

这是我的第一部中篇小说集，所选的六个中篇，均为2018年至2020年创作、发表。那三年，是我人生一段特别的时光。那时我刚离开军营。我留恋部队，热爱军装，热恋军营。当一名穿军装的创作员，在我看来，是最幸福的事。军改浪潮滚滚，各大军区创作室撤编，我脱下军装，赋闲在家。我一度不适应，空虚、焦虑，感觉整个人轻飘飘的，没了根基，无所依。

北师大和鲁迅文学院接纳了我，安慰了我的心灵，我考上北师大与鲁迅文学院联办的作家班研究生班，攻读现当代文学专业硕士学位。课余时间，我坐在老鲁院的209房间，开始我离开军营后，新的一轮创作。

写什么呢？

某个清晨，面对电脑，我眼前出现这样的画面：四月的黄昏，天还很亮，一个少年，手捧母亲做的手擀面，坐在塘埂上，滋溜滋溜吃着面条。那个少年就是我。那段时日，我们乡村青黄不接，唯有青菜疯长。我们碗里面条少，青菜多。我和哥哥们，正是年少长身体的时候，每人能吃三大碗。我们的肚皮被撑得圆鼓鼓的，不断打嗝儿，嘴里散发出青菜青涩的气味。我们能听见自己肚子里，汤水晃荡的声音。

那时的天，已经很热，我们喜欢端着碗到塘埂上吃夜饭。水塘里的水，随着风,带给我们清凉。

碗空了,我的目光,常常从空荡荡的碗里,移到塘埂那边。我看见满田畈的油菜花,看见山坡下那正由青变黄的小麦。再过一个多月,油菜籽就熟透了,小麦也会满地金黄,村子里很快会飘荡着香味,家家户户,用新榨的菜籽油,新磨的面粉,炸韭菜粑。

油有了,面粉有了,粮食接上茬,我们乡村一年中最困难的时光挨过去了。

故乡的面和花朵,在我心里,滋长成《竹林湾往事》和《净身》。这两篇小说,是我对故乡的回望。

离开故乡久了,仅仅回望是不够的。当我发觉我快感知不到故乡的气息时,于2019年"五一"期间,我回了一趟故乡。《整个世界都在下雪》,便是那次回乡的馈赠。

想起一句流行语:生活不只有诗和远方,还有眼前的苟且。《玉龙湖》即为眼前的"苟且"。《玉龙湖》折射家庭伦理,涉猎老人生存状况,观照了现实,经《芙蓉》发表后,迅速被《小说选刊》转载,入选2018中国中篇小说排行榜(百花洲文艺出版社),并获第十届辽宁文学奖中篇小说奖。

也是在校期间,闻知我军校同学,我的上铺兄弟李树茂离世多日,我强忍悲痛,奔赴他陕西靖边县老家,看望他家人。回来后,不能自已,流泪写下《我的上铺兄弟》。这篇小说,同时打开了我另一段关于军营的记忆,于是,便有了《乌兰木图山的雪》。

感谢原发刊物《当代》《芙蓉》《解放军文艺》《黄河》;感谢《小说选刊》《小说月报》《作品与争鸣》对我部分作品的转载。感谢北岳文艺出版社,让这几部中篇小说,有再次与读者见面的机会。感谢上述杂志社出版社的编辑老师们,恕不一一列举他们的名字,他们的恩惠,铭记于心。

　　生活在继续，我依然在文学这条路上行走，清苦、艰难，境况如手捧故乡青黄不接时的清汤面，但眼前，总会浮现那满田畈的花朵，内心便充满希望。希望在，梦就在。与梦同行。

曾剑
2021年4月8日

曾剑

1972年生，1990年3月入伍，湖北红安人。

鲁迅文学院与北京师范大学联办现当代文学创作方向在读硕士研究生，中国作家协会会员，原沈阳军区创作室创作员，辽宁作家协会签约作家。

曾获全军军事题材中短篇小说评奖一等奖，中国人民解放军优秀文艺作品奖，辽宁文学奖中篇小说奖、短篇小说奖等。

代表作品

长篇小说
《向阳生长》
《枪炮与玫瑰》

中篇小说
《玉龙湖》

短篇小说
《穿军装的牧马人》
《哨兵北舞》

中短篇小说集
《玉龙湖》
《冰排上的哨所》

整个世界都在下雪

出 品 人	郭文礼	选题策划	刘文飞	责任编辑	范　戈
复　　审	陈学清	终　　审	贾晋仁	书籍设计	张永文
印装监制	郭　勇	项目运营	有度文化·刘文飞工作室		

投稿邮箱｜liuwenfei0223@163.com

微　　博｜http://weibo.com/liuwenfei0223　　微信公众号｜YOUDU_CULTURE